KB031875

고래 그림 碑

고래
그림
碑

유익서
소설집

산지니

차례

레닌의 왼발

솔이를 통해서는
노래의 불멸성을 강조하셨고,
레닌의 왼발을 통해서는
정신과 이념의 무상성을 제게
깨닫게 하셨어요.

내 처소 뒤란에는 해묵은 곰솔 여남은 그루가 서 있다. 하늘에 오르는 사다리로 쓸 만큼 키가 컸다. 아름드리 둥치에 층층이 사방으로 시원히 뻗어 있는 가지는 별과 바람이 전해준 비밀을 깊이 간직하고 있는 것으로 보인다. 하늘과 가까운 우듬지로는 번개를 받아 땅속에 간직하고, 사방으로 뻗은 울창한 가지는 불어오는 바람을 맞아 거문고 현처럼 저음의 깊고 둔중한 음악을 연주하고는 한다. 수백 년 서 있는 동안 게으름 피우지 않고 내공을 쌓아온 연유인지 곰솔의 선율은 매우 유현했다. 그 유현한 율조는 사람의 혼을 홀리는 기운이 은근했다. 달이 떠오른 밤이면 바람이 없어도 그 고혹적인 가락에 이끌려 문을 열고 밖으로 나가 보지 않을 수 없었다.

달빛 아래서 듣는 해묵은 곰솔의 연주는 이승에서 들을 수 있는 것이 아니었다. 이승의 우리와는 사는 방법이 다른, 영혼들이 모여 사는 하늘의 비법으로 심오한 우수사려(憂愁思慮)를 연주하고는 했다.

섬에는 바람 없는 날이 별로 없었다. 그런데 오늘은 보기 드물게 하늘이 청명하고 바다가 잔잔했다. 이런 날은 곰솔이 종일 깊은 침묵으로 일관하기 마련이었다. 더구나 해가 드높이 솟아 있는 한낮이면 침묵이 더욱 강고해졌다. 그런데 어쩐 일로 곰솔이 연주를 하고 있는 것인가, 불현듯 문밖이 소연했다.

컴퓨터에서 눈을 떼고 잠시 바깥 기척에 귀를 기울였다. 곰솔의 유현한 음향이 아니었다. 현관문 두드리는 현실적인 소리가 나를 찾고 있었다. 현관으로 나가 보니 시건장치가 아직도 잠긴 상태였다. 잠금장치를 따고 현관문을 열었다.

"아니, 홍 여사 아닙니까?"

어찌나 놀랐던지 저도 모르게 소리 높여 외쳤다. 홍 여사와 서나 모녀가 현관 앞에 서 있었다. 어리둥절한 채 현관문을 힘주어 열어젖혀 고정시켰다. 서울 사는 이들 모녀가 무슨 일로 외딴 섬의 내 처소까지 왕림했단 말인가. 아무리 더듬어 생각해도 짐작이 가지 않았다. 홍 여사와 내 사이가 예고 없이 불쑥 찾아와도 무방할 만큼 친밀한 사이였던가. 아니지 않은가. 미리 연락하여 서로의 형편을 살핀 다음 신중히 약속하고 격식을 갖추어야 비로소 만날 수 있는 그런 의례적인 사이였다. 여행이라도 온 것인가. 그렇다면 미리 전화로 귀띔이라도 했어야 하지 않은가. 구운 밤에 싹이 날 리 없듯이 우리 사이에 다른 까닭이 있을 리 없었다. 그러나 여행객이라기에는 표정이 심상치 않았다. 사막을 건너온 사람의 지친 표정이 저럴까 싶기도 하고, 종잡을 수 없는 난처한 처지에 빠져 있는 사람의 가리산지리산하는 표정이 저럴까 싶기도 했다. 심신이 다 지쳐 어디에라도 기대고 싶어 하는 것 같기도 하고, 뼈가 시리도록 통절한 슬픔을 견디고 있는 것 같기도 하였다. 어쨌든 여행객의 얼굴에 감도는 우수나 여유 같은 것은 찾아볼 수 없었다.

"어서 들어오세요."

거실 문을 열고 그들 모녀가 안으로 들어가는 동안 나는 바깥을 재빨리 살펴보았다. 베란다 쪽은 물론 계단 쪽에서도 다른 인기척은 더 나지 않았다. 거실로 들어간 모녀가 서재와 침실과 부엌과 화장실 등을 기웃거리고 있는 모습을 바라보고 있던 나는 난간으로 가 아래층을 내려다보았다. 그들 모녀가 타고 온 승용차가 마당에 주차되어 있을 뿐 다른 사람은 더 보이지 않았다. 아무래도 무엇인가 사개가 어긋나 있는 듯했다. 홍 여사의 행차에 서나만 동행했을 리 없었다. 수나도 함께 왔어야 비로소 아귀가 맞는 조합이었다. 세 모녀가 함께해야 비로소 그들 조합은 자연스럽고 온전해 보였다. 두 모녀라니, 어딘가 어색하였다.

물을 올리고 차 우릴 준비를 하는 동안 그들 모녀는 바다를 내다보고 있었다. 죽도와 용초도가 감싸고 있는 바다는 호수처럼 잔잔했다. 윤슬이 눈부셔 오래 바라보고 있기가 불편할 것인데도 그들 모녀는 내가 거실에 다탁을 마련하고 차를 우려낸 후 차를 권할 때까지 바다에 눈을 준 채 움직이지 않았다.

무엇을 보고 있는 것인가. 무엇엔가 골똘해 있는 모습이었으나 어딘지 몹시 스산해 보였다.

"오래전에 가본 바이칼 호반에 와 있는 기분이에요."

찻잔을 든 홍 여사가 차분한 음성으로 말했다.

"몇 해 전 바이칼 호반에서 한나절을 꼼짝없이 보낸 적이 있는데, 마치 우리나라 남해안 어느 곳에 와 있다는 느낌이 들지 않겠어요. 그때 상념 속의 그 어떤 남해안이 바로 여기 아니었나 싶네요."

"너무 후한 점수를 주시는 것 아닙니까."

"햇빛을 눈부시게 되쏘고 있는 잔잔한 바다, 오로지 침묵만으로 형성된 듯 묵묵히 고여 있는 대안의 섬들, 바이칼에 깊은 인상을 받고 온 사람이라면 응당 저와 비슷한 감정을 느낄 거예요."

홍 여사의 말에 속으로 빙그레 미소 짓지 않을 수 없었다. 처음 이곳에 거처를 정하려 왔을 때 눈앞에 펼쳐진 잔잔한 바다를 바라보며 나도 바이칼 호반을 연상했었다.

벌써 20여 년 전의 일이었다. 이르쿠츠크에 며칠 묵는 동안 그곳 조선족 청년의 안내로 바이칼 호수를 다녀왔었다. 그곳 리스트비안카 호반에 앉아 상념의 너울에 휩쓸려 속절없이 표류했던 기억이 새삼스럽게 떠올랐다. 눈앞을 황급히 지나간 물새 몇 마리, 저만치 떠 있는 소형 선박 마스트 위를 선회하고 있는 갈매기들, 윤슬에 눈이 부시던 잔잔한 호면, 어딘지 조상의 땅에 와 있기라도 한 듯 평온한 기분에 감싸여 시간의 흐름을 한동안 잊었다.

바이칼 호반에서 목격한 인상적인 광경은 거기에 그치지 않았다.

리스트비안카 마을을 등지고 왼쪽으로 산굽이를 돌아 올라가자 울창한 곰솔밭이 나왔다. 그곳 호반의 곰솔 몇 그루 밑동에 오방색 천과 실이 칭칭 감겨 있었다. 아니, 저건 서낭당 아닌가. 여기에 웬 서낭당이 있단 말인가. 순간 가슴이 뭉클했었다.

그리고 그 옆에 세워져 있던 대형 목재 게시판 또한 내 기억 속에 아직도 우뚝 서 있다. 베니어합판 크기 정도일까. 양쪽에 굵고 단단한 기둥을 세우고 그 가운데에 가로질러 고정시켜놓은 널따란 널판 앞뒤에 글자들이 빼곡했다. 그 글귀들은 대부분 영원히 변치 않겠다는, 사랑의 맹세들이라고 동행한 조선족 청년이 번역해 들려주었다. 볼펜으로 눌러 쓴 것이 대종을 이루고 있으나 굵은 매직펜으로 반듯반듯 정성들여 써놓은 것도 있고 칼로 파 새겨놓은 것도 있었다. 하나하나 읽어주는 것을 들으며 나는 내내 가슴이 먹먹했었다.

“그래, 무슨 바람이 불어 이런 외딴 섬까지 왕림하신 겁니까?”

수나는 왜 함께 오지 않았습니까, 하고 묻고 싶었으나 어쩐지 그래서는 안 될 것 같아 말을 돌렸다. 순간 모녀는 서로의 얼굴을 쳐다보았다. 말 대신 눈으로 의사를 교환하고 있는 눈치였다. 모녀의 얼굴에 어두운 그늘이 스쳐갔다.

"그냥, 통영에 내려온 김에 선생님께서 어떻게 지내시나 궁금해 들렀어요. 참 좋은 데 계시네요."

아무리 태연한 척 둘러대도 홍 여사의 표정이 자연스럽지가 않았다. 서나의 꾹 다물려 있는 입술과 스산한 얼굴도 평소의 모습과는 달랐다. 사소한 일에도 입을 대지 않고서는 그냥 지나치는 법이 없는 서나였다. 곧잘 잔망스러울 정도로 말재주를 부리고는 하던 개구쟁이 같은 서나의 평소 모습을 기억하고 있는 내게는 어색해 보였다. 그들 모녀가 무엇인가 숨기고 있다는 느낌을 지울 수가 없었다.

무슨 빌미를 어떻게 제공해야 그들이 내심을 드러낼까, 그런 궁리를 하며 다시 차를 우려 찻잔에 따라 권하자 목을 축인 다음 홍 여사가 고개를 들고 쳐다보며 넌지시 물었다.

"아래층도 있던데, 선생님께서 다 쓰시나요?"

"지금은 비어 있습니다."

무심코 응대를 하고 보니 대답이 소홀한 것 같아 설명을 덧붙였다.

"원래 보건지소 건물로 아래층은 진료소로 쓰고 2층은 외래 의사들의 숙소로 썼던 것인데 건물을 새로 지어 보건지소가 옮기고 나서 제가 이곳을 빌려 쓰게 된 것입니다."

"그럼 다 쓰신다는 말씀이네요!"

"한때 아래층을 한국공예디자인진흥원에서 작업실로 썼으나 그들이 철수하고 나서는 비워둔 채입니다."

"피하고 싶은 방문객이 불시에 찾아온다 해도 몸 숨길 곳이 많아 좋겠어요."

"아, 그런가요?"

"한 번 구경이나 시켜주실래요?"

비어 있는 아래층을 구경하고 싶다니, 어려운 일은 아니었으나 뜨악하기는 했다. 아래층으로 내려가 문을 따고 안으로 들어갔다. 햇볕이 잘 들고, 자주 환기를 시킨 탓인지 곰팡이나 고리타분한 냄새 따위는 없었다. 네 칸의 방과 두 칸의 거실과 하나의 창고와 화장실을 두 모녀는 차례로 천천히 둘러보았다.

"아무것도 없네요."

"그럼요. 새로 3층 건물을 짓고 그곳으로 다 옮겨갔거든요."

그들 모녀와 내 생각에 무엇인가 서로 어긋나는 기운이 있음이 분명했다. 그러나 그것을 물어서 확인해서는 안 될 것 같아 입을 꾹 다물었다. 모녀의 심중에 필경 건드려서는 안 될 무엇인가 육중한 것이 잠복해 있는 것으로 느껴졌기 때문이다.

"여기서 사람이 죽어나가기도 했대요."

감정의 흐름을 잠시 흩어놓을 필요를 느끼며 일부러 좀 어깃장을 놓는 기분으로 말을 돌렸다.

"그래요. 혼자 있으려면 무섭겠어요."

"무섭기는요. 저도 곧 그들과 친구가 될 텐데요, 뭘."

뒤란의 늙은 곰솔이 바람의 손을 잡고 가지를 흔들고 있는 것인가, 귀에 익은 선율이 은은히 들려왔다.

홍 여사와 서나 모녀는 눈짓을 교환하더니 고개를 희미하게 저었다. 2층 거실로 올라와 새로 찻잔을 채우고 입술을 축였다. 홍 여사와 나는 서로 무엇인가를 놓고 속으로 다른 생각을 뜯적이고 있는 것이 틀림없었지만 그것이 무엇인지 물어서는 역시 안 될 것 같아 입을 꾹 다물었다.

"3주 전, 서울서 뵈었을 때 선생님은 20여 년 전과 어쩌면 그렇게 똑같은지 놀랐어요. 어찌 그렇게 하나도 변하지 않을 수 있어요. 서나와 수나는 며칠 전에 헤어졌다 만난 것 같았다고 했어요."

"저도 그랬습니다. 서나와 수나를 보자 엊그제 헤어졌다 만난 사람처럼 친숙하게 느껴져 놀랐습니다."

"우리 아파트에 일주일밖에 머물지 않았는데, 그 기억이 아마 생생해서 그런가 봐요."

"아마 그럴 테지요. 갖은 말재주로 좌중을 웃기던 개구쟁이 같던 서나나 무슨 일에나 똑똑 소리가 날 정도로 분명하던 수나, 둘 다 하나도 변하지 않아 저는 놀랐습니다. 그날 제 일기장에 뭐라 쓴 줄 아십니까? '두 보배를 안고 있는 홍 여사, 세상에서 가장 행복한 사람으로 보였다!' 그렇게 썼습니다. 정말 부러웠습니다."

가까스로 홍 여사의 얼굴에 미소가 피어나고 훈기가 감도는 듯했다.

지난 세기 말 소비에트연방 해체 직후, 나는 러시아를 여섯 차례나 다녀왔었다. 해외에 거주하는 동포들의 생활상을 취재하여 작품화하는 프로젝트에 참여한 나는 재러 조선족, 즉 카레이스키의 생활상을 취재하여 작품을 쓰기 위해 시베리아 일대를 포함한 러시아와 우즈베키스탄, 카자흐스탄 등 중앙아시아를 두루 섭렵했다. 상트페테르부르크며 모스크바에 사는 조선족들 또한 폭넓게 만났다. 그때 지인의 소개로 열여섯 살의 서나와 열두 살의 수나, 두 딸을 차이코프스키 음악원에 유학시키고 있던 홍 여사의 모스크바 아파트에서 일주일간 신세를 졌었다.

"그때 선생님께서 쓴 『빅토르 최』가 더 널리 읽혔으면 좋았을 텐데, 아쉬웠어요."

홍 여사의 말에 나는 쓴웃음을 지었다. 여섯 차례나 러시아를 드나들며 취재에 공을 들인 나는 러시아와 중앙아시아에 흩어져 살고 있는 카레이스키들의 생활상을 바탕에 깔고 러시아 젊은이들로부터 영웅처럼 추앙받고 있던 카레이스키 4세 로커 빅토르 최의 생애를 다룬 작품을 집필하여 출간했었다.

스물여덟 살에 원인불명의 교통사고로 요절한 빅토르 최가 남긴 노래는 그가 죽은 후 20여 년이 지난 오늘날까지도 변함없이 러시아 젊은이들로부터 폭발적인 인기를 끌며 사랑을 받고 있었다. 그의 노래도 인기가 식을 줄 몰랐지만 그의 생애도 범상치 않았다. 게다가 카레이스키들의 생활상도 흥미진진했다. 그런 매력적인 소재에도 불구하고 그것을 형상화하는 솜씨가 서툴고 모자랐던지 그 책은 독자의 환심을 사지 못하고 말았다. 내 모자란 재주에 대한 지적 같아 여간 속이 쓰라리지 않았다.

"선생님!"

이윽고 서나가 입을 뗐다. 언제나 웃음기가 가시지 않던 개구쟁이 같던 서나의 얼굴에서 여전히 웃음기를 찾아볼 수 없었다.

"며칠 전 수나와 저는 격한 언쟁으로 밤을 샜어요. 솔이의 노래에 관해 수나와 저의 의견이 홍해 갈라지듯 짝 갈렸지 뭐예요."

솔이의 노래에 관해 격한 언쟁을 벌였다니, 나는 귀가 솔깃했다.

"악기 가운데 가장 훌륭한 것은 사람의 목소리가 맞다는 수나의 주장에 저는 전혀 동의할 수 없었어요. 게다가 가장 수명이 긴 음악은 노래가 틀림없을 거라는 주장이라니, 그게 어디 말이나 되어요."

전율이 몸을 훑어내렸다. 온몸의 신경이 곤두서는 걸 견디며 서나를 쳐다보았다.

"아름다운 음악을 구현하기 위해 그동안 인류가 쏟아온 갖은 노력과 그 공헌을 무시하려들다니, 너무 무람없는 발상 아닌가요. 아무리 훌륭한 미성이라 할지라도 사람의 목소리를 어찌 바이올린 선율과 견줄 수 있겠어요. 그리고 음악이 사람의 생활과 필연적으로 연관을 가져야 한다는 주장도 저는 옳지 않다고 생각했어요. 그런데 수나는 솔이처럼 세상을 떠돌아다니며 사람들 생활 속에서 노래를 찾는 것이 맞다며, 올바른 음악인이라면 지금이라도 그렇게 해야 한다고 우기지 않겠어요. 저는 전혀 이해할 수도 동의할 수도 없었어요."

3주 전 서울에서 그들과 만났을 때 나는 그동안 출간한 책을 몇 권 건넸다. 그 가운데 전통음악을 소재로 한 소설이 한 권 있었고, 그 소설의 주인공이 솔이라는 열여섯 살 난 소녀였다. 노래를 얻기 위해 온갖 고초를 다 겪으며 몇 해 세상을 떠돌다 마침내 노래를 얻기는 했으나 몸의 기력이 소진되어 죽음에 이르고 만다는 내용이었다. 그 솔이의 노래를 두고 두 영재가 언쟁을 벌였다니, 나로서는 귀가 솔깃하지 않을 수 없었다.

서나와 수나. 둘 다 러시아 국립 차이코프스키 음악원에서 공부한 정통파 연주가들이었다. 언니 서나는 차이코프스키 콩쿠르에 입상한 재원으로 러시아 대통령 방한 때 청와대 만찬장에 초청되어 연주한 적이 있고 빙상 요정 김연아의 반주 음악 생상스의 '죽음의 무도'를 아이스링크에서 직접 연주한 적이 있는 꽤 알려져 있는 바이올리니스트였다. 그리고 수나는 차이코프스키 음악원을 수석 졸업한 음악박사에다 몇 차례나 국제 피아노 콩쿠르에서 수상하였고 매년 모스크바 국제음악제 심사위원으로 활동하고 있는 피아니스트였다. 이들 자매는 현재 둘 다 대학에서 음악을 가르치며 정기 연주회를 갖고 있는 실력파들이었다. 그런 자매가 내 작품 속 인물인 솔이를 두고 밤새 다투었다니, 속으로 전율을 다스리지 않을 수 없었다.

"음악 가운데 노래만큼 역사가 오랜 음악이 없을 테지. 하지만 노래를 가지고 예술의 차등이나 수명을 논의한다는 것은 적절치 않아 보이는데, 그래."

궁색하게 한마디 거들었다.

"그렇지요, 선생님?"

내가 누구의 역성을 들겠는가. 그러나 대답을 해야만 할 것 같았다.

"하기야 노래란 자연적인 요소가 강하지만 악기란 인공적인 것이잖나. 자연적인 것은 지구나 인류의 존망과 수명을 같이할 수 있을지 모르지만, 사람의 손으로 만든 악기나 그 악기에 의해 만든 음악 같은 것이야 사람의 취향이나 욕망에 따라 수명이 좌우될 수 있는 것 아닐까. 그런 점을 수나가 지적한 것 같은데, 글쎄! 그러니까 수나는 인간의 취향이나 욕망은 가변적인 것이므로 인공적인 소산물은 그 수명이 거기에 좌우되는 것이 필연적이겠거니 생각한 모양이다. 하지만 아무튼 예술작품의 수명을 논의하는 것 자체가 나는 부질없고 곤혹스러운 일로 생각되는데, 그렇지 않을까?"

서나는 눈을 반짝이며 듣고 있더니 고개를 끄덕였다.

"애들이 틈만 나면 티격태격 아웅다웅이에요, 글쎄."

홍 여사의 얼굴에 다시 어둠이 서렸다.

"그런 일로 밤새워 싸운다면 얼마나 좋은 일입니까. 그래서 둘의 지식과 예술적 소양이 늘고 연주 실력이 향상되어왔을 것이고 따라서 오늘날 그렇듯 큰 영예를 누릴 수 있게 된 것 아니겠습니까."

홍 여사의 얼굴에 설핏 웃음기가 맴돌았다. 가까스로 어두운 그늘이 걷힌 것 같았으나 그래도 역시 수나 이야기를 꺼내기는 주저되었다.

어느새 다섯 시가 가까워지고 있었다. 홍 여사는 시계를 쳐다보더니 자리에서 일어났다. 뭍으로 나가는 마지막 카페리가 다섯 시 반에 있었다. 서나가 운전하는 승용차 뒷좌석에 홍 여사와 나는 나란히 앉았다. 제승당 뱃머리로 가는 10여 분 동안 홍 여사는 창밖 풍경을 가끔 내다보았을 뿐 입을 꾹 다물고 있었다. 무엇인가 속으로 다스리고 있는 숨은 생각이 얼굴에 그림자처럼 스쳐가고는 했다. 내가 입을 열어 무슨 말인가를 하지 않은 것은 홍 여사의 숨은 생각이 밖으로 표출되었을 때의 파장이 만만치 않을 것 같았기 때문이었다.

제승당 선착장에 도착하자 때마침 카페리가 정박하고 있었다. 거대한 상어 아가미 형상의 선수를 통해 승객이 하선하고 태워 온 차량이 그 뒤를 이어 선착장으로 내려왔다. 차량 하선이 끝나자 뭍으로 나갈 승객들이 우루루 승선하였다. 승객들에 이어 대기하고 있던 차량들이 카페리에 승선하기 시작했다. 서나가 승용차를 승선시키는 동안 홍 여사와 나는 작별인사를 나누었다. 차를 승선시킨 서나가 선착장으로 나와 내게 고개를 꾸벅 숙여 작별인사를 했다.

"서울 오시면 꼭 연락하세요. 저희들 연주회 때 초청장 보내드릴게요."

"그래, 그러지. 올라갈 때 운전 조심해야 한다."

카페리 선원의 승선 독촉 소리에 쫓기듯 모녀가 마지막 선객으로 승선하였다. 카페리의 엔진 소리가 높아지고 둔중한 선수를 올리고 천천히 이륙하기 시작했다. 선실을 향해 가고 있는 두 모녀의 뒷모습이 어딘지 모르게 쓸쓸해 보였다. 정족(鼎足)이란 세 개의 발을 갖추어야 안정적으로 서 있을 수 있는 것인데, 하나가 빠진 두 발이라니, 왜 마지막 작별인사를 나눌 때까지 홍 여사는 수나에 관한 말을 한마디도 입 밖에 내지 않은 것일까. 필경 수나에게 무슨 일이 생긴 게 틀림없었다. 홍 여사와 서나의 뒷모습을 배웅하는 내 심정은 매우 착잡하고 스산스러웠다.

두 모녀가 다녀간 다음다음 날이었다. 뜻밖의 전화가 걸려왔다.

"선생님, 저 수나예요."

아니나 다를까, 막연한 예상이 맞아떨어지는 걸 느끼는 기분은 별로 유쾌하지 않았다. 예상 속에는 그것이 어긋나기를 바라는 마음이 깔려 있었기 때문이다. 응당 반색해야 할 상대임에도 말문이 얼른 열리지 않았다.

"저, 지금 통영이에요."

이쪽 반응 같은 것에는 아랑곳하지 않고 서둘러 통영에 와 있다고 밝혔다. 수나의 서두름에서 나는 이틀 전 엄마와 언니가 한산도를 다녀갔다는 말을 결코 입 밖에 내서는 안 될 것 같다는 인상을 강하게 받았다.

"그래 알았다. 내가 바로 통영으로 나갈게. 여객선터미널이 찾기가 쉬울 거야. 거기서 한 시간 후에 보자."

무슨 말을 달리 할 필요가 있겠는가.

"한 시간이나요?"

"카페리 운항 시간이 그래. 내게는 바다 위를 뛰어갈 재주가 없구나."

"알겠어요. 초행이니 여기저기 구경할 게 많을 테지요."

서둘러 카페리 시간에 맞춰 뭍으로 나갔다. 여객선터미널 대합실에 들어선 순간, 안쪽 의자에서 불쑥 몸을 일으키는 수나의 모습과 마주쳤다. 소매물도 등대섬을 담은 대형 브로마이드를 배경으로 수나의 환히 웃는 모습이 내게로 다가왔다. 욕지, 연화, 사량, 용초, 비진도 등 인근 섬을 왕래하는 여객선 시간표와 요금표가 걸려 있는 매표구 위를 빼고는 삼면 벽이 모두 아름다운 섬 풍광을 담은 대형 브로마이드들로 채워져 있었다. 환히 웃음 짓고 있음에도 여행의 피로감 때문인지 수나의 얼굴에 우수가 어려 있었다.

"어디 푹신한 안락의자에 앉아 쉬고 싶다고 얼굴에 씌어 있구나."

"잘 보셨어요. 향긋한 커피가 곁들여진다면 금상첨화겠지요."

로피아노와 카사브랑카 두 카페를 속으로 견주어보며 앞장을 섰다. 두 곳 다 3층에서 해안과 문화마당을 한눈에 내려다볼 수 있는 강구안에 위치해 있었다. 이탈리아식 경양식집 로피아노는 커피를 잘 내렸다. 카사브랑카는 의자가 푹신하였다. 수나를 배려해 나는 카사브랑카의 푹신한 의자를 선택하였다.

"지난번 서울에서, 형체를 가진 몸은 구조상 영구불변의 것을 갈망하지만, 일정한 구조가 없는 정신은 항상 변화를 추구한다는 선생님 말씀이 저를 무서운 혼란에 빠뜨려놓았어요."

해안이 내다보이는 창가에 앉았다. 거북선과 판옥선이 나란히 정박해 있었다. 그 옆으로 크고 작은 어선들이 빈틈없이 바다 위를 메우고 있었다. 문화마당 광장은 오고 가는 행인들로 붐볐다. 주로 아웃도어 차림의 관광객들이었다. 커피가 나오자 그 향기를 잠시 음미하고 난 수나가 먼저 입을 열었다.

3주 전, 나는 세 모녀와 서울광장이 내다보이는 커피숍에 앉아 20여 년 만의 만남에 대한 소회를 분주히 주거니 받거니 했다. 숙녀로 성큼 성장해 있는 서나와 수나가 낯설지 않은 것은 무슨 까닭인가. 이전보다 더 가까워진 듯 새삼스러운 친밀감을 느끼며 이런저런 이야기를 많이 나누었다. 그러던 중 자연스럽게 화제가 음악에 가닿았다. 음악에 관해서라면 서나와 수나 둘을 따를 사람이 누가 있겠는가. 나는 주로 듣는 편이었다. 그러다 무슨 말 끝에 내가 한마디 거든다는 게 그런 말을 한 것 같기는 했다. 그렇지만 나로서는 이미 잊고 있던 것이었다.

"몸의 순환기관은 일정한 것을 요구하지만, 구체적인 순환기관이 없는 정신은 어떤 일정한 것을 요구하기보다 항상 다른 것, 전에 경험하지 않았던 것을 선호하는 경향이 있다. 몸의 순환기관이 요구하는 것이 음식이라면 정신이 요구하는 것은 여러 예술이나 형이상학 또는 종교 같은 것이라고 선생님께서 말씀하셨어요."

그래, 내가 그런 말을 하기는 했다. 그러나 그것은 아무나 다 할 수 있는 일반적인 상식 아닌가.

"그날 우리가 차를 마시고 식사를 하고, 꽤 오래 이야기를 나누었잖아. 가볍게 시간이나 죽일 요량으로 평소 생각하고 있던 것을 화제로 삼았을 뿐 특별한 뜻을 갖고 한 말은 아니었다."

세상에 회자되고 있는 상식적인 이야기를 그냥 몇 마디 지껄인 것일 뿐인데, 그걸 수나는 진지하게 받아들인 모양이었다.

"선생님께서 그때 예술 가운데 영구불변한 것은 노래밖에 없다 하셨잖아요. 영구불변한 사람의 몸이 악기로 쓰이기 때문이라는 것이었지요. 대신 사람이 만든 악기로 연주하는 음악이나, 캔버스에 물감으로 그려내는 그림이나 문자라는 도구로 표현하는 문학작품이나 말과 영상으로 보여주는 영상물, 이런 것들은 다 인공적인 것이므로 그 불후성, 영구성을 보장받을 수 있는 것이 아니라고 하셨어요. 그 말씀에 이어 몸과 정신에 관해 그런 말씀을 하셨어요."

"그래, 내가 그랬던가. 하지만 세상 사람들이 다 알고 있는 내용 아닌가?"

이틀 전 서나의 말이 상기되어 한발 물러서고 싶은 기분이 되었다.

"좋아요. 선생님께서 그렇게 빠져나가시려 한다면 어쩔 수 없겠지요. 하지만 선생님께서 지어낸 솔이라는 가객이 제게는 문제였어요. 그리고 또 레닌의 왼발도 있었지요. 솔이를 통해서는 노래의 불멸성을 강조하셨고, 레닌의 왼발을 통해서는 정신과 이념의 무상성을 제게 깨닫게 하셨어요."

앞에서도 말했듯, 솔이는 내가 지은 소설 속 인물로, 목숨을 지불하고 대신 갈망하던 노래를 얻은 열여섯 살 난 가냘픈 소녀였다. 레닌이야 세상에 널리 알려져 있다시피 볼셰비키 혁명을 성공시킨 러시아의 구국 영웅 아닌가.

수나의 눈이 나를 뚫어지게 쳐다보았다. 고압선에라도 감전된 듯 강렬한 전율이 온몸을 훑어내렸다. 수나의 눈이 언제 저토록 집요하고 깊어졌단 말인가.

지난 세기 말, 소비에트연방 해체 직후 내가 찾은 러시아는 너무나 적막했다. 경쟁 중심의 자본주의 체제하에서 살다 경쟁 없는 공산주의 체제로 들어가 겪은 낯선 문화적 충격 때문만은 아니었다. 자기 볼일을 위해 손님을 기다리게 하는 호텔 카운터의 납득할 수 없던 불친절, 노선 담당자가 와야 표를 팔 수 있다며 손님의 편의를 한사코 외면하던 항공사 직원의 이상한 처신, 이륙 예정시간을 서너 시간이나 지연시키고서도 그에 관한 해명 한마디 없던 공항당국의 낯선 처사, 이런 황당한 경험들도 적막감의 원인으로 작용하기는 했다.

그러나 그것이 다가 아니었다. 나는 더 근원적인 정신적 충격을 짧은 기간 동안 한꺼번에 너무 많이 받고 겪었다. 생활의 차이에서 온 충격이야 경험이 쌓여가다 보면 자연 해소될 수 있는 것이어서 그런지 대체로 무감각해졌지만, 정신적인 충격은 그 여진이 오래 지속되는 것이어서 그런지 지금도 기억에 생생했다.

바다는 다 이어져 있으므로 물결 따라 흘러 다니다 보면 어느 땐가는 함경도 어느 바닷가에라도 이를 수 있지 않겠느냐는 기대로 화장한 뼛가루를 바다에 뿌려 달라 유언했다는 페테르부르크의 조선족, 중앙아시아 동토에 버려져 혹한과 주림을 견디지 못해 반수 이상 죽어나갔다는 카레이스키들, 이듬해 봄 동토의 꽃 따마리스크가 유난히 무성하고 아름답게 피어 있는 곳에 가보면 으레 내다버린 시체를 뚫고 그 꽃대가 솟아 있더라는 것이며, 일찍이 소련에 망명해 북한 국적을 버렸으나 한사코 소련 국적을 갖지 않았다는 리진을 비롯한 한진, 허진 등 이른바 조선족 3대 수재들의 허망한 생애, 이런 일련의 것들로부터 나는 바닥을 알 수 없는 깊은 비애를 느꼈고 대책 없이 분노했었다.

거기에다 어느 한적한 공원에서 우연히 마주친 레닌 동상의 처량한 모습 또한 내게 커다란 충격으로 다가왔다. 의자에 앉아 다리를 오른쪽 무릎 위에 올리고 있는 모습의 동상인데, 오른발의 신은 온전했으나 오른쪽 무릎 위에 올려져 있는 왼발은 신발이 벗겨진 채 구멍이 뻥 뚫려 있었다. 소비에트 인민의 영웅이며 구세주인 레닌의 동상을 어찌 저렇듯 함부로 훼손할 수 있단 말인가. 몇 해 전까지만 해도 레닌 동상이 저렇듯 훼손된 채 버려질 때가 오리라는 걸 소비에트 사람 가운데 누가, 어느 한사람이라도 상상이나 했을까.

인류의 오랜 꿈인 평등과 공산화의 이상사회를 실현시켜준 것으로 믿어지고 추앙받던 위대한 이념, 인류에게 계급차별 없는 평화 공존의 유토피아를 실현시켜준 것으로 믿어졌던 신성한 사상, 그 사상으로 볼셰비키 혁명을 주도하고 혁명에 성공한 후 소련에 신질서와 부흥을 안겨준 신성성이 부여된 구원의 영웅, 방부 처리해 영구 안치된 유해를 참배하기 위해 꽃을 들고 줄지어 찾아든 인민들의 끊이지 않는 발걸음, 그런 신성하고 위대한 인물의 동상이 70여 년을 겨우 지탱한 후 저렇듯 처참하게 훼손되다니, 인류에게 불변의 가치란 존재할 수 없음을 웅변으로 말해주고 있는 사례가 아니고 무엇이겠는가.

허망함과 까닭 모를 우수를 두고두고 곱씹지 않을 수 없었다. 인류에게 어떤 것도 영원불변의 것은 주어지지 않는다는 사실을 그 훼손된 동상은 말해주고 있었다. 레닌의 왼발은, 영구불변의 무궁한 존재처럼 꾸며지고 신봉되던 것의 실체, 그 유한한 실체를 드러낸 허망한 사례에 다름 아니었다.

영원과 가장 오래 동행한다는 돌에다 새겨둔들 무슨 소용 있단 말인가. 사람의 손으로 만들어진 것은 사람의 손으로 허물어뜨릴 수 있는 것이 분명한 것일진대, 강렬한 전염성을 지닌 신앙 같은 굳건한 이데올로기마저도 저렇듯 허망한 결말을 맞이하고 마는 것인데, 하물며 그런 강렬한 영향력도 갖지 못한 한낱 개인적 성향의 예술작품이라는 것이 불변 내지는 영구불멸을 바란다는 것 자체가 망상임을 새삼 깨닫지 않을 수 없었던 아픈 기회였다.

“세상이 요철로 이루어져 있듯 사람도 높낮이가 있기 마련 아닌가. 그런데 세상 사람을 모두 평등하게 만들겠다니, 그게 어디 하늘의 이치에 합당한 일이었을까. 모든 사람을 평등하게 만들기 위해서는 질서를 부여하고 통제하는 존재가 필요할 터인데, 질서를 부여하고 통제하는 일이 곧 권력 아니고 무엇이겠느냐고 하신 선생님 말씀이 틀리지 않은 줄 알아요. 그런 권력과 지배계급의 존재를 근원적으로 부정하고 인간은 오로지 개개인이 독립된 존재로서 자유만을 누려야 한다고 주장한 아나키스트의 이상이야말로 하늘의 뜻에 가장 합당한 이념 같지만 그것 역시 세상의 요철을 도외시한 공허한 주장이었다는 선생님의 말씀도 잘 기억하고 있어요."

무슨 말을 하려는 것인지 수나가 진지한 표정으로 화제를 바꾸었다.

"선동적인 레닌의 이념은 희망을 동반한 채 널리 신봉되었으나 모든 정부를 부정하며 저항운동을 펼친 바쿠닌의 사상은 얼핏 하늘의 이치에 가장 합당한 것처럼 보이지만 공허하고 현실감이 소거되어 있어 사람들로부터 널리 지지를 받지 못하고 마침내 소멸되다시피 했다고 하신 말씀도 귀담아 들어두었어요. 레닌은 불멸의 영웅으로 추앙받았으나 바쿠닌의 최후는 처량했고 세상으로부터 곧 잊혀진 존재가 되고 말았다며 쓸쓸해 하셨지요. 그러나 아이러니가 따로 없는 것이, 추종세력을 모두 잃고 갈 데가 없어 흘러든 이탈리아 국경 부근 스위스령에서 무일푼의 신세로 쓸쓸히 숨을 거둔 바쿠닌의 매장 등록 서류를 작성하던 스위스 관리가 스위스에서 사망한 외국인이라면 응당 그러려니 여기고 '미하일 드 바쿠닌, 금리생활자'로 기록한 것이 그를 그만 엉뚱하게 유족한 부르주아지의 신분으로 격상시켜준 셈이었다며 웃음 짓고 난 다음, 그런데 지금 하늘나라의 두 사람 중 어느 쪽이 더 행복할까, 자문하며 고개를 갸웃거리던 선생님의 모습도 생생히 기억하고 있어요."

나는 말문이 막혔다. 대중없이 그런 말을 지껄인 것은 맞았다. 그렇지만 그 대중없이 지껄인 말이 수나에게 그대로 기억되어 있을 만큼 충격을 주었다니 마음이 불편했다.

서울광장에 부질없이 나부끼고 있던 어떤 정당의 현수막이 상기되었다. 현실을 극단적으로 부정하고 있는 그런 주장을 신념으로 삼고 있는 사람들의 머릿속에 들어가 속속들이 한번 살펴보고 싶다는 생각에 잠시 사로잡혔던 기억이 떠올랐다.

"선생님께서 그때 아무리 위대한 사상이나 이념일지라도 하늘의 이치와 합치되지 않는 것은 언젠가는 시효마감기일이 닥치고 만다는 말씀으로 정리하셨어요. 저는 그 말씀에 속으로 전율했어요. 제가 할 수 있다고 생각한 많은 것을 의심하게 만들었거든요. 장차 제가 기대하고 있던 가능성의 폭을 확 줄여놓고 말았던 것이지요. 좋아요. 이 문제는 앞으로 두고두고 제가 풀어갈 숙제일 테니 논의를 미루겠어요. 하지만 솔이는 무엇이에요. 노래가 그렇게 영구불변의 것이라니, 저는 뭐예요. 제가 20여 년 동안 제 혼신의 열정을 다 바쳐온 피아노 연주는 뭐란 말인가요?"

나는 잠시 어리둥절했다. 수나와 밤새 격하게 다투었다던 서나의 말이 상기되었다. 하지만 언제 내가 피아노 연주를 부정적으로 평가한 적이 있었던가. 도리어 나는 수나의 피아노 연주에 매혹되어 그에게서 받은 CD를 자주 듣고 있는 편이었다.

"솔이의 노래는 우리의 살이와 애환을 다 담고 있다고 하셨어요. 그러나 서양 음악은 우리 생활과는 거리가 멀다 지적하셨어요. 음악하는 사람이라면 응당 우리 삶을, 우리의 애환을 다루어야 한다고 강조하셨어요. 제가 앞으로 무엇을 어떻게 해야 하는 것이지요?"

결국 저것이었구나! 나는 저도 모르게 물잔을 들어 입술을 축이며 수나의 찌르는 듯한 시선을 피했다. 그러나 잠시 주저하다 결국 입을 열지 않을 수 없었다.

"내 말은 그런 뜻이 아니었다. 특색을 달리할 뿐 우리 전통음악도 소중한 것이고, 서양 것에 비해 결코 손색이 있는 것이 아닌데 사람들이 잘 알지도 못하면서 무턱대고 전통음악이라면 멀리하거나 무시하려드는 것 같아 안타까워 몇 마디 한 것뿐이다. 그런데 수나가 너무 예민하게 받아들인 것 같구나."

"그러니까 솔이는 스스로의 힘으로 자기 음악을 만들어냈다. 그러나 너희들은 남이 닦아놓은 길을 편안히 걸어오기만 했다. 아무리 강변한다 할지라도 너희들은 남의 것을 흉내내고 있는 것에 지나지 않는다. 선생님 말씀의 속내는 바로 그것 아니고 무엇이었어요?"

나는 말문이 막혔다.

"하지만 사람의 몸을 악기로 쓰는 노래가 인공적인 악기에 의해 만들어진 음악보다 유효기간이 훨씬 길 것이라는 말씀은 제게 새로운 깨우침을 주셨어요. 그리고 솔이가 스스로 노래를 찾아 이루었듯 저도 장차 제 음악은 제가 스스로 지어야 하겠다는 결심을 갖게 된 것도 다 선생님 말씀 영향이에요."

이를 어찌한담. 내 말이 그토록 강한 충격을 던지고 수나를 심각하게 만들었단 말인가. 말 몇 마디가 어찌 이렇듯 심오한 영향력을 행사할 수 있단 말인가. 나는 가능하다면 그때 한 말을 다 회수하여 내 속으로 다시 되삼키고 싶었다.

"내가 서나의 바이올린과 수나의 피아노 연주를 얼마나 좋아하는 줄 모르고 있는 게로구나. 너희 자매 연주 솜씨는 세계 저명 음악가들로부터 널리 인정받고 있잖아. 그런 네가 이런 문화후진국의, 더구나 무명작가가 무심코 지껄인 말 몇 마디를 그토록 심각하게 받아들였다니, 의아스러울 따름이다."

수나의 깊고 날카로운 눈을 정면으로 쳐다볼 수 없어 나는 얼른 테이블 위로 시선을 깔았다.

"저도 악보의 존재와 연주의 차이를 모르고 있지는 않아요. 작곡가가 악보를 완성했을 때 그것을 작품이라 할 수 있을까. 그렇기도 하고 그렇지 않기도 하다고 들었어요. 작곡가에게는 그것이 완성일지 모르지만 연주자에게는 종잇장 위의 기호에 불과하다 하였어요. 그것은 연주자에 의해 활짝 피어나기를 기다리는 부호들에 지나지 않는 것이라는 말을 귀가 아프도록 들어왔어요. 그 부호들은 연주자들에 의해 늘 새롭게 해석될 수 있는 가변적인 것이므로 연주자야말로 창작자라 자임해도 된다는 말도 수없이 들어왔어요. 하지만, 솔이에 대해 알고 나서는 그것이 전혀 곧이들리지 않고 위안이 되지 않는 걸 어떻게 해요."

수나는 많은 의문으로, 온몸이 의문으로 가득 차 있는 듯했다. 그 의문에 시달리며 고통스러워하고 있는 것이 분명해 보였다.

그래, 극본은 무대에 올려져 공연될 때 비로소 작품으로 승화되는 것이고 악보 또한 연주자에 의해 연주됨으로써 비로소 예술작품으로 피어나는 것이며 소설은 독자가 읽고 거기에 감응함으로써 가까스로 예술작품으로 승격되는 것이라는 수용미학이야 세상에 널리 알려져 있는 것이었다. 연극배우나 연주자는 전문적인 훈련을 쌓은 예술가들이어도 독자의 경우 그런 전문적인 훈련을 거친 예술가일 필요가 없는 것이 차이이기는 하지만, 어쨌든 작품의 본질적 효용이나 기능 면에서는 유사한 것이라는 말도 한 것 같기는 했다.

"다시 정리해보자. 수나는 음악의 최선진국인 러시아 국립 차이코프스키 음악원에서 훌륭한 스승으로부터 기예를 전수받은 세계 최고 수준의 피아니스트이다. 솔이는 문화후진국의 보잘것없는 무명작가의 터무니없는 국수주의적 주장의 산물이다. 그 둘을 어찌 단순 비교할 수 있단 말이냐?"

"도망치지 마세요, 선생님. 불을 질러놓고 도망치려는 방화범 같지 않아요."

수나의 당돌하고 도발적인 말투에 화들짝 놀랐다. 나는 어이가 없었다. 방화범 같지 않느냐고 몰아붙이다니, 심해도 너무 심한 비유가 아닌가. 내가 무심코 지껄인 말 몇 마디가 수나를 이토록 심각하게 만들었다니, 이를 어찌하면 좋단 말인가.
"그래, 도망치지 않으마. 그럼 내가 어떻게 해야 되겠니?"
"제가 뭘 어떻게 해달라 할 수 있겠어요. 지금 한산도로 들어가겠어요."
"한산도로 들어가다니?"
어찌나 놀랐던지 나는 앉은자리에서 벌떡 일어날 뻔했다.
"선생님, 한산도에 유배 온 지 5년째 된다 하셨잖아요. 한산도에 들어가서 선생님께서 오르내렸을 생각의 오솔길을 저도 한번 오르내려 보겠어요. 그렇지 않고서는 제게 주어진 과제를 도무지 풀어낼 수 있을 것 같지 않아요. 그 과제를 풀지 않고서는 한발도 더 내디딜 수 없을 것 같은데, 어떻게 해요."
수나의 음성은 결의에 차 있었다.
"그리고, 선생님께서는 아직도 공부가 모자란다고 하셨잖아요. 그렇게 말할 수 있는 오만이 어디서 온 것인지, 그것 또한 반드시 알아내고야 말겠어요."
나는 어안이 벙벙하여 한동안 벌린 입을 다물지 못했다.

고래 그림 碑

화가에게는 원시회화 기법으로,
음악가에게는 시원을 거슬러 올라가는
노스탤지어의 감성으로,
역사가나 과학자에게는
무자서(無字書)의 언어로 수수께끼를
한 보따리씩 안겼을 것이다.

한 시간 남짓, 실물대의 반구대 암각화 복제품 앞에 꼼짝 않고 서 있던 풍은 왁자지껄한 입구의 소음에 문득 현실로 돌아왔다. 아무리 뜯어 살핀다 한들 어찌 새로운 독창적인 해석이 가능하겠는가. 부질없이 추리의 세계를 톺아 오르내렸을 뿐 역시 손에 새로 쥔 것은 아무것도 없었다. 기존 연구자들의 결실에 추수적 입장을 취하지 못하는 자신의 양식이 늘 씁쓸할 뿐이었다. 간접조명의 어둠침침한 전시실에 한 떼의 학생들이 우르르 몰려들었다. 박물관 해설사가 학생들을 전시물 앞으로 불러 모으는 걸 보며 풍은 자리를 떴다.

박물관 전시물은 많은 사람들의 관람을 목적으로 하는 공유물이다. 개인적인 필요가 고집하더라도 다른 사람의 관람에 지장을 주어서는 안 되는 것이다. 오래 독점하고 있던 자리를 학생들에게 내준 풍은 옆방으로 들어갔다.

신석기인들의 생활상을 미니어처로 만들어둔 유물들이 음정을 죽인 노랫소리보다 더 낮은 조도의 조명을 받고 은은하였다. 그 낯익은 미니어처는 지난 10여 년, 풍의 의기충천하고 자신만만했던 뜨거운 세월을 아프게 연상시켰다. 오늘, 그 10여 년에 종지부를 찍기 위해 이곳 박물관을 찾은 풍은, 피가 역류하는 것처럼 강렬한 전율을 견디지 못하고 밝은 입구를 향해 허둥지둥 발걸음을 옮겨놓았다.

입구, 안내데스크를 지키고 있는 평온한 얼굴의 여직원이 시야에 들어오자 활시위처럼 당겨졌던 몸이 가까스로 이완되는 듯했다. 안내 데스크 옆에 응접용 철제의자가 놓여 있는 것을 발견한 풍은 그쪽으로 발걸음을 옮겼다. 배낭을 맨 채 철제의자에 걸터앉고 나자 비로소 자신이 너무 오래 서 있었다는 사실이 느껴졌다. 배낭과 상체의 중량이 덜어진 무릎관절이 편안해졌다. 따라서 몸의 모든 근육이 무장해제를 하고 휴식을 맞은 듯 느긋해졌다.

그러나 그 달콤한 순간은 그다지 오래가지 못했다.

"여긴, 왜?"

낯익은 목소리에 감고 있던 눈을 떴다. 수였다. 반가운 기색이 미소와 더불어 얼굴에 홍조를 그리고 있었으나 눈에는 의혹의 기운이 가득 차 있었다. 너는 여기 왜? 하고 반문하려던 풍은 수의 초록색 유니폼 가슴에 달린 명찰을 보고 그만 입을 다물었다.

"나, 여기 석 달째야. 출산휴가 중인 직원이 복귀할 때까지,

아르바이트야."

가벼운 아웃도어 차림에 배낭을 짊어진 풍의 행색에서 자기 질문의 답을 스스로 찾아냈던지 수는 도리어 이쪽 의문을 먼저 풀어주었다.

"내 생의 한고비 마지막 종지부를 찍을 장소로 이곳을 택했어. 네가 여기 있는 줄은 몰랐다."

"알았으면 다른 곳을 선택했을 것이란 말로 들린다."

"아니지. 미리 연락을 했겠지."

설핏 굳어졌던 수의 얼굴이 풀리는 걸 쳐다보며 풍은 미소지었다.

그런데 내 생의 한고비 마지막 종지부를 찍을 장소로 이곳을 택했다니, 말을 해놓고 생각하니 좀 쑥스러웠다. 이제 겨우 서른셋, 얼마나 살았다고 생의 한고비에 대해 운위할 수 있단 말인가. 그에 대한 수의 반격이 없는 것을 다행으로 여기며 풍은 속으로 안도하였다.

"의미심장한 날인 것 같구나. 그래 오늘 동선이 어떻게 되는지 말해줄래?"

"여기서 볼일은 다 봤어. 암벽화 전시물 앞에서 한 시간 이상 서 있었거든. 이제, 반구대 쪽으로 내려갈 예정이야."

"잠깐 기다릴래. 실장님께 소중한 친구가 왔다고 말씀드리고 올게."

조명이 없는 왼쪽 복도로 서둘러 뛰어갔던 수는 곧 돌아왔다. 유니폼 차림 그대로였다. 실장의 외출허가를 쉽게 받아내

좋다는 것인지, 풍의 출현이 반가워서 그렇다는 것인지, 수의 얼굴에 종잡을 수 없는 미소가 감돌고 있었다.

"너, 진주박물관으로 간다는 말을 들었는데……?"

풍이 이곳 박물관에 도착했을 때만 해도 광장에 차가 몇 대 없었다. 어느 사이 관광버스와 내방객들을 싣고 온 차량들로 광장이 꽉 채워져 있었다. 박물관 입구에는 차례를 기다리는 관람객들의 긴 줄이 이어져 있었다. 차량과 운집한 사람들 사이를 빠져나와 반구대 쪽으로 내려가는 길로 들어섰다.

행인이 뜸한 한산한 길로 들어서자 비로소 길에 뒹구는 낙엽이 눈에 들어왔다. 어떤 나무들을 스치고 온 것인가, 단풍잎 향기가 밴 바람이 코끝을 스쳐 가자 기분이 상쾌했다. 수의 질문에 얼른 대답을 하지 못하고 망설이고 있는 사이 서늘한 바람이 얼굴을 스치고 지나갔다. 곧 겨울이 오겠구나, 하고 풍은 생각했다.

"그런 일이 있었어. 하지만 이제 다 지나간 일이야."

고고학을 선택한 후, 산 넘고 물 건너, 전국 방방곡곡 호미 한 자루 들고 흙을 헤집고 다니기 10여 년, 거기에 정신없이 몰두했었다. 김해 가야 유적지, 고성 고인돌 군집지역, 창녕 청동기 주거지역, 안 다닌 데가 없었다. 흙의 빛깔만 좀 달라보여도 흥분하고 조약돌 하나도 예사로 넘기지 못하고 소중히 간직하며 그 의미를 추리하고 추적하고, 자신의 초라한 지식의 한계를 자학적으로 원망하며 해석이 불가능한 난제 앞에 몇 날 몇 달씩 애면글면 몸의 수분을 말려갔던 일들, 한시도 예사스러운 날이 없었다.

신입생 때 고고학동아리에 들어간 것이 그 시작이었다. 무얼 알고 시작했겠는가. 수천 년 전 신석기시대, 청동기시대 유물을 탐사하고 발굴하는 일이라니, 막연한 호기심이 그를 이끌었다. 미친 듯이 박물관을 탐방하고 다니며 호기심을 키웠다. 수천 년 땅속에 간직되어 있던 비밀을 찾아내 세상에 알린다는 사실만으로도 의미심장한 일 아니겠는가. 땅속에 숨어 있는 인류의 어떤 자취를 내 손으로 발굴해낸다, 생각만 해도 흥분되는 일이었다.

비슷비슷한 호기심과 의욕을 가진 스무 명이 그 동아리를 이루고 있었다. 시작은 스무 명이 했으나 해가 바뀔 때마다 한두 명씩 혹은 서너 명씩 줄어들었다. 학년이 높아지고 사회진출 시기가 가까워지자 점점 초조해졌다. 호기심을 앞세운 자신들의 선택이 세상 사는 데는 별 도움이 되지 않는다는 사실을 문득문득 깨닫는 아픈 세월이었다.

석사, 박사 과정을 거치고 보니 달랑 세 명이 남았었다. 세 명에게는, 학교에 남는 것이 가장 큰 희망이었다. 아니면 어디든 박물관 같은 고고학 전문기관에 채용되기를 바랐다. 하지만 역사학과는 매년 정원이 축소되어가는 추세여서 학교에 남는다는 것은 꿈같은 일이었다. 박물관 등 고고학 관련기관의 숫자는 다른 분야에 비해 희귀한 정도여서 거기서 자리를 찾기도 여간 어려운 일이 아니었다. 그러므로 발굴팀 교수님의 수발을 들며 어깨너머로 현장 공부 십여 년에 석 · 박사를 따고

서도 맞춤한 자리를 얻기는 난감한 일이었다.

현장 공부나 석 · 박사 없이 일찍부터 영어, 국어 공부로 학예직에 합격한 친구는 대학 졸업과 함께 자동적으로 그런 데에 자리가 생겼다. 그러나 오래 고생스럽게 현장을 돌며 전문적인 소양을 기르고 닦아온 전문가에게는 불합리하게도 갈 자리가 희소했다. 유일한 희망이 특채지만 그 특채의 기회는 쉽게 오지 않았다. 그러므로 그들의 앞날은 전망이 불투명했다. 따라서 기다림이 길어질 수밖에 없었다. 아무리 인내심을 발휘하며 버텨도 죽는 날까지 그런 행운이 오지 않을 수도 있었다. 그걸 언제 깨닫느냐 하는 것이 문제였다. 급기야 한 명은 재작년에 관광회사에 입사하였고, 이제 남은 두 명이 수와 풍이었다.

"지난 일이라니, 내가 여기 오기 직전에 들었는데?"

"예정은 확정을 위한 전 단계야. 예정을 신뢰하면 실망 또한 크기 마련이지."

"우리, 쉽게 가면 안 돼?"

"내가 언제 어렵게 말했나. 면접에서 자꾸만 반구대 암각화에 대해 묻잖아. 그래서 평소 내가 생각하고 있던 대로 말했지."

수가 고개를 돌려 풍을 유심히 쳐다보았다.

"문자가 없었던 신석기 시대 사람들이 그림으로 남긴 기록물로 생각한다고 했지."

수의 얼굴이 어두워졌다. 고개를 몇 번 천천히 좌우로 돌렸다.

"너도 반구대를 제단으로 생각하고 있는 게로구나."

"반구대 암각화를 다룬 모든 책에 고래와 짐승을 많이 잡을 수 있도록 빌며 제사를 지냈던 곳이라 되어 있잖아."

"꼭 책대로 대답해야 해. 그런 경우 자기 생각이나 의견이 더 중요한 것 아닌가?"

풍은 무엇에 저항이라도 하듯 고개를 세차게 흔든 후 입을 완강히 다물었다.

가을은 어떤 사람에게는 살랑거리는 바람으로 오고, 어떤 사람에게는 자기 그림자의 그늘이 짙어지는 감각으로 오고, 어떤 사람에게는 꽃이 시드는 것으로 오고, 어떤 사람에게는 나뭇잎이 주황빛으로 물드는 것으로 오고, 어떤 사람에게는 바다 물빛이 더 짙푸르러지는 것으로 오고, 어떤 사람에게는 아픈 이별과 더불어 오기도 하는 것, 그런 것 아닌가. 풍이 의식하지 못한 사이 산의 모습이 썩 달라져 있었다. 나무들 사이로 빠져나가는 바람의 발걸음이 한결 빨라져 있었다. 청설모가 쪼르르 타고 오르는 참나무 잎이 어느 사이 노랗게 물들어 있었다. 일찍 진 주황빛 낙엽이 길에 망설이듯 수줍은 몸짓으로 누워 있고, 동박새 두어 마리가 어디로 갈 것인지 정하지 못한 듯 단풍이 들기 시작한 오리나무 가지 위에서 퍼드득거리고 있었다.

반구대에 이르기까지 여유가 있었으나 수는 말없이 묵묵히 따라 걸었다. 풍의 굳은 얼굴을 곁눈질한 다음 아픔을 건드리지 않으려는 배려에서였다. 풍의 긴 침묵과 침울한 얼굴은 속으로 자문자답, 정답이 두 개 이상 나오는 자신의 의문에 몰두해 있는 것 같았다.

산모퉁이를 돌아 나가자 곧 반구대가 풍의 시야에 들어왔다. 그의 마음속에 작은 파장이 일어났다. 강 건너, 병풍처럼 펼쳐진 거대한 절벽 가운데 하단 부분으로 그의 시선이 달려갔다. 그러나 거리가 지닌 식별의 제한 때문에 반구대는 거대한 절벽으로밖에 식별되지 않았다. 어떤 물체가 의미를 지니고 작용해오려면 식별이 우선해야 하고 식별된 물체가 기존의 어떤 지식과 결합되어야만 비로소 연상 작용을 일으키며 마음을 움직여 인식하게 만드는 것이다.

5천 년 넘게 지금과 같은 모습으로 그 자리에 존재해왔던 반구대 암각화가 학계에 알려진 것은 40여 년밖에 되지 않았다. 하지만 인근에 주거해온 주민들은 수천 년 전부터 그 암각화를 보아왔고 그 존재를 알고 있기도 했다. 그러나 그러한 주민들의 인식은 자연적인 것에 불과했다. 그것은 자연과 더불어 그냥 거기에 존재할 뿐 지식에 의한 어떤 의미나 가치가 부여된 대상은 아니었다.

그러니까 학계에 알려졌다는 것은 반구대 암각화가 자연적 존재에서 역사적 존재로 격상되었다는 의미였다. 그렇게 격상된 존재가 된 것이 40여 년밖에 되지 않았던 것이다.

다시 말하면, 40여 년 전 서울에 있는 한 대학교 교수인 고미술전문가의 눈에 띈 것이 처음으로 학계에 알려진 계기가 되었다. 그 고미술전문가는 반구대 암각화를 연구의 대상으로 삼고 거기에 열정을 쏟았다. 유럽 여러 나라 동굴벽화와 유라시아 중앙아시아의 암벽화 등과도 비교 연구를 하였다. 그리고 거기에 학술적 의미를 부여하여 드디어 학계에 발표를 한 것이다. 그를 계기로 반구대 암각화의 존재가치가 세상에 널리 알려진 것이다. 급기야 국보로 지정되었으며 따라서 널리 세인들의 관심의 대상이 된 것이었다. 그렇게 의미를 부여해준 고미술전문가의 열정과 고고학자들이 없었다면 오늘날 어찌 그것이 세인들의 관심의 대상이 될 수 있었겠는가.

천천히 걸음을 옮기다 보니 어느새 반구대 조망대의 목책 앞에 이르러 있었다. 강을 사이에 두고 반구대는 늘 건너편 그 자리에 서 있었다. 아랫도리가 다 물에 잠겨 있어 암각화는 상단의 매우 한정된 몇 개만이 식별되었다.

고래 몇 마리와 사람 형상의 것이 두엇 보일락말락 하였다. 목책을 따라 암각화 지도를 참고하며 조망경으로 암각화를 살피고 있는 사람들이 여럿 보였다. 그들은 조망경으로 식별되는 암각화에서 어떤 의미를 읽어내고 있는 것일까. 조망대 광장을 서성이고 있는 사람들에게는 저 암각화가 또 어떤 의미로 읽혀지고 있는 것일까.

풍도 몇 번 조망경으로 암각화를 살핀 적이 있었다. 그러나 조망경은 그에게 별 도움이 되지 않았다. 한정된 몇 개의 상은 잡을 수 있었지만 조망경 밖의 것과 균형이 잘 잡히지 않았다. 밖의 물체에 비해 조망경 안의 과장된 물체가 균형을 잃고 실체감을 죽였다. 따라서 비현실적인 것으로 느껴지고는 했다.

그래서 조망경을 버리고 가급적 육안으로 균형을 잃지 않는 대상을 찬찬히 바라보고는 했다.

"저기 앉을까."

조망대 광장 왼쪽, 박물관 해설사들이 머무는 작은 시설물과 약간 거리가 떨어져 있는 곳에 벤치가 보였다. 벤치를 가리키며 수가 앞장섰다. 수의 뒤를 따라 벤치로 간 풍은 먼저 배낭을 벗어 거기에 올려놓았다. 짐짓 의도한 것은 아니었으나 다행히 반구대가 정면으로 바라보이는 위치였다. 자리가 안성맞춤이었다.

"나, 오늘 여기서 술 한잔 하고 갈 작정이다."

배낭의 지퍼를 열고 소주와 구운 쥐포를 꺼냈다.

"수, 널 여기서 만날 줄 알았으면 잔을 두 개 가져오는 건데, 하나밖에 가져오지 않았어."

"하나만 있으면 되지, 둘씩이나."

"근무시간에는 안 되는 것이지?"

"왜 안 돼. 내가 말술을 마신다고 표 나는 것 봤어."

"세 병밖에 안 가져왔는데, 걱정이군."

"나, 요즘 많이 줄었어. 한 병 정도면 오케이야."

천연덕스런 수의 응대에 풍은 빙그레 미소지었다.

쥐포를 찢고 소주를 잔에 따라 주위에 뿌리며 고수레를 먼저 했다. 고수레를 마친 풍은 새로 술을 잔에 붓고 쥐포를 찢어 나란히 놓은 다음 눈을 감았다.

'오늘 저는 일부러 이곳을 찾았습니다. 저 암각화에 관한 이야기를 듣고 거기에 호기심과 흥미를 느끼지 않았다면 지난 10여 년을 제가 어찌 현실적 삶과 맥락을 함께하지 않는 선사적 세계를 오락가락 방황했겠습니까. 십여 년 전 저의 선택이 어리석었는지 모르지만 그 호기심과 흥미를 탓할 수만은 없을 것입니다. 이제 어쩔 수 없이 현실로 돌아가려는 저를 널리 용서해주시기 바랍니다.'

입속으로 중얼거리는 동안 입술이 음정에 따라 달싹거렸던가, 눈을 뜬 순간 의혹이 가득 고여 있는 수의 눈과 마주쳤다. 급히 술잔을 들어 음복을 하며 민망스러움을 감추었다. 시치미를 떼고 술을 따라 앞으로 밀어두었으나 그것은 보지도 않고 수는 한참 동안 풍에게서 눈을 떼지 않았다.

"수, 정말 내가 틀린 것일까?"

"무엇이든 네 머릿속에 있을 때는 무슨 상관이겠어. 그렇지만 말이나 글을 통해 밖으로 나오면 문제가 되겠지."

수는 걱정스런 눈으로 풍을 바라보았다. 다르게 생각하라. 길은 다르게 생각하는 데에 있다. 선생님들은 걸핏 하면 그렇게 말했다. 자신들은 대체로 책을 벗어나 생각하거나 말하고 행동한 적이 없으면서 학생들에게는 다른 길을 탐색하라고 상투적으로 권했다. 그러나 길은 책 밖의 어디에도 없었다. 오랜 세월 책 밖의 길을 찾아 방황하던 사람도 급기야는 책으로 돌아와 안주하고는 했다. 그런데, 저 인간은 아직 젊어서 그런가, 어떻게 된 것인지 오로지 책을 벗어나 생각하려고 몸부림을 쳤다. 책 속에 있는 정답을 부정하는 그는 세상으로부터 부정당했다. 세상으로부터 부정당하는 것을 그는 무슨 훈장이라도 달고 있는 것처럼 자랑스럽게 생각하는 눈치였다. 풍의 여자가 되면 평생 고달프게 살아갈 수밖에 없으리라.

풍은 수의 어투에서 이쪽의 신념에 대한 비난과 질책이 여전함을 느끼고 기분이 씁쓸했다.

"세상은 정답만을 요구하지. 그러나 오답이 정답으로 바뀌는 경우도 있다는 걸 왜 사람들은 인정하지 않으려 할까."

"오답을 주장하는 사람의 숫자에 비해 정답을 주장하는 사람의 숫자가 월등 많기 때문이겠지. 학문도 민주주의가 지배한다는 사실을 왜 모른 척하실까."

수는 다음 말을 줄이고 입술을 달싹거렸다. 네가 책에 있는 답에 따라 언행을 하기만 하면 그 방면에 길이 얼마든지 열릴 수 있어, 아마 그렇게 말하고 싶은 것인가. 진주박물관의 경우처럼.

면접시간 내내 반구대 암각화에 관해 집요하게 질문을 퍼붓던 한 면접관의 얼굴이 떠올랐다. 그 면접관의 얼굴만 굳어 있을 뿐 나머지 두 명의 면접관의 표정은 매우 우호적으로 보였다. 얼굴이 굳어 있던 그 면접관이 관장이었고 관장의 대표적 저서가 암각화에 관한 것이었음을 풍은 나중에야 알았다. 그러나 설령 그 사실을 알고 면접에 응했을지라도 풍의 대답은 달라지지 않았을 것이었다.

어쨌든 풍은 책에 실려 있는 답만을 요구하는 세상에 강한 거부감을 느끼고 있었다. 최초로 반구대 암각화를 발견한 교수의 지식과 경험과 학문적 업적만을 오로지 중시하고, 학문적 업적이 그에 미치지 못한 신인의 지식과 경험은 도외시하고 무시해도 된다는 것인가. 당치 않았다. 그러나 최초로 발견하고 의미를 부여하고 명명한 학자가 널리 알려져 있는 고미술학계의 권위자이므로 그의 권위가 시퍼렇게 살아 있는 한 다른 주장은 용납되지 않는 것이 학계의 오랜 풍토라는데 어쩌겠는가. 다만, 세상으로부터 비수학적인 정신착란자라는 비웃음을 샀던 필롤라오스라는 사람이 최초로 지구의 자전운동을 주장했다는데, 이런 사실을 참고할 수는 없을까. 늘 그런 것은 아니지만 과학의 발전은 정신착란자에게 많은 빚을 지고 있다 하였다. 즉, 유명한 사상가나 학자는 현재의 정의에 집착한 나머지 새로운 것을 외면하지만 지식이 얕은 풋내기 학자나 정신착란자는 늘 새로운 것을 찾아 용감하게 전진한다는 것이다. 그러므로 새로운 발견은 늘 다른 의견을 가졌거나 얕은 지식의 풋내기 학자라는 사실을 대개 인정하고 있는 것이 세계적 추세라는데 왜 우리나라 고미술학계의 권위란 것은 오랜 세월 요지부동인 것인가. 꼭 그래서 그런 것이 아니라 기존의 것에 도취해 있는 유명한 학자보다 새로운 것을 찾아 쉬지 않고 눈을 부릅뜨고 탐색하는 얕은 지식의 풋내기 학자 편에 서고 싶은 것이 풍의 취향이었다. 그래, 트로이 유적을 발굴한 슐리만도 미친놈 소리를 듣던 아마추어 고고학자 아니었던가. 수천 년 동안 전설로서만 존재했던 트로이의 실재를 증명해내 세계 고고학계를 놀라게 한 슐리만 같은 사람이 왜 우리나라에서는 나오지 않는 것일까. 그렇다고 수에게 그런 말을 하고 싶지는 않았다.

"더 많은 고래를 포획하고자, 더 많은 사슴을 사냥하고자, 멧돼지와 호랑이를 포획하여 식량으로 삼을 수 있도록 해달라고 제사를 올리는 제단이라는 주장이 맞다고 생각해."

'그래, 그 말도 맞을지 모르지. 하기야 소중한 것이 무엇이겠어. 먹고사는 데 필요한 먹거리 아니겠어. 나무에서도 얻고 작은 짐승들을 잡아서도 그 고기를 먹었겠지. 그러나 고래 한 마리를 잡으면 그 고기가 얼마나 풍성했겠어. 무리들이 몇 달 동안 먹고 살 수 있지 않았겠어. 그래서 거대한 고래를 포획할 수 있게 해달라고 제사를 올리기도 했겠지. 그러나 저것이 제단이라고? 저기서 제사를 올렸다고?'

풍은 속으로 그렇게 생각하며 씁쓸하게 웃었다. 강에 잠겨 있는 반구대 암벽을 바라보았다. 존재하기는 했으나 암벽은 자기주장을 할 줄 몰랐다. 암벽의 주장은 그것을 바라보는 사람이 감득하고 해석하는 데 따르는 것이다. 감득하고 해석하는 능력이 어디 한결같겠는가. 그것을 바라보는 사람의 소양에 따라 각기 다르기 마련일 터였다. 그러므로 암벽은 그를 쳐다보는 사람의 숫자만큼 다양한 언어로 말해왔을 것이다. 화가에게는 원시회화 기법으로, 음악가에게는 시원을 거슬러 올라가는 노스탤지어의 감성으로, 역사가나 과학자에게는 무자서(無字書)의 언어로 수수께끼를 한 보따리씩 안겼을 것이다. 드러난 현상에만 집착하는 기자나 정치가에게는 아마 입을 닫고 침묵으로 일관했으리라. 이치가 그러한데 그것을 어찌 이것만이 정답이라고 자신 있게 말할 수 있겠는가. 정답이 오리무중인 가운데 오로지 권위가 모든 언어의 감득을 통제하게 된 것일 뿐인 것 아니겠는가.

하지만 기도를 올리는 제단이라면, 제사를 받는 대상, 즉 해나 하느님이나 달님이나 조상 등을 그려놓았어야지, 더 많이 포획하고 싶은 희생의 대상물을 그려놓고 그들에게 제사를 지내다니, 풍의 양식으로서는 동의도 공감도 할 수 없었다. 그래, 왜 기도의 대상으로 고래를 그리고 호랑이 표범, 멧돼지를 포획하는 배와 사람들을 그려놓았다는 말인가. 아무리 뜯어 살펴도 수많은 크고 작은 고래들, 배를 타고 고래잡이를 하고 있는 사람들이 제사의 대상이 되는 신 같은 초월적 능력을 지닌 것 같지는 않았다.

"그리고, 저 암각화는 공동체가 함께 제작한 것이라는 게 학계의 정설이잖아."

풍에게 술잔을 넘기지 않는다고 재촉하며 수가 비아냥거렸다. 술잔을 건네고 술을 가득 따라주자 수는 단숨에 들이켜고 잔을 풍에게 건넸다.

수는 암각화 박물관 팸플릿에 실려 있는 글귀를 상기했다.

'절벽 아래 제단처럼 생긴 바위 턱에는 이 의식을 주관하는 제사장이 사슴뿔 장식의 관을 쓰고 가슴에 청동거울을 걸고 허리띠에 조가비나 고래 뼈 등의 온갖 장신구들을 매단 채 조용히 해가 떠오르기를 기다리며 경건하게 서 있다. ……제사장은 두 팔을 들어 올리고 무릎을 꿇고 엎드려 절을 하며 여름의 고기잡이와 사냥에서 풍요로운 수확을 거둘 수 있게 해달라고 빈다. 강 건너편 언덕에 있던 많은 사람들도 바위에 새겨진 고래신과 어로와 수렵의 대상이 되는 동물들이 햇빛에 드러나는 것을 보면서 함께 경건한 마음으로 기원을 올린다. 더 많은 사냥감을 얻기 위해 암각화를 그리고 그 아래서 제사를 지내기도 했다.'

"족장이라 해야 하나, 우두머리라 해야 하나, 무리에 어른이 있었을 것 아냐. 그 어른의 임무가 무엇이었을까. 무리를 굶주리게 하지 않는 것이 가장 우선적 임무 아니었을까. 무리를 이끌고 산을 톺아가며 사냥도 하고 바다에 나가 고기도 잡았겠지. 사냥에서는 사슴이나 멧돼지 포획을 횡재로 여겼을 터이고, 바다에서는 고래를 포획하는 걸 횡재로 여기지 않았을까. 무리의 소망은 따라서 자연 고래나 사슴이나 멧돼지를 많이 포획하는 것 아니었을까. 그래서 그들은 소망을 암벽에 새겨놓고 더 많이 포획하게 해달라고 제단에 제물을 진설해놓고 제사를 지냈겠지. 아주 자연스런 현상 아니었겠어."

수의 말에 풍은 고개를 절레절레 저었다.

암벽화가 그려진 부분은 대패로 다듬어진 목재처럼 미끈하게 마름질되어 있었다. 병풍처럼 쳐져 있는 건너편 절벽은 풍우에 마모되어온 장구한 시간의 자취가 분명한 울퉁불퉁한 자연적 형상을 그대로 짓고 있었다. 암벽화가 그려진 부분만 미끈하게 마름질되어 있는 까닭이 무엇이겠는가. 그것은 암벽화를 그리기 위해 사람의 힘으로 다듬어놓은 것이 틀림없었다. 사람의 힘으로 다듬은 것이 맞다면 얼마나 많은 사람들이 얼마나 많은 공을 들였던 것일까. 암벽을 마름질한 도구는 무엇이었을까. 무른 재질의 청동합금의 도구로서는 마름질이 가능해 보이지 않았다. 그렇다고 강옥이나 석류석 같은 연마제를 알기나 했을까. 그렇지 않으면 암벽보다 더 강한 재질의 돌을 구해 마냥 주어진 시간을 들여 하염없이 갈았던 것일까. 자연 그대로의 울퉁불퉁한 상태의 암벽을 미끈하게 다듬는 데 드는 시간과 공을 생각하면 혼자서 한 것으로는 믿어지지 않았다. 그러므로 공동체의 합의와 노력에 의해 만들어진 것으로 믿을 수밖에 없었을 것이다. 그러나, 정말 그랬을까?

"네 주장대로라면, 저 암벽화가 정상적인 사람이 그린 것이어야 할 텐데, 나는 결코 정상적인 사람이 그린 것으로는 믿어지지 않아. 저것은 미친 사람의 당치 않은 짓이 남긴 흔적이야."

"저것이 그려진 연대가 신석기 시대, 즉 오육천 년 전이라잖아. 그때도 미친 사람이 있었을까."

"미친 사람, 그보다 더 오래 된 만 년 전 구석기 시대에도 미친 사람은 있었을걸. 미친 사람 없는 세상이 어디 있어."

"그런데 나는 왜 미치지 않는 것일까."

"네가 왜 안 미쳤어. 고고학? 인생 성공확률 0%에 기대를 걸고 매일 허방다리를 짚고 있는 네가 미치지 않았다면 과연 어떤 사람을 미쳤다고 할까."

풍 앞에 놓여 있는 술잔을 빼앗듯 가져가 단숨에 입안에 털어 넣은 다음 풍을 쳐다보며 웃고 있는 수가 순간 풍은 측은해 보였다.

"세상을 다 부정하고 혼자 잘났다는 너에 비하면 내 미친 것은 약과겠지."

"어쨌든, 반구대는 제사를 지낸 제단은 아냐. 저것은 그림으로 된 기록이야."

"그러니까, 네가 미쳤다는 것이지."

"문자가 있었으면 고생이 덜했을 터인데, 일일이 그림으로 사실을 나타내려니 얼마나 힘들었겠어."

올은 일찍이 아버지를 결코 닮지 않으리라 맹세했었다.

아버지는 사냥의 무리에서도 제외되고 고래잡이에서도 제외되었다. 해질녘 집으로 돌아오는 사람들의 손에는 사냥한 사슴이나 토끼, 아니면 고기가 들려 있고는 했다. 그러나 아버지는 늘 빈손이었다. 아버지의 빈손은 가족을 굶주림의 고통으로 몰아넣었다. 들이나 산에서 구할 수 있는 풀이나 열매로는 배를 제대로 채우지 못했다. 포만감은 고기를 먹었을 때라야만 느낄 수 있었다. 포만감이 곧 안락이었고 행복이었다. 가족은 실로 오랫동안 안락도 행복도 느껴보지 못했다. 가족을 고생시키면서도 아버지는 오연했다. 다른 사람들이 하지 않는 일을 한다는 자부심이 따로 있었다. 그 자부심으로 인해 가족의 고생은 계속되었다. 아버지의 뒤를 밟은 적이 있는 올은 아버지의 자부심이 터무니없었을 뿐만 아니라 원망스러웠다. 아침부터 시작해 해질녘까지 아버지는 절벽에 매달려 바위를 갈고 있었다. 바위를 갈아 무엇에 소용이 닿는다는 것인지. 바위를 갈면 바위의 문이 열리고 그 안에서 고기라도 나온다는 것인지. 그렇다 하여도 그 문이 열릴 때까지는 요원해 보였다. 그 문이 열리기 전에 모든 가족이 다 굶주려 죽고 말면 어쩐단 말인가. 그러나 바위 가는 일에만 몰두해 있을 뿐 아버지는 가족을 돌보는 일에는 한사코 소홀했다. 결국 바위의 문이 열리는 것도 보지 못하고 아버지는 어느 날 바위 아래 쓰러진 채 숨을 거두고 말았다.

주림의 고통을 겨우 면하며 성장한 올은 신체가 허약한 편이었다. 허약한 몸으로 가족을 부양하기란 힘에 부쳤다. 짝도 일찍 생겨 입이 여럿이었다. 새끼도 벌써 둘이나 생겼다. 그러나 사슴이나 멧돼지를 잡으러 무리와 함께 산으로 올라가 부지런히 뛰어다니고, 물고기를 잡으러 바다에 나가 팔이 빠져라 그물질을 해댔으나 늘 배당이 다른 사람의 절반 정도에도 미치지 못했다. 산에서는 창을 던질 기회를 늘 다른 사람에게 빼앗기고 바다에 나가면 팔뚝의 힘이 변변치 않아 그물질도 다른 사람을 따라가지 못했다. 뗏목을 타고 넓은 바다로 나가기도 했으나 한 번도 작살을 고래 등에 꽂아본 적이 없었다. 겨냥은 맞게 하는 것 같았으나 힘이 주어지지 않아서인지 번번이 작살이 고래 등에 미치지 못하거나 엉뚱한 곳으로 빗나가기 일쑤였다. 가족을 위해 잘할 수 있는 일이 없었다.

무능한 그는 급기야 무리로부터 홀대를 받기 시작하였고, 자연 배돌게 되었다.

사냥을 나가던 길에 그는 무리에서 떨어졌다. 그토록 아버지를 닮지 않으리라 맹세했으나 그의 발걸음은 아버지의 바위로 옮겨졌다. 바위에 다다른 올은 가슴이 먹먹해졌다. 눈에 눈물이 그렁그렁 맺혔다. 눈물이 주루룩 뺨 위로 흘러내렸다. 바위 아래 옴팍한 구멍 안에 손아귀에 쥐기 좋은 크기의 돌들이 여럿 있었다. 하나를 들고 살피던 그의 눈에 다시 눈물이 맺혔다. 손등으로 눈물을 훔친 그는 돌의 닳은 반질반질한 면을 살핀 후 바위를 쳐다보았다. 잘 갈린 바위의 미끈한 면 위에 아버지의 손길이 지나간 흔적이 오롯이 그려져 있었다. 키를 세운 올은 자기도 모르게 충동적으로 고르지 않은 면을 찾아 손아귀에 쥔 돌로 바위를 문지르기 시작했다. 돌을 문지르는 동안 올의 눈에는 눈물이 그치지 않았다. 해가 지고 어둠이 깔리기 시작했다. 내키지 않는 발걸음을 옮겨 움막으로 돌아갔다. 그의 빈손을 본 짝은 별다른 내색은 하지 않았으나 서운해 하고 있는 것에 틀림없었다. 먹을 것으로 푸성귀 몇 가지만을 내왔다.

이튿날도 올은 무리에서 떨어져 바위로 갔다. 어제와 같은 일을 반복했다. 바위를 갈기는 했으되, 비로소 아버지가 바위에 있는 문을 열기 위해 그토록 열심히 바위를 문지른 것은 아니라는 걸 알아차렸다. 올은 할 수 있는 일이 없어져 바위를 찾은 것이었고, 비로소 아버지 또한 무리로부터 배척을 당하여 바위에 자기 아픈 마음을 문질러댔으리라, 어렴풋이 짐작하기에 이르렀다.

해가 지고 땅거미가 깔릴 무렵 올은 연모를 제자리에 두고 움막으로 돌아왔다. 나무 그늘에 숨어 있던 토끼는 오늘도 그의 손이 비어 있는 것을 보았다. 무거운 발걸음을 옮겨 움막에 도착하였으나 짝은 그의 빈손을 보지 않기 위해 눈을 내리깔았다. 푸성귀 몇 이파리를 씹고 자리에 돌아누워 등을 웅크렸다. 올은 자기 심정을 표현할 기분이 아니었다. 그 옆에 아이를 사이에 두고 누운 짝은 그를 건드려 답답한 마음을 풀고 싶지만 전 같지 않은 그의 냉랭함이 뜨악하여 숨을 감추어 쉬었다.

이튿날, 건너 골짜기의 굼이 찾아왔다. 어깨에 삼노로 엮은 동아줄을 매고 왼손에는 날카롭게 벼른 석편 촉을 박아 단단히 묶은 기다란 작살을 들고 있었다. 건장한 그는 어깨가 쩍 벌어지고 키가 올보다 머리 하나는 더 컸다. 물고기처럼 헤엄도 능숙했고 고래만 보면 흥분을 감추지 못하고 맨 먼저 고래 등에 작살을 꽂고는 했다. 그는 무리의 선망의 대상이었다. 그를 짝으로 삼으려는 아낙들이 많았다. 무리의 어른들은 장차 무리를 이끌어갈 재목으로 그를 꼽아둔 지 오래였다. 굼은 고래잡이를 함께 가자고 했다. 올의 짝은 얼굴이 활짝 펴져 있었다. 굼을 쳐다보는 눈에 광채가 일어났다. 올은 마지못해 엉성한 줄과 끝을 뾰족하게 다듬은 나무창을 찾아 들고 굼을 따라나섰다.

난, 바위로 가겠어.

굼을 따라나섰으나 올은 고래잡이를 나갈 마음이 없었다. 짝의 눈치를 살피며 형식적으로 그냥 줄과 나무창을 찾아 들고 굼과 함께 움막을 나섰을 뿐이었다.

어제 네 짝이 나를 찾아왔었어. 며칠째 굶다시피 하고 있는데, 네가 늘 빈손으로 돌아온다면서 울다 갔어.

얼굴을 쳐들어 하늘을 쳐다보았다. 구름이 있는지 없는지 눈에 잡히지 않았다. 새가 나는지, 바람이 지나가는지도 보이지 않았다. 눈물을 흘리지 않기 위해 코를 훌쩍 들이마셨다.

난, 아버지 뒤를 따를 수밖에 없을 것 같아.

짝과 새끼들이 주리고 있잖아.

올은 다시 콧등이 시큰해졌다. 말은 하지 않았으나, 모진 것이 목숨이라는데, 산이나 들에서 구할 수 있는 것으로 지낼 수도 있겠지, 막연히 그렇게 생각했다.

하지만 고래잡이를 따라나서도 늘 꼴찌니, 빈손이나 다름없잖아. 그럴 바에는 하고 싶은 것이나 하겠어.

바위에 있다는 문을 열겠다고?

바위에 문 같은 것은 없어.

그럼 무엇 때문에?

그냥.

아무것도 생기지 않는데, 짝과 새끼들이 굶주리고 있는데, 그냥 바위나 갈겠다고?

아버지가 하려던 일이야.

아버지가 하려던 일이라니?

아버지는 우리가 살아가고 있는 모습을 그려놓기 위해서 바위를 갈았던 것이야.

우리가 살아가고 있는 모습이라니?

너, 올해처럼 고래를 많이 잡은 적 있어? 한 철에 손가락 발가락 모둔 것 만큼이나 많이 잡았잖아. 내가 잡은 것은 아니지만 나는 그 사실이 아주 자랑스러워. 그 자랑스러운 일을 두고두고 잊지 않도록 해야 한다고 믿어. 그래야 훗날에도 그보다 더 많은 고래를 잡으려 노력할 것 아냐.

말하는 사이 울적한 기분을 털어내기라도 한 듯 올의 목소리가 흥분에 고조되어 있었다. 굼은 이해가 되지 않았던지 미덥지 않다는 눈으로 올을 돌아보았다.

그걸 어떻게 잊지 않게 할 수 있다는 건데?

아버지가 바위를 문지른 것은 그런 사실을 바위에 그려놓기 위해서였어. 아버지는 바위만 문질렀을 뿐 아무것도 그려놓지 못하고 돌아갔지만, 아버지 뜻을 알게 된 내가 어찌 모른 척할 수 있겠어. 나는 우리가 한 철에 스무 마리나 고래를 잡은 사실을, 내가 본 대로 느낀 대로 바위에 새겨놓을 작정이야.

굼은 올의 주장이 어떤 것인지 쉽사리 이해가 되지 않았다. 먹거리를 마련하기 위한 노력이 가장 중요한 것 아닌가. 먹거리와 관련이 없는 어떤 일도 중요하게 생각되지 않았다. 올은 중요하지 않은 일에 힘을 허비하겠다는 각오였다. 무리의 일원으로서 이를 말려야 하는 것은 당연한 도리였다. 묶어서라도 고래잡이에 데리고 가야 되겠다고 생각하고 있는 사이, 올은 벌써 저만치 바위가 있는 냇가 쪽을 향해 휘적휘적 걸어가고 있었다. 만류할까 망설이다 단념한 굼은 도리질을 몇 번 하고 바다 쪽으로 방향을 잡아 길을 재우쳐 걸어갔다.

바위에 당도한 올은 먼저 바위의 위아래를 꼼꼼이 살폈다. 더 잘 다듬으려면 끝이 없을 터였다. 이만하기도 벌써 여러 달이 소요되었다. 욕심은 시일만 더 지체시킬 뿐이었다. 이만하면 되었다고 생각하기까지 보낸 나날이 아득하였다. 스무 마리의 고래를 새기기에 좋은 곳이 어디일까. 가운데 부분이 가장 맞춤할 터이나 가운데 부분에는 위에서부터 아래까지 길게 손가락이 드나들 만큼의 골이 패여 있었다. 골을 피하지 않고서는 온전한 형상을 그려낼 수 없을 것 같았다. 오리나무와 굴참나무 그늘이 드리운 암벽 아래쪽, 가운데를 살짝 비켜난 부분쯤이 알맞아 보였다. 새끼를 업은 고래, 작살을 달고 계속 물을 뿜어대며 한없이 내달리던 거대한 고래, 춤을 추며 물살을 가르고 오르던 예쁜 고래 떼, 이런 고래들의 모습을 새겨 넣을 자리를 머릿속으로 그려보았다. 머릿속으로 작은 새 한 마리가 포르륵 날아와 앉았다. 그래, 이제 때가 이른 것이리라.

몸을 옮겨 바위 아래로 향했다. 마땅한 연모를 찾기 위해 옴팍 패인 구멍의 돌무더기를 헤집어 살폈다. 하나, 둘, 칼처럼 잘 벼려진 것도 망치로 사용하기 알맞은 것도 있었다. 시험 삼아 벼린 돌칼을 옆의 바위에 대고 망치로 내려치자 그 부위가 패였다. 돌칼이 대여섯 개가 넘었다. 아버지의 모습이 떠올랐다. 원망만 했던 지난날이 송구하고 민망스럽고 아쉬웠다. 아버지의 뜻을 위해서라도 잘 새겨야 할 것이리라, 속다짐을 두었다. 그는 눈물이 핑 도는 눈을 손등으로 훔쳤다.

몸을 일으킨 그는 스무 마리의 고래를 그릴 자리를 먼저 눈으로 정했다. 맨 선두에 새끼를 업은 놈을 그려야 하리라. 그다음에 가장 멋지게 작살을 꽂은 놈을, 그다음에 무리에게 오래 먹거리를 제공한 귀신고래를, 그다음 자리에 멋지게 물을 뿜어 올리는 놈을, 그 옆에 꼬리를 들어 연신 물을 치는 놈을, 그리고 그 아래로 온몸으로 춤을 추며 파도를 가르고 가는 작은 고래 떼를 그려야 하리라.

바다를 제압해가고 있는 고래 떼가 머릿속을 가득 채웠다. 고래 떼의 역동적인 모습이 그를 사로잡았다. 저보다 더 멋진 행진이 또 어디 있겠는가.

왼손에 잘 벼려진 돌칼을 쥐고 그는 그것을 오른손의 돌망치로 쳐 맨 선두의 새끼를 업은 고래의 형상을 쪼아나갔다. 얼마 쪼아나가지 않아 해가 지고 땅거미가 깔렸다. 어두워지면 산에서 짐승이 내려와 덤비기 십상이었다. 어두워지기 전 움막으로 돌아가야만 했다.

오늘도 빈손으로 움막에 당도한 올을 본 짝은 얼굴이 어두워졌다. 굼과 고래잡이를 나갔으니 오늘은 새끼들에게 맛있는 고기 맛을 보여줄 수 있으리라 기대하고 있던 짝은 실망과 분노로 얼굴이 일그러졌다. 짝의 기분을 알아차리기는 했으나 올은 빈손으로 돌아온 까닭을 설명하고 싶은 기분이 되지 않았다.

다음 날도 올은 빈손이었다. 빈손으로 들어온 그는 그러나 피로에 지쳐 넝마처럼 구겨졌다. 푸성귀도 몇 가닥 씹지 못하고 그냥 앉은자리에서 모로 쓰러져 코를 골기 시작했다. 그다음 날도 마찬가지였다.

그러던 어느 날 밤, 짝은 소리 나지 않게 움막을 나섰다. 나무숲에 달빛이 하얗게 내려앉고 있었다. 달빛을 밟으며 오솔길을 헤쳐 나갔다. 돌아올 때는 달이 지고 하늘에 별들만 반짝이고 있었다. 움막에 도착했을 때는 발과 다리가 이슬에 푹 젖어 있었다. 오른손에는 나뭇잎에 싼 고기가 들려 있었다. 그 다음다음 날 밤도, 짝은 소리 나지 않게 움막을 나섰다. 나무숲에 달빛이 하얗게 쏟아지고 있었다. 달빛을 밟으며 오솔길을 헤쳐 갔다. 돌아올 때는 달이 지고 하늘에 별들만 속삭이고 있었다. 움막에 도착했을 때는 발과 다리가 이슬에 흠씬 젖어 있었다. 지난번처럼 오른손에는 나뭇잎에 싼 고기가 들려 있었다.

이윽고 다섯 마리째를 완성했다. 거대한 놈의 등에 작살을 박아놓은 장면을 나타내기 위해 올의 고심은 깊었다. 작살 모양을 남겨두고 면을 다듬어나가자 기대했던 것보다 훨씬 사실감이 풍부하게 느껴졌다. 입가에 미소가 흐르고 눈에는 득의의 기운이 감돌았다. 이토록 충만한 기분을 누가 알까. 고래 등에 정확히 작살을 꽂았을 때 굼이 이런 기분을 느끼고는 할까. 자부심으로 온몸이 충만했다. 그러나 그동안 쌓인 피로로 인해 얼굴은 핼쑥했다. 지친 몸을 이끌고 움막으로 돌아간 그는 짝이 보이지 않았으나 신경 쓸 겨를이 없었다. 아이들이 없는 것도 그는 눈치채지 못했다. 만사가 귀찮아 그냥 앉은 자리에서 모로 쓰러져 곧 코를 골기 시작했다.

이튿날 아침 눈을 뜬 그는, 여느 날과 달리 짝은 물론 아이들의 부산한 움직임이나 인기척이 나지 않음을 느끼고, 드디어 그날이 온 것인가, 생각했다. 얼음 같은 찬바람이 가슴속을 할퀴며 지나갔다. 코가 매캐하고 시큰했다. 눈물이 뺨을 타고 흘러내렸다. 언젠가는 짝이 움막을 떠나리라 예상하고 있었다. 먹을 것도 마련해 오지 않고 짝 구실도 제대로 하지 못하는 사람을 오래 견디고 용서해준 것이다. 누가 주림과 고생을 달가워하겠는가. 예상보다 오래 견뎌준 것이 고맙다면 고마울 따름, 조금도 밉거나 원망스럽지 않았다. 새끼들도 어미의 돌봄이 더 요긴하지 않겠는가. 새끼들을 두고 가지 않은 것만도 다행이라면 큰 다행이었다.

"그러니까, 고래 스무 마리를 그리는 데 심혈을 기울이는 사이 가족과 무리 등 모두로부터 배척당하고 마침내 피폐해진 육신을 암벽 아래에 뉘였다, 그런 이야기지? 아 낭만적이셔!"

"낭만적이셔! 그렇게 비꼴 일이 아니잖아. 그 시대 사람들이 후대에 남겨 전하고 싶은 자랑스러운 사실이 무엇이었을까? 고래와의 싸움에서 이긴 그들의 승리 아니었을까. 인간의 능력으로서는 불가능해 보이는 거대한 고래와 싸워 놈을 포획한 것, 그리하여 무리의 먹거리 걱정을 없애준 고래잡이가 위대한 일 아니었을까. 불가능에 도전하여 성취하는 것, 그 위대한 사실을 후대에 전하기 위해 올이 희생을 마다하지 않은 것이 아니었을까. 사실 여부는 알 수 없으나, 나는 그렇게 생각해 왔어."

"너 상상력은 알아줘야 돼. 그렇다면 그 사람이 미친 사람은 아니잖아."

"미치지 않고서는 그런 일을 할 사람이 어디 있나. 다행히 그의 바위그림을 보고 탄복한 굼이 우두머리에게 간청해, 올에게 바위그림을 그리는 소임을 주고 고래를 잡을 때마다 꼬리 부분의 고기를 배당하기로 결정을 보았지. 나는 그가 반드시 보상을 받게 하고 싶었어."

"풍이 겪고 있는 현실적 냉대를 상상 속에서까지야 용납할 수 없다, 그거로군!"

"마음대로 생각해."

"그런데, 인생 한고비의 종지부를 찍으러 왔다니, 무슨 말이야?"

"나, 고래와 헤어지러 왔다."

수는 입으로 가져가려던 술잔을 탁자 위에 탁 소리 나게 내려놓고 놀란 눈으로 풍을 바라보았다. 고래와 헤어지려 왔다니, 고고학과 헤어지려 왔다는 말 아니고 무엇이겠는가.

"오답만을 생산하는 일에 지친 때문이라고 해도 좋아. 하지만 그것 때문만은 아냐. 어느 날 아침 잠자리에서 일어났더니, 눈앞이 캄캄하지 않아. 세상으로 통하는 길이 내게는 다 막혀 있는 것 같았어. 그래서 일단 세상과 통하는 길을 한번 찾아봐야 되겠다, 그렇게 생각했어."

“풍답지 않게 백기를 들겠다는 건 아니지? 그래, 길은 찾았어?”

“글쎄, 강원랜드에 이사로 있는 집안 아저씨가 올라오래.”

“어머머, 말도 안 돼. 풍이 찾은 길이 강원랜드라니. 아, 그게 하필, 강원랜드라니!”

풍의 대답에 눈이 휘둥그레진 수는 거칠게 도리질을 해대며 부르짖었다. 다음 순간 수는 별안간 무릎을 끌어안더니 거기에 얼굴을 깊이 묻었다. 곧 수의 어깨가 들먹이기 시작했다.

바리데기 꽃등

이동할 때 지니기 용이하도록
현이 두 개인 해금을 고안해냈고,
해질녘이면 끝없는 초원의 저녁노을을
온몸으로 견디며 엄습해 오는 외로움을
그것으로 달래고는 했답니다.

1

"선생님, 오늘 시간 좀 내줄 수 있겠어요?"

명에게서 걸려온 전화는 언제나 반가웠다. 그러지 뭐, 하고 선선히 응낙한 다음 무슨 일이 있느냐고 물었다. 거기에는 즉답을 하지 않았다. 이리저리 캐묻자 마지못한 듯 그냥 함께 갈 데가 좀 있어서요, 하고 얼버무렸다. 원래 속을 잘 열어 보여주지 않는 명의 모습을 상기하며, 오후 3시 반에 세병관 아래 '커피 볶는 남자'에서 만나자는 명의 제안을 흔쾌히 받아들였다.

이른 아침에 걸려 온 전화였으므로 오후 3시 반까지 주어진 시간의 여유가 내게는 짐이 되었다. 막막한 내게 며칠 전 지역 신문에서 본 기사가 구원처럼 떠올랐다. 마침 그날 오후 2시 세병관에서 '승전무' 공연이 있었던 것이다. 그렇지 않아도 구경을 가려고 달력에 기록을 해둔 터였다. 통영오광대며 남해안 별신굿은 관람한 적이 있었으나 중요무형문화재 21호로 지정되어 있는 '승전무'는 아직 접할 기회를 얻지 못하였던 것이다.

2

세병관 중앙 마루 한가운데 남색과 주황색 갑사 천을 두른 큰북이 설치되어 있고, 허리 높이의 그 큰북을 둘레로 동서남북 네 방위에 맞추어 원무(元舞) 담당 네 명의 춤꾼이 아미를 숙이고 함초롬히 대기하고 있다. 원무들과 약간 거리를 두고 역시 네 방위에 맞추어 협무(挾舞) 담당 춤꾼 여덟 명이 또한 다소곳이 숨을 고르며 서서 악(연주)이 깨기를 기다리고 있다. 그들 왼편 자주색 몽두리에 양쪽 날개가 달린 오사모를 쓴 악사들도 해금, 대금, 피리, 장고, 북 등을 준비해두고 나란히 앉아 연주 직전의 무거운 침묵을 견디고 있다.

그들을 중앙에 두고 좌우로 반원을 그리며 에워싸고 앉아 수선스럽던 관중들 또한 긴장된 공기를 감득하고 하나하나 숨을 죽인다. 하늘은 구름 한 점 찾아볼 수 없이 맑았고 바람도 적당히 선선할 정도로 상쾌했다. 그러나 세병관 마루 위 그늘에 들어서자 서늘한 기운이 옷섶을 파고들었다. 5월 초 기온은 아직 난데서 겪기에는 이른 것인가. 서쪽을 등지고 앉은 사람들은 바람을 등 뒤로 받아 덜하였으나 동쪽을 등지고 앉은 구경꾼들은 맞바람을 받아 한결 서늘한 기운을 더 견뎌야 했다.

이윽고 북이 텅, 울렸다. 잇따라 해금, 대금, 피리, 가야금, 장고 등 악기들이 일제히 제각각 자기만의 고유한 소리로 깨어났다. 뿌리를 내리고 선 나무들처럼 무겁게 기다리고 있던 원무 춤꾼들이 한삼을 펄럭이며 움직이기 시작한다. 위아래 청홍색 갑사 북치마를 입혀 치장한 정방형 북틀을 둘레로 앞으로 내딛거나 뒤로 물러서며 춤사위를 펼쳐나간다.

원무 네 명의 몽두리는 청(左青龍), 백(右白虎), 적(南朱雀), 흑(北玄武) 네 가지 색으로 각기 달랐다. 그러나 소매는 다 같은 황, 남, 백, 적, 분홍, 연두 다섯 색이었다. 가슴을 가로질러 매고 있는 띠 가운데에는 청홍색 두 가지로 학이 수놓여 있다. 소매 끝에 이어 너비와 길이가 넉넉한 백, 홍, 청, 황, 분홍, 연두 등 아홉 가지 색의 화려한 긴 한삼을 펄럭이며 펼쳐나가는 춤사위는 절도가 있고 힘이 넘쳤다. 곱게 빗어 넘겨 쪽진 머리 위 검정색 공단 족두리를 장식하고 있는 오색찬란한 구슬이 춤사위에 따라 연이어 흔들리며 반짝였다.

악에 맞추어 1박 1보로 나아가는 걸음발 춤사위, 왼쪽 오른쪽으로 어르다가 양팔을 뒤로 휘둘러서 위로 얹어 내리며 앉는 인사태, 외팔사위 양팔사위를 교대로 추어가는 평사위 등의 입춤에 이어 다시 인사태로 나아갔다.

원무 춤꾼들이 네 가지의 손춤동작의 앉은 춤사위를 마치고 일어날 무렵 이윽고 홍치마에 옥색 몽두리 차림의 여덟 명의 협무 춤꾼들의 춤사위가 이어진다. 사뿐사뿐 원무 춤꾼들의 춤사위에 보비위하듯 춤을 펼치며 지화자 창을 부르는 협무 춤꾼들의 목청이 구성지다. 협무 춤꾼들 역시 학을 수놓은 주홍색 띠를 가슴에 두르고 머리에는 구슬을 장식한 족두리를 쓰고 있다.

삼현도드리와 타령조 장단을 온몸으로 받으며 절도와 힘을 갖춘 춤사위로 북을 돌며 입춤을 추던 네 명의 원무 춤꾼이 일제히 팔을 들어 허공을 벤다. 팔을 내린 순간 한삼 속에 감추어져 있던 북채가 드러난다. 성큼 한 박자 장단이 빨라지고 그 장단에 맞춰 북을 돌며 힘껏 북을 내려치기 시작한다. 북을 쳐 군령을 하달하던 옛 병법(兵法)의 재현 장면인 것이다.

한 번 울리면 집합, 두 번 울리면 진격 또는 전투, 세 번 울리면 퇴진 또는 전투의 중지를 뜻한다. 옛 군령을 방불시키는 큰 북소리와 더불어 춤은 절정으로 치달아간다. 동서남북으로 나뉘어 돌며 북을 울리고 '달아 높이 고이 돋을사, 지화자 지화자……' 창을 부르는 여덟 명의 협무 춤꾼들은 네 명의 원무 춤꾼들의 춤사위에 맞추어 호응하며 화려한 춤사위를 계속 펼쳐나간다.

바로 그때, 천장 대들보 위에서 새가 한 마리 후루룩 날아 내린다. 악공들의 삼현도드리 가락과 원무의 큰 북소리와 선녀들의 춤사위로 충만해 있던 공간이 별안간 크게 흔들린다. 공교롭게도 새는 한 원무의 족두리 위로 가서 살풋 앉았다.

힘차게 북채를 휘두르거나 활력에 절도를 가미한 춤사위로 나비 날갯짓하듯 붉은색 몽두리 자락을 휘날리며 춤에 몰두해 있던 춤꾼이 화들짝 놀란다. 남쪽 방위의 주작을 상징하는 그 원무는 춤사위를 멈추고 잠시 어찌할 바를 모른다. 족두리 위에 엉거주춤 앉은 앙증맞은 동박새 역시 당황하여 혼이 나간 것 같다. 새를 털어내기 위해 원무는 다급히 머리를 흔든다. 서슬에 놀란 동박새는 발톱에 더욱 힘을 주며 족두리를 붙들고 버틴다. 악은 계속 이어지고 춤은 멈추어 있고, 다급해진 원무는 놀란 마음을 수습할 수밖에 없었다. 마음을 수습한 원무는 족두리 위에 동박새를 인 채 걸음을 떼고 옆 춤꾼과 호흡을 맞추며 춤사위를 회복해나갔다. 아주 짧은 순간의 일이었다.

그런데 조금 전 당황하던 원무의 모습, 그것이 어딘가 낯이 익다는 생각이 불쑥 일어났다. 차를 마시거나 밥을 먹거나 어디 해안을 함께 산책할 때 목격했던 적이 있는, 낯익은 동작과 닮아 있었다. 동작의 유사성으로 사람의 동일성을 유추하는 것은 무리일는지 모른다. 그러나 고개가 그쪽으로 길게 뻗어나가 살피도록 하는 계기가 되기에는 충분했다.

비록 낯선 복색이지만 저 눈, 저 입술, 저 얼굴은 조금 후 3시 반에 '커피 볶는 남자'에서 만나기로 한 바로 그 명이 아닌가! 그러나 쉽사리 믿어지지가 않았다. 아니 어찌 명이 저기 춤꾼 속에 섞여 춤을 추고 있단 말인가. 명이 승전무 춤꾼이었단 말인가. 눈에 힘을 주고 다시 뜯어보지 않을 수 없었다. 쌍둥이가 아니라면 저렇게 똑같은 사람이 있을 수 있을까. 아무리 그렇다 하더라도, 기연가미연가 종잡을 수가 없었다. 명은 한 번도 승전무에 관해 내색을 한 적이 없었다. 따라서 나는 명을 해금 연주자로만 알고 있었다.

몇 해 전, 죽도에서 배설된 남해안별신굿 구경을 갔을 때 산이(악사)로서 해금을 연주하는 명을 처음 만났었다. 점심 때 우연히 한 상에 둘러앉아 밥을 먹다가 해금 이야기가 나와 말을 섞은 것이 인연이 되었다. 그날의 인연으로 지금까지 알고 지내온 사이가 되었다. 그날 해금에 관해 나눈 이야기도 여느 분위기와 다르지 않았다면 오늘까지 아는 사이로 인연이 연장되지는 않았을 것이다.

기다란 상에 일곱 사람이 둘러앉아 점심을 먹었다. 한 상에 둘러앉아 점심을 먹고 있었으나 짐짓 다 아는 사이거나 일행은 아니었다. 포구나무 앞에서 본 노인과 아낙네 셋이 서로 이야기를 주거니 받거니 하고 있었고, 그녀는 옆에 앉은 친구와 말을 나누고 있었다. 그리고 나는 혼자 양쪽을 곁눈질해가며 말없이 숟가락질을 하고 있었다. 밥그릇을 반쯤 비웠을 무렵 혼자 묵묵히 동떨어져 있는 것이 측은해 보였던지 해금을 연주하던 그녀가 내게 말을 걸었다.

"어디 멀리서 오신 것 같은데, 혼자세요?"

동백은 사랑 없이도 저녁노을보다 더 붉은데, 나는……. 그녀의 말에 문득 아까 보았던 연수원 돌탑 옆에 세워진 오석의 글귀가 연상되었다. 낯선 곳에서 맞이하는 시간은 까닭 모르게 애수를 동반한다. 그녀의 말뜻을 곱씹어보던 나는 대답할 말을 얼른 찾지 못했다. 왜 그런 생각이 들었을까, 터무니없는 상상이 순간 안개처럼 드리웠던 것인가, 그녀의 말 속에 미지의 것에 대한 동경이 가득 차 있다는 느낌이 들었다. 그 동경을 향한 갈망과 그에 따른 출분을 도모하려는 것이 아닌가 하는 생각에 자칫 자신의 감정에 몰두하여 그녀를 부추기게 되지나 않을까 저어되어 대답을 망설인 것이다.

"해금의 유래를 아십니까?"

나는 자신의 감정을 꾹꾹 눌러 다독이며 일부러 딴청을 부리듯 화제를 돌렸다. 그녀는 시틋한 표정을 지었다. 아니 갑자기 해금의 유래라니, 해금 타는 사람에게 그보다 더 어리석은 질문이 어디 달리 또 있단 말인가. 그녀의 표정은 그렇게 말하고 있는 것 같았다.

"해금은 옛날 유목민들이 고안한 악기였답니다."

"해금은 중국에서 건너온 것으로 알고 있는데, 유목민들이 고안한 악기라니요?"

나를 쳐다보는 그녀의 눈에 한줄기 싸한 찬바람 같은 기운이 지나갔다.

"대개 죽림칠현의 혜강(嵇康) 선생이 고안해 즐기던 것이라 알고 있지요."

"저도 그렇게 알고 있었는데요!"

"옛날 요나라 궁중악사 한 사람이 고려에 귀화할 때 가져온 것이랍니다."

"그래요?"

"요나라는 거란족과 해족을 중심으로 북부지방 사람들이 세운 나란데 한때 크게 위세를 떨쳤답니다. 그들의 위세에 위협을 느낀 이웃나라들과 중국이 가만 있을 리 없었지요. 송나라와 금나라가 연합하여 요나라를 공격했고 연합군의 공격을 받은 요나라는 오래 버티지 못하고 결국 패망하고 말았지요. 그때 패망한 요나라 사람들이 고려로 많이 귀화했다합니다. 해금은 그때 고려에 귀화한 요나라 궁중악사가 가져온 해족의 고유악기였다는 것입니다."

"그런가요?"

"내가 해금의 유래를 아느냐고 물은 것은 다른 뜻이 아닙니다. 유목민이란 한곳에 정주하지 않고 늘 구름처럼 떠돌아다니는 존재 아닙니까. 해족은 말을 타고 초원을 바람처럼 달리는 유목민이란 말입니다. 그런 유목민들이, 피리나 대금이라면 모르겠거니와, 거문고나 가야금 같은 커다란 현악기를 등에 지고 어찌 초원을 마음껏 달릴 수 있었겠습니까. 그래서 이동할 때 지니기 용이하도록 현이 두 개인 해금을 고안해냈고, 해질녘이면 끝없는 초원의 저녁노을을 온몸으로 견디며 엄습해 오는 외로움을 그것으로 달래고는 했답니다. 즉 제 말은, 나처럼 해금을 좋아하는 사람은 그런 떠돌이 생활에 익숙해 있는 사람들이 많다는 뜻으로 한 말입니다."

내 환유를 알아들었던 것일까, 말을 듣고 있던 그녀의 볼이 발그레 상기되었다. 내가 쳐다보자 고개를 숙여 눈을 피했다. 해금이 유랑과 관계가 깊은 악기라, 소슬한 바람이 가슴속을 훑으며 지나가는 모양이었다. 바람을 가르며 초원을 달리는 말발굽 소리가 따그닥 따그닥 그녀의 가슴속을 울리고 있기라도 한 것이었을까.

그래, 아무리 승전무 춤꾼으로 활동해온 사실을 모르고 있었다할지라도 그렇지, 가까운 거리에서 한참을 바라보고 있었는데도 명을 알아보지 못했다니 자신의 미욱함이 씁쓸했다. 해금을 매개로 해서만 명을 알아보는 기억이나 감각의 한계를 어찌 내 미욱함 탓만으로 돌리겠는가. 명은 한 번도 승전무를 화제에 올려 말한 적이 없었던 것이다. 별신굿과 오광대 악사로서 해금과 아쟁을 연주하는 것이 명의 활동의 본령인 줄 알고 있었다.

그러고 보니 무엇인가 어떤 느낌이 아까부터 이마에 아른거리는 것 같기는 했었다. 그 느낌이 그녀의 시선이 날아와 이마에 닿을 때마다 감지된 것이었나, 그렇게 생각하며 바라본 순간 그녀의 시선이 정면으로 날아왔다. 두 시선이 마주쳐 빛을 뿌렸다. 아까부터 명이 분명히 나를 알아보고 있었다는 사실을 그 짧은 순간 확연히 알아차렸다. 그 순간 그녀의 족두리 위에 위태하게 앉아 있던 동박새가 후루룩 단청 대들보 위로 날아올라갔다.

청, 백, 홍, 흑 몽두리의 원무 춤꾼 네 명이 앞으로 나서서 너부죽이 엎드려 절을 올리고, 해금, 대금, 피리, 장고, 북이 타령 마지막 소절을 힘껏 맺으며 이윽고 북춤이 끝났다. 관중의 박수소리를 들으며 네 명의 원무 춤꾼과 여덟 명의 협무 춤꾼이 이어서 예정된 순차에 따라 세병관 왼쪽 측면 뒤쪽으로 쪼르륵 모습을 감추었다.

뒤를 이어 여덟 명의 검무 무희들이 등장하고, 다시 악사들이 일제히 자세를 가다듬으며 정좌하였다. 역시 해금, 대금, 피리, 장고, 북의 순이다.

붉은 치마에 남색 깃, 고름, 끝동을 댄 흰 저고리를 입고 머리에 전립을 쓴 여덟 명의 무희가 두 줄로 나란히 서서 악(연주)이 깨기를 기다린다. 이윽고 피리와 대금이 청아하게 깨어난다. 북과 장고도 장단을 맞추어나간다. 북과 장고 장단은 춤을 이끌어나간다. 염불도드리에 맞추어 입춤이 시작된다.

걸음발, 인사태, 쌍오리, 손춤, 멕임사위, 평사위로 엮어나가는 입춤에 이어 타령 장단에 맞추어 홍, 청, 황, 녹 등 긴 색동 한삼을 펄럭이며 사위춤(한삼춤)이 펼쳐진다. 다시 느린 타령조로 장단이 바뀌며 앉은 춤이 전개되고, 앉은 춤사위에서 한삼을 떨쳐버리고 감추고 있던 칼을 드러내고 빠른 타령 장단을 타며 칼춤을 펼쳐나간다.

외칼춤, 쌍칼춤의 역동적인 춤사위가 전장의 긴장감을 방불시킨다.

염불도드리 장단에 맞춘 입춤의 인사태 춤사위를 끝으로 검무도 끝이 났다.

관중들의 뜨거운 박수를 받으며 검무 춤꾼들이 두 줄로 순차적으로 질서 정연히 공연장을 벗어나 세병관 측면 뒤쪽으로 모습을 감추었다. 세병관 대청에 앉아 북춤과 검무로 이루어진 승전무를 구경한 관객들도 하나둘 자리에서 일어났다.

나는 관중 사이를 비집고 세병관 대청 측면 뒤쪽으로 가 승전무 행중들이 모여 있는 곳을 기웃거렸다. 행중들 사이 어딘가에 있을 것으로 생각하고 명을 찾아 나선 것이다. 공연을 할 때는 북춤 춤꾼과 검무 춤꾼이 각기 따로 출연했으나 공연이 끝나고 나자 그 구분이 없어지고 서로 어울려 담소를 나누고 있었다. 으레 명이 먼저 나를 발견하고 알은체를 하지 않을까, 하는 기대를 갖고 서성거렸으나 알은체하는 사람이 아무도 없었다. 무리 사이에 명은 섞여 있지 않았다.

시계를 본즉 약속 시간 10분 전이었다. 여기서 만나 어디 행선지로 바로 떠난다면 굳이 찻집으로 가지 않아도 되지 않겠는가. 그런 기대로 주위를 거듭 살피며 서성거렸다. 대청을 한 바퀴 돌고 그리고 신방돌을 딛고 내려와 신을 신고 뜰을 한 바퀴 돌아봤다. 그러나 명은 어디에도 보이지 않았다.

3

명을 찾기를 단념한 나는 터벅터벅 걸어 세병관을 내려왔다. 벅수가 서 있는 네거리에서 옛 봉래극장 쪽으로 건너와 왼쪽으로 꺾어 인도를 따라 중앙시장 쪽으로 내려갔다. 중앙시장 충무데파트 앞 건널목을 건너기 직전에 찻집 '커피 볶는 남자'가 있었다. 반자동문을 열고 안으로 들어가자 커피향이 코끝에 은은히 감돌았다. 두리번거리는 순간 왼쪽 창 쪽에서 손 하나가 번쩍 올라갔다. 명이었다. 이쪽을 등지고 앉아 있는데, 언제

나를 봤다는 것인가. 그리로 가서 맞은편 자리에 앉았다. 그새 명은 감쪽같이 달라져 있었다. 바지에 간편한 봄철 가디건의 평상복 차림이었다. 주홍색 몽두리에 족두리를 쓴 춤꾼의 흔적은 어디에서도 찾아볼 수 없었다. 화장기 없는 얼굴에 머리를 쓰다듬어 넘기며, 잘 꾸미고 나왔는데, 하고 혼잣말을 중얼거렸다. 머리모양에 신경이 쓰이는 모양이었다.

"지금 머리가 어때서요?"

"다 헝클어졌지 않아요."

"별말씀을 다 하십니다. 설령 헝클어져 모양이 엉망이라도 이미 점수를 많이 따놓아 잘 보이고 있으니 걱정 마세요."

"몇 점이나 되게요?"

그러면서 또 머리를 매만졌다.

"글쎄요, 예상보다 훨씬 후할 것입니다. 아까 새 때문에 놀랐지요?"

"잠시 놀라기는 했지만, 하늘이 제 춤사위를 지켜보고 있는 증좌 같아 흐뭇했어요."

나는 빙그레 웃고 말았다.

"저는 그 새 때문에 겨우 명을 알아봤습니다. 그때까지 제가 명을 알아보지 못했거든요. 아마 내게 명을 알아보라고 하늘이 내린 메신저 아니겠는가, 그렇게 생각했어요."

"아, 그랬어요. 저는 공연장으로 들어선 순간 선생님을 바로 알아봤는걸요."

"저는 명이 승전무를 한다는 사실을 모르고 있었기 때문에 비슷하다 싶어도 아니겠지 하고 속으로 도리질을 했을 거예요."

"그래, 그럴 수도 있겠군요. 기억의 한계 아니겠어요."

그렇게 말한 다음 명은 입을 다물었다. 그때부터 그녀의 표정은 다시 굳게 닫혔다. 페이지를 넘기기 힘든 젖은 책 같은 상태로 접어든 것이다. 그 표정이 낯익었지만 당할 때마다 난감했다. 하지만 그때마다 어떤 어려움을 무릅쓰고서라도 반드시 넘겨 펼쳐놓고 말겠다는 오기를 굳히고는 했다.

그녀는 쉽게 넘겨 읽을 수 있는 책과는 달랐다.

언젠가, 뭍에 일이 있어 며칠간 섬을 비운 적이 있었다. 일을 마치고 섬으로 들어가 거처에 당도한 나는 그만 이맛살을 찌푸렸다. 창틀에 끼워져 있는 우편물이 흠뻑 젖어 있었던 것이다. 2층의 작업실까지 배달해달라는 것은 무리한 요구 같아 우편물을 아래층 창틀에 끼워놓기를 청한 것은 나였다. 그러나 적절히 대처해주지 않은 우체국 직원의 소홀한 처사에 화가 치밀었다. 보건지소가 새로 건물을 지어 옮겨간 다음 옛 보건지소 건물이 내가 거처하는 곳이었다. 2층만 사용할 뿐 진료소로 썼던 아래층은 몇 년째 사용하지 않고 전체를 비워두고 있었다. 그러므로 어느 유리창이든 밀면 곧 열렸다. 우체국 직원도 그 사실을 모르지 않았을 터인데, 유리창을 열고 안에다 던져놓았다면 좋았으련만, 손 조금 움직이는 수고에 인색한 우체국 직원의 무성의가 괘씸했다. 거처에 당도했을 때는 구름 한 점 찾아볼 수 없이 하늘이 쾌청했지만 며칠 전 큰비가 내렸었다.

생태공원개소식 초청장, 전기요금 청구서, 지역신문, 시사주간지 등 우편물 가운데 초청장과 청구서는 물기가 말라가는 중이었고 지역신문은 방수비닐에 들어 있어 온전했다. 다만 정기구독하는 시사주간지가 비닐봉지에 들어 있었으나 어떻게 된 영문인지 흠뻑 젖어 있었다. 비닐봉지를 벗기자 물이 뚝뚝 떨어졌다. 잘못하다가는 흐물흐물해지고 말 것 같았다. 한참 들고 서서 물기가 가시기를 기다렸다.

경험은 내게 일렀다. 젖은 종이는 들러붙어 떨어지지 않을 것이므로 그냥 버리라는 충고였다. 경험의 타이름은 옳았다. 젖은 책을 그대로 방치해두면 수분이 말라가는 동안 서로 붙어 떨어지지 않고 따라서 넘길 수도 읽을 수도 없게 되었다. 잠시 망설이던 나는 경험의 충고를 따르지 않기로 마음을 정했다.

섬에서의 내 생활은 시간이 지배했다. 하루도 언제 시간이 이렇게 됐지, 하고 하늘을 쳐다본 적이 별로 없었다. 아직도 이렇게밖에 되지 않았어, 하며 느린 시간을 원망하고는 했다. 이런 내가 일주일의 시간 관리에 요긴한 이 시사주간지를 어찌 그냥 버리겠는가. 그건 감당하기 힘든 시간을 내게 덤터기로 안기는 것과 다름없는 일이었다.

시사주간지를 들고 2층으로 올라간 나는 우선 타월로 물기를 닦아냈다. 한 장 한 장 넘겨가며, 자연적인 온기에 어떻게 마르기를 기다리겠는가. 밤을 새워도 불가능할 것이었다. 난

감해 하고 있는 순간 반가운 생각이 찾아왔다. 그래, 헤어드라이어가 있지. 헤어드라이어를 꺼내 플러그를 소켓에 꽂았다. 스위치를 올려 더운 바람을 불러내 겉장부터 쪼이기 시작했다. 손으로 떼어 넘기려 할 때는 흐물흐물해질 뿐 넘겨지지 않더니 헤어드라이어의 더운 바람을 쐬어 수분을 말리자 조금씩 일어나며 넘겨졌다. 82페이지에 이르는 시사주간지의 마지막 장을 넘기기까지 무려 한나절이 소요됐다. 역시 공을 들인 덕이었다. 그러지 않았다면, 시간과의 다툼을 완화시켜주는 구실뿐만 아니라, "종이책 넘기는 소리가 커졌다", "사생활 침해, 필요할 때도 있다", "투쟁이 예술을 만든다", "어휘능력 60~70대에 활짝 꽃 핀다" 같은 유익한 정보를 어찌 접할 수 있었겠는가. 이 모두 어렵사리 인내력과 공을 들여 얻은 귀한 소득 아니고 무엇이겠는가.

미국 경제지 '포브스'가 2009~2011년 사이 매년 100%를 훌쩍 넘기는 성장세를 보였던 전자책 콘텐츠 매출이 2013년 들어 5%로 줄었다고 보도했고, 영국 일간지 '텔레그래프'가 영국 최대 서점 체인 '워터스톤즈'가 올해 점포 12곳을 더 늘리기로 보도했다는 사실을 "종이책 넘기는 소리가 커졌다"라는 제목의 기사에서 읽을 수 있었다.

그리고 페이스북과 트위터, 구글이 당신에 관한 정보를 미 중앙정보국에 넘기는 일을 막고 싶은가? 그렇다면 망치로 스마트폰 스크린을 내려쳐라. 그다음엔 태블릿 PC와 랩톱 컴퓨터, 데스크톱 컴퓨터를 똑같은 방법으로 박살내라. 이렇듯 선동적인 어조로 사생활 은폐의 진상을 다루며 '사생활 보호는 은폐의 완곡한 표현일 뿐'임을 깨닫게 하는 "사생활 침해, 필요할 때도 있다"는 기사도 내게 시사하는 바가 컸다.

어떤 칭찬도 연주가 시작되기 전과 연주 중에 느끼는 두려움을 덜어주는 데 조금도 도움이 되지 않았다는 천재 피아니스트 시모어 번스타인의 "투쟁이 예술을 만든다"는 솔직한 고백도 내게 큰 위안이 되었다. 그것을 읽지 않았다면 나 같은 못난 무지렁이가 천재도 두려워하는 일이 있다, 는 사실을 어찌 알고 위안을 받을 수 있었겠는가.

그리고 웩슬러 지능검사의 자료에 따르면 어휘능력은 40대 후반에 최고조에 이른다고 하지만 새로운 자료를 바탕으로 볼 때는 그보다 훨씬 뒤인 60대 후반이나 70대 초반에 절정에 달한다는 "어휘능력 60~70대에 활짝 꽃핀다"는 기사를 또 어디서 구해 읽을 수 있었겠는가. 그 기사는 내게 근래 맛보지 못한 큰 위안을 주었다. 어쨌든 내가 들인 공이 헛되지 않았던 것이다.

그래, 명은 내게 그 젖은 시사주간지 같은 존재였다. 페이지를 굳게 닫고 속을 잘 보여주지 않았다. 숨겨진 페이지 속에 어떤 기막힌 사연이나 내력이 숨겨져 있는 것일까. 만날수록 궁금증의 켜가 높이 쌓여갔다. 어떤 공을 들이더라도 그 속을 열어보고 싶었다. 그러나 얼마나 공을 들여야 책장을 넘기고 속을 다 읽을 수 있게 허여할 것인지, 헤어드라이어 같은 방책을 가지지 못한 나로서는 기대하기 힘든 난감한 일일 수밖에 없었다.

거품 중앙에 하얀 크림으로 하트를 앉힌 카페라테를 한 잔씩 비우는 사이, 우리는 눈으로 서로를 살피기는 했으나 말을 나누지는 않았다. 이윽고 명이 새 악장으로 넘어가는 음악처럼 자리에서 일어났다.

4

"통제영 주차장에 차를 세워놨어요."

우리는 어깨를 나란히 하여 주차장으로 걸어갔다. 주차장에서 차를 타고 나오는 동안에도 우리는 입을 열어 말을 나누지 않았다. 명은 영영 페이지를 넘길 수 없는 책처럼 완강한 거부의 차가운 표정을 짓고 있었다. 왜 저런 굳은 표정을 자주 짓는 것일까. 볼 때마다 궁금해 한번 묻고 싶었다. 그러나 생각이 그럴 뿐 한 번도 묻지 못했다. 만약 물었다가 듣기 거북한 답변이라도 돌아오면 어쩌나 하는 생각에 미리 궁금증을 억누르고는 했던 것이다. 내가 들어서는 안 될 어떤 말들이 명의 가슴 속에 가득 들끓고 있을 것 같았다. 그렇다면 굳이 건드려 동티를 낼 것까지야 없지 않겠는가.

"뒷좌석에 짐이 많군요?"

서호시장을 지나고 KT지사도 지났다. 저만치 통영대교의 철제 아치 빔이 바라보이는 지점에 닿을 때까지 대답이 돌아오지 않았다. 뒷좌석에는 천장까지 이르는 대형 골판지 상자가 실려 있었다. 두 개의 골판지 상자가 뒷좌석을 가득 채우고 있었다.

통영대교를 건너 오른쪽 방향 미수동으로 접어들 무렵, 명은 갓길에 차를 세웠다.

"선생님께서 운전 좀 해주실래요?"

한 번도 그런 적이 없었기 때문에 의아한 눈으로 명을 돌아보았다. 나를 마주보는 대신 명은 뒷좌석을 돌아보았다.

"저 안에 든 것을 제가 지난밤에 다 만들었거든요. 한숨도 눈을 붙이지 못했더니 운전이 힘드네요."

명은 그렇게 말하며, 문을 열고 내렸다. 내가 운전석으로 돌아가 앉자 명은 조수석에 올라앉았다. 시동을 걸고 운전을 시작했다. 행선지가 미리 내비게이션에 입력되어 있었기 때문에 그 기기의 지시에 따라 차를 운전해 가면 문제가 없을 것이었다.

"저게 뭔데요?"

응대가 없었다.

"꽃이에요."

잠시 뜸을 들인 다음 눈을 감고 있던 명은 하지 않아야 할 말을 할 때처럼 내키지 않는다는 투로 겨우 대답했다. 대답은 들었으나 궁금증은 풀리지 않았다. 도리어 궁금증이 더 키워졌다. 밤새 자기가 만든 것이 꽃이라니? 그러나 그 궁금증을 풀기 위해 더 물어도 대답이 돌아오지 않을 것 같아 입을 다물었다. 언제 명이 내게 속 시원한 상대가 된 적이 있었던가. 늘 넘겨보지 않은 책처럼 속을 모를 상대였다. 하지만 무슨 꽃이 저렇게 크게 부풀어 있는 것인가. 그리고 생물이라면 숨통을 틔어놓아야 할 것 아닌가. 저렇게 숨통을 꽁꽁 막아놓으면 지레 시들어버리지 않겠는가. 혼자 그런 생각을 되작이며 지나가는 집과 들과 산과 옆으로 고개를 돌리면 늘 전개되는 바다를 가끔 곁눈질하기도 하며 앞으로 나아갔다.

"종이꽃이에요."

내가 궁금해하고 있는 것이 감지되었던 것인가. 궁금증을 다스리며 묵묵히 운전대를 잡고 있는 내게 이윽고 명이 말했다.

"종이꽃이라면?"

이번에도 명은 한동안 대꾸가 없었다.

4차선 도로는 산자락을 끼고 산모퉁이를 몇 굽이 돌아 나갔다. 몇 번 지나다닌 길이었으나 기억의 표지가 될 만한 것이 뚜렷이 없는 까닭인지 낯이 설었다. 폭이 좁아 다리가 길면 그냥 건너갈 수 있을 것 같은 물을 사이에 두고 건너편 해안에 쌓여 있는 하얀 부표들도 몇 번 봤을 것임에도 그냥 무심코 지나쳤기 때문인지 낯이 설기는 마찬가지였다. 야시골과 달아공원으로 갈리는 삼거리를 지났을 때 영영 열릴 것 같지 않던 명이 입을 열었다.

"동해안별신굿에서는 종이꽃을 많이 쓰거든요."

지금까지 명으로부터 종이꽃이나 동해안별신굿에 대해 들어본 적이 한 번도 없었다. 동해안별신굿에서 많이 쓴다는 종이꽃이 왜 저기 있단 말인가. 역시 명은 넘기기 힘든 젖은 책 같은 존재였다.

"애 아버지가 수팔련을 잘 만들었어요."

"수팔련이라니요?"

수팔련은 뭐고 또 애 아버지라니? 두 가지 질문을 한꺼번에 할 수도 있겠지만 공연히 이쪽 마음이 묻어나는 것으로 넘겨짚을까 저어하여 부담이 덜한 쪽을 먼저 짚어낸 것이다. 애 아버지라면, 전에 헤어졌다는 남편을 말하는 것임을 쉽게 짐작할 수 있었다. 애 아버지는 내 입장에서 관심을 나타내기에는 적절한 화제가 아니었다. 애 아버지에 대해 명은 한 번도 입 밖에 내 말한 적이 없었다. 영영 묻어버리고 싶은 과거의 상처가 아니겠는가. 그런데 오늘 새삼스럽게 입에 올리는 까닭은 무엇인가.

"동해안별신굿에서는 수팔련을 쓰지 않았어요. 종이꽃만 썼지요. 애 아버지가 한번은 황해도 굿을 보고 오더니 제단에 꽂은 수팔련이 장엄해 보이더라면서 그것을 본떠 한지로 수 십 송이의 연꽃을 만들더니 그것을 오구굿 제단에 장식했어요. 오구굿 제단에 수팔련을 장식하고부터 한결 위엄이 느껴지기는 했지요. 하지만 그 하얀 연꽃을 피워내기 위해 얼마나 많은 밤을 새고는 했는지 원!"

명이 비로소 책 한 페이지를 넘겨 내게 보여준 셈이었다. 그러고 나서 얼마나 더 산자락 해안을 끼고 달렸을까, 명이 스스로 입을 열어 묻지도 않은 말을 들려주었다.

"제가 방어진으로 시집을 갔거든요. 이쪽 별신굿을 하는 우리 집과 그쪽 별신굿을 하는 그의 집이 오래 내왕이 있었던가 봐요. 그래서 혼사가 이루어졌어요. 저도 어려서부터 굿에 익숙했고 해금을 했기 때문에 그 집에 시집가자 바로 굿을 도왔어요. 그는 별신굿 양중(남무 겸 악사)이었어요. 꽹과리와 장고가 장기였지요. 우리 부부는 한동안 잘 어울리는 것 같았지요. 하지만 오래가지 못했어요. 애 하나를 낳고 났을 때 그의 본색이 드러났지요. 그는 왈패였어요. 술만 마셨다 하면 나를 장작 패듯 패댔어요. 그 행패가 어찌나 지긋지긋하던지 늘 피해 다녔지요. 그를 피해 다니는 동안 시간을 죽이기 위해 손에 익힌 것이 글쎄 해괴하게도 종이꽃 피우는 것이었어요. 내가 가지지 못한 것, 닿지 못한 동경의 세계를 종이꽃을 통해 피워내고는 했지요."

내친김에 이쪽 궁금증을 한꺼번에 다 풀어주기로 작정이라도 한 모양인가. 하지만 나는 듣지 않아야 할 말을 들은 것 같았다. 명이 왜 한사코 책장을 굳게 닫고 자기를 보여주는 것에 인색했는지 알 만했다. 누군들 저런 아픈 상처를 어찌 되작이고 싶겠는가.

"결국 그 매를 견디지 못하고 그 집에서 도망치고 말았어요. 그런데 그 매보다 더 견디기 힘든 게 뭐였겠어요. 두고 온 아이가 보고 싶어 미칠 것 같았어요. 하지만 시어머니가 도망친 년은 집 안에 들일 수 없다며 한사코 대문을 열어주지 않았어요. 아이가 아직 어려 바깥출입을 스스로 하는 나이가 아니었으므로 아무리 바깥에 숨어 기다려도 볼 수가 없었어요. 늘 헛걸음만 하고 돌아오고는 했어요."

그때의 일이 연상되기라도 했던지 한숨을 폭 내쉬었다.

"정이란 일방만 지닌 것이 아니었나 봐요. 그렇게 보고 싶고 만나고 싶어도 만날 길 없던 아이를 때가 되니 만나게 되더군요. 아이가 제 발로 다니게 되고 스스로 판단하게 된 나이에 이르면 다 제 할 바를 알아 하는 것인지, 어찌 알았던지 아이가 제 발로 저를 찾아오지 않았겠어요. 이태 전, 고3 때였어요. 헤어진 지 10년 넘게 지나서였어요. 어려서 헤어졌는데 어찌 알아봤던지 나를 보자 달려와 '엄마!' 하고 품속을 파고들지 않겠어요. 한동안 어리둥절해 정신을 잃다시피 했어요. 이것이 꿈인지 생시인지 종잡을 수가 없었어요. 그런데 어려서 헤어진 아이가 나를 어찌 알아봤는가, 싶었는데 나를 그대로 쏙 빼닮지 않았겠어요. 우리는 판박이였어요. 지금 그 아이를 만나러 가는 길이에요."

이윽고 우리는 척포에 도착했다.

5

척포에 도착한 나는 명의 손짓에 따라 포구를 지나 해안도로가 끝나는 지점에서 차를 세웠다. 해가 저도(猪島) 쪽으로 막 떨어지기 직전이었다.

"여기서부터는 걸어가야 해요."

돌아보니 마을은 어느새 등 뒤로 사라지고 보이지 않았다. 왼쪽은 야산이고 오른쪽은 바다였다. 야산에는 후박나무와 곰솔이 촘촘히 서 있고 군데군데 아직도 붉은 꽃을 달고 있는 동백도 보였다. 팔손이와 청미래 덩굴 사이로 천남성도 있었다. 바다는 볼 때마다 습관처럼 늘 출렁이고 있었다. 길이 끝나고 무한대의 영겁을 갯바람에 시달리며 마모되어온 갯바위들이 앞에 전개되어 있었다.

명은 뒷좌석에 실려 있던 두 개의 골판지 상자를 꺼내놓았다. 상자의 크기가 명의 덩치를 압도하였다. 그러나 감당하기에 벅차 하는 기색은 아니었다. 이어 통통하고 기다란 가죽가방을 꺼내 왼쪽 어깨에 멘 다음 차 문을 닫았다. 몸을 돌려 잠시 나를 일별한 후 명은 두 개의 상자 중 하나를 들더니 가뿐하게 머리 위에 였다. 그리고 너설을 지나 갯바위 사이로 난 고샅으로 걸어 들어갔다. 몸을 돌려 나를 일별한 그 눈치를 알아차린 나는 남아 있는 상자를 양팔로 안아 들었다. 명이 힘들이지 않고 들어 올리더니 과연 부피에 비해 생각보다 훨씬 가뿐했다. 가운데 가로질러 있는 끈을 잡고 왼쪽 어깨에 메자 걸을 만했다. 앞장선 명이 저만치 바위 사이를 이리저리 구비 돌고 지돌이 하며 가고 있었다. 어깨 위의 짐은 가뿐했으나 바위 사이로 난 고샅길은 안돌이 하거나 지돌이를 거듭하며 발밑을 조심스럽게 살펴야 했다. 요철이 심해 발을 딛기가 용이하지 않았다. 자칫 한눈이라도 팔면 넉장거리로 바다 속으로 곤두박질

치고 말 것 같았다. 위태위태한 바위 사이 고샅을 명은 익숙하게 나아갔다. 아마 한두 번 다녀본 길이 아닌 듯했다. 바위 사이 험한 길에 익숙하지 않은 나는 발밑을 조심하느라 재바르게 나아가지 못하고 매우 더뎠다.

이윽고 명이 걸음을 멈추었다. 저만치 머리에 이고 있던 상자를 내려놓는 명의 모습이 보였다. 저도 모르게 안도의 한숨이 나왔다.

이윽고 명의 앞에 다다른 나는 어깨에 메고 간 상자를 내려놓고 숨을 돌렸다. 아랫도리를 바닷물에 통째로 담그고 있는 널따란 너럭바위 위였다. 파도가 연이어 너럭바위 자락을 훑고 있었다. 맞은편 바다 위에 기다랗게 누워 있는 학림도 왼쪽 끝에 등대가 서 있고 등대를 건너 또 다른 섬이 떠 있었다. 포구와 얼마나 멀어져 있는지 인적은 전혀 찾아볼 수 없었다.

해거름에 포구에 도착했지만 아직 어둠이 내리기에는 이른 시각으로 보였는데 험한 바위 샅을 힘들게 지나온 사이 어느덧 해가 진 모양이었다. 건너편 학림도에 이내처럼 박명이 내리고 있었다. 오른쪽 작은 섬 너머 난바다 쪽은 파도 이랑이 높았다. 머리에 하얀 거품관을 쓴 파도가 연신 뒤채고 있었다. 학림도 쪽 하얀 등대에 곧 불이 들어올 것 같았다.

나는 주위를 둘러보았다. 아이를 만나러 왔다고 했는데, 어디에 아이가 있단 말인가.

명은 자신이 이고 온 상자와 내가 메고 온 상자를 바위 자락으로 옮겨놓았다. 손만 뻗으면 바로 물을 움켜잡을 수 있는 위치였다. 끈을 풀고 상자를 열더니 안에 든 것을 조심스럽게 꺼냈다.

종이꽃이라더니 과연 종이로 만든 연꽃이었다. 초파일에 절에 내거는 색등과 크기와 모양은 비슷했으나 흰색 일색이었다. 한지에 주름을 넣어 꽃잎을 만들고 비닐 재질로 꽃받침을 댄 단조로운 모양이었다. 종이꽃을 꺼내 든 순간 명의 얼굴 위로 스산한 바람이 한줄기 지나갔다. 종이꽃을 들고 잠시 입술을 깨물었다. 꽃을 향해 속으로 무슨 말인가를 속삭이고 있는 눈치였다. 언제 준비했던지 라이터를 켜 가늘게 꼰 기름종이 끝에 불을 붙인 다음 종이꽃 안의 초에다 옮겨 붙였다. 종이꽃이 발그레 피어났다. 물에 발을 첨벙 담근 명은 발그레 피어난 종이꽃을 바다 위에다 띄웠다. 바다로 더 멀리 띄워 보내기 위한 방편인 듯 물을 무릅쓰고 아랫도리를 마저 물속에 첨벙 담근 채 준비한 나무 막대기로 종이꽃을 밀어냈다. 바위에 부딪쳐 부서지는 파도의 영향권 밖으로 밀어놓자 종이꽃등이 둥둥 물 위에 떠 흔들렸다. 물에서 나온 명은 상자에서 다음의 종이꽃을 꺼내 조금 전과 같은 순서를 밟아 불을 밝힌 다음 두 번째 꽃등을 바다 위에 띄웠다. 두 번째 꽃등은 스스럼없이 처음의 꽃등 곁으로 다가가 나란히 떠 흔들렸다. 세 번째 꽃등도 똑같은 절차를 밟아 바다 위에 띄워졌다.

세 번째 꽃등을 띄울 무렵 학림도 등대에 불이 반짝 들어왔다. 몇 박자 간격으로 초록의 등댓불이 점멸하기를 거듭했다. 어둠은 한결 짙어졌고 한 상자의 마지막, 열 번째 꽃등을 띄우고 났을 때 명은 물에 흠뻑 젖어 있었다. 눈에는 눈물이 그렁그렁 고여 있고 턱이 네모로 각이 진 것으로 보아 이를 악물고 있는 것 같았다. 세상에 대한 저주와 원망이 얼마나 깊으면 저토록 표독스런 표정을 짓고 있는 것일까.

두 번째 상자 속에도 종이꽃 열 송이가 들어 있었다. 명은 한 송이 한 송이 경건한 동작으로 연꽃을 꺼내 구겨진 데 펴고 비틀어진 데 바로잡는 등 꼼꼼히 다듬었다. 손질을 끝낸 다음 꽃 가운데 세워진 초에 불을 댕겼다. 잠시 호흡을 멈추고 불의 상태를 살핀 후 첨벙 바닷물로 들어가 정성스럽게 꽃등을 바다에 띄웠다. 나무 막대기로 꽃등을 멀리 밀어놓은 다음 파도를 타고 흔들리는 모습을 잠시 지켜보았다. 이윽고 안도가 되었던지 몸을 돌려 올라와 다음 꽃을 꺼내 아까와 같은 방법과 절차를 밟아 바다 위에 띄웠다. 두 번째의 상자에 들어 있던 종이꽃도 모두 불을 밝힌 채 바다 위에 둥둥 띄워졌다. 어둠이 점령해 가고 있는 바다 위에 둥둥 떠 파도에 흔들리는 꽃등이 잠시 내 의식을 이승 저승으로 넘나들게 했다.

스무 송이의 꽃등은 공교롭게도 바다 위에 핀 거대한 우담바라를 연상시켰다. 파도에 실려 흔들리며 용초도 대한해협 쪽으로 흘러가고 있는 꽃등을 잠시 바라보고 있던 명은 몸을 돌려 상자 옆으로 올라갔다. 상자 옆에 세워두었던 가죽 가방을 열고 거기서 해금을 꺼냈다. 미리 자리를 봐두었던지 스스럼없이 편편한 데 자리를 잡고 앉았다.

책상다리를 하고 앉은 명은 해금을 왼쪽 무릎에 세우고 오른손으로 술대를 잡고 몇 번 현을 슬며 가락을 잡았다. 가락을 바로잡은 명은 해금을 슬어나갔다. 어딘가 다른 세상을 보고 있는 듯 아득한 시선은 파도에 흔들리고 있는 꽃등으로 달려가 있었고 얼굴은 장대비라도 견디고 있는 듯 비장했다. 염불장단의 해금 선율은 멀리 멀리 어둠에 잠긴 바다 위로 퍼져나갔다.

파도를 따라 흔들리며 대한해협 쪽으로 흘러가고 있는 스무 송이의 꽃등 때문인가, 두루미의 비장한 울음소리를 연상시키는 해금 선율 때문인가, 사람이 범접하기 힘든 외진 장소가 주는 외포감 때문인가, 한줄기 바람이 느닷없이 휙 뺨을 스치고 지나가는 서늘한 느낌과 함께 공기의 흐름이 후욱 바뀌었다. 무엇인가 갑자기 주위가 수선스러워졌다. 문득 다른 세상으로 옮겨간 것인가.

스무 송이의 꽃등이 불현듯 한 덩이로 뭉쳐져 허공으로 솟구쳐 올랐다. 거대한 꽃등 수팔련을 이루었다. 그러나 꽃등 수팔련은 곧 몸을 풀고 다시 수면 위로 내려앉았다. 다음 순간 둥그렇게 무리지어 있던 꽃등 가운데를 열고 무엇인가 후욱 기운차게 치솟아 올랐다. 스무 송이의 수팔련보다 훨씬 거대한 연꽃이었다. 연꽃의 꽃잎이 열리고 오색영롱한 구슬 장식을 단 족두리를 머리에 쓰고 주홍색 치마에 남색 몽두리를 입은 아리따운 여인이 색동저고리의 소매를 펄럭이며 훨훨 이쪽을 향해 오고 있었다.

순간 소스라치게 놀라 일어난 명은 해금을 내동이쳤다. 팔을 활짝 벌리고 외쳤다.

“청아, 청아! 이리 온, 그래 이리 온.”

연꽃을 타고 오고 있는 아리따운 여인을 향해 명은 연신 외마디 소리를 질러댔다.

아리따운 여인을 태운 연꽃은 이윽고 바위에 이르렀다. 연꽃을 타고 온 아리따운 여인은 사뿐 바위 위로 올라섰다. 그 모습을 지켜보고 있던 명은 정신을 놓고 허둥지둥 그쪽으로 내달았다. 연꽃을 타고 온 아리따운 여인이 넘어지려는 명을 맞받아 안았다.

“고마워 엄마! 나를 찾아줘서….”

“그래, 네가 올 줄 알았다. 이렇게 올 줄 알았어. 가엾은 것! 요트가 전복된 저 일대를 낱낱이 수색해 너를 건져 고이 묻어주고 명복을 빌어야 했는데, 내가 그걸 못하게 했다. 네 애비와 삼촌 고모들은 길길이 뛰었지만 나는 한사코 말렸다. 너를 건져 올려 뭘 어쩌겠다는 것인지, 물에 퉁퉁 불은 험한 꼴을 보지 않아야 옛 이쁜 우리 청이가 내 가슴속에 영영 살아 있을 거 아니냐. 내가 미친 듯 울고불고 뒹굴며 수색하는 것도 인양도 다 가로막았다.”

“엄마, 고마워! 저를 건져 올려 험한 꼴 보여주지 않고 수궁으로 가게 해준 엄마, 엄마 정말 고마워!”

두 모녀가 부둥켜안은 채 안타까운 시간을 얼마나 보냈을까, 이윽고 청이 엄마의 어깨를 감싸고 있던 팔을 풀며 어미에게 작별을 고했다. 명도 마지못한 듯 포옹을 풀고 청의 얼굴을 손으로 쓰다듬었다.

"벌써 가려고?"

"걱정 마, 엄마가 부르면 언제라도 다시 올게."

두 사람의 눈에 눈물이 그렁그렁 고였다. 명의 팔에서 풀려난 청은 대기하고 있던 연꽃으로 가서 사뿐 올랐다. 청을 태운 연꽃은 순식간에 눈앞에서 휘익 사라졌다.

연꽃을 배웅하고 있던 명은 연꽃이 사라진 순간 그만 까무러치고 말았다.

다시 세상으로 되돌아온 나는 까무러친 명을 등에 업고 해안 길을 더듬어 나오지 않을 수 없었다. 명은 바위처럼 무거웠다. 그렇지만 저녁 바람이 쌀쌀한데 물에 흠뻑 젖은 명이 깨어나기를 어찌 난데서 기다리고 있겠는가. 천신만고 끝에 너설을 벗어나자 한숨이 절로 났다.

명이 내게 동행을 청한 이유가 바로 이것이었던 것인가, 나는 가까스로 거기에 생각이 미쳤다.

수선화의 방

이윽고 저만치 긴 목을
치켜세우고 있는 케티오사우루스의
미끈한 유선형 몸통이 보였다.
공룡의 나라에 들어선 것이었다.

“선생님, 고성에 와보신 적 있으세요?”

몇 해 전, 열흘쯤 있으면 해가 바뀌는 세밑이었다. 진주에 사는 강 선생이 그에게 전화를 걸어왔다. 수인사 끝에 불현듯 고성에 와보신 적 있느냐고 물었다.

“아니, 가본 적 없습니다.”

무심코 대답을 했다. 그런데 무슨 오작동 스위치라도 잘못 누른 듯 순간 무춤했다.

“아직 공룡의 나라에 와보신 적 없으세요!”

아니나 다를까, 강 선생은 뜻밖이라는 기색이었다. 고성이 어느 사이 공룡의 나라로 바뀌어 있었다. 그래! 고성에서 공룡발자국화석을 테마로 대대적인 공룡축제를 열고는 했지. 어쨌든 고성에 와보지 않았다니, 공룡 같은 방외의 존재에는 관심을 두지 않고 오로지 일상에 파묻혀 사는 세속인에 지나지 않는 것 아니냐는 힐난이라도 들은 것 같았다. 왜 공룡 같은 방외의 존재에 관심이 없었겠는가, 하고 그는 반박이라도 하고 싶었다. 하늘의 뜻을 거스르지 않고, 주어진 것에 만족하며 살아온 것이 무능의 탓이었는지 모르지만, 삶의 동선이 아직 고성까지 미치지 못했을 뿐이었다. 기분이 좀 뜨악했으나 어찌 성마른 대응을 하겠는가. 아무리 그렇다 하더라도 공룡쯤에는 일찍이 관심을 가져두었어야 했던 것인가, 잠시 그는 그런 생각을 했다.

"제가 좀 비현실적인 데가 있어서 그런가! 저는 공룡의 나라와 친근하게 지내고 있어요."

자조 섞인 말투로 위장하고 있으나 그가 듣기에는 마치 눈에 보이는 사실에만 의존하는 바투보기 아니냐고 이쪽을 이죽거리는 것 같았다.

"오늘은 공룡이 문제인가?"

그는 친숙하지 않은 화제로부터 발을 빼고 싶었다.

"아니, 아니, 공룡이 문제가 아니고요. 이곳 공룡의 나라에 선생님께 꼭 소개하고 싶은 마을이 있어서 전화 드렸어요."

강 선생은 손사래라도 치듯 화급히 말했다. 목소리가 마치 실로폰을 두드리듯 통통 튀었다. 목소리에 어찌 색깔이 있다할 수 있겠는가. 그러나 강 선생의 목소리에는 활달함에도 불구하고 엷은 보라색 기운이 느껴졌다. 먼 산허리에 아른거리는 아지랑이를 바라보고 있는 듯 아득한 느낌도 없지 않았다. 강 선생으로부터 전화가 걸려 온 것도 뜻밖이었지만, 그에게 꼭 소개하고 싶은 마을이 있다는 초청의 말도 뜻밖이었다.

"문씨 집성촌인데, 3백여 년 동안 외부와 단절된 채 자생적 문화를 가꾸어온 독특한 고을이 있어요. 요즘이야 해안을 따라 동서 양방향으로 포장도로가 잘 닦여 있어 통행이 용이하지만 한 오십 년 전까지만 해도 북쪽 산의 녹명재를 넘어야 겨우 외지로 나갈 수 있는 오지였대요."

3백여 년 동안 외부와 단절된 채 자생적 문화를 가꾸어온 독특한 고을이 있었다니, 강 선생의 말이 그의 가슴속에 가로 쳐져 있던 호기심의 현을 탕, 튕겼다.

"특히 문씨 종가댁이 있는 인평마을은 아직도 옛 모습을 그대로 간직하고 있어요. 선생님께 인평마을을 꼭 보여드리고 싶어서 전화 드렸어요."

강 선생의 말이 연이어 호기심의 현을 탕탕 튕겨 올렸다.

호기심 강한 것이 탈이었다. 조금만 자극해도 감당할 수 없을 만큼 궁금증과 호기심이 부풀어 오르고는 했다. 궁금증을 풀거나 호기심을 채우지 않고서는 견디지 못하는 것이 그의 큰 성격적 결함이었다. 까닭 모르게 은은한 보랏빛 계면조 가락이 이내처럼 그의 가슴속을 아련히 감돌기 시작했다.

몇 해 전 가을이었다. 전국 여러 지방에서 일제히 인문학 행사가 펼쳐졌다. 그 인문학 행사의 일환으로 통영 죽도에서 '힐링 섬체험'이라는 프로그램이 진행되었다. 그 행사에서 그는 강 선생을 처음 만났다. 강 선생은 그 프로그램의 진행자였고 그는 초청연사였다.

그에게 주어진 연제가 가관이었다. '왜 책을 읽어야 하는가'였다. 연제를 듣는 순간 그는 실소를 머금었다. 요즘 같은 디지털 시대, 영상 시대에 책을 강연 주제로 생각하는 구시대적 인사가 있다는 사실이 그로서는 놀라웠다. 요새 누가 책에 관심이나 갖고 있던가. 더구나 책 읽기라니, 얼마나 오랜 세월을 두고 많은 사람들의 입에 오르내렸던 케케묵고 상투적인 주제인가.

그러나 초청하는 측도 그런 점을 잘 인식하고 있었던 모양이었다. 케케묵지 않고 상투적이지 않게 한 시간가량 책읽기의 유익한 점에 대해 이야기를 해달라고 주문하였다. 케케묵은 것을 케케묵지 않게, 상투적인 것을 상투적이지 않게 말하기가 어디 그리 쉬운 일인가. 난감한 과제가 아닐 수 없었다. 통영으로 내려간 그는 응당 긴장해 있었고, 그 긴장감 때문이었을까, 강 선생과 그의 첫 대면은 자연스럽지가 않았다.

그가 그렇게 느꼈을 뿐인지 모르지만, 처음 시선이 마주친 순간 강 선생은 얼어붙은 듯 숨을 뚝 멈추고 그를 뚫어져라 쳐다보았다. 그 시선이 어찌나 강렬했던지 그는 어리둥절했다. 까닭 모를 전율을 느끼며, 그 시선의 흡입력에 빨려들어가지 않기 위해 저도 모르게 반사적으로 다리에 힘을 주며 버텼다. 그러는 동시에 낯익은 기시감에 강 선생의 얼굴에서 눈을 뗄 수가 없었다. 순간 가슴이 일렁거렸다. 감성의 파고가 크게 일어났다. 아주 짧은 순간이었다. 강 선생의 날카롭고 집요한 시선의 부담이 아니었으면 그 파고의 일렁임이 좀 더 오래 지속되었을까. 초청인사에 대한 행사 진행자의 탐색하는 시선이라기에는 그 강렬하고 집요한 정도가 지나친 감이 없지 않았다. 그는 무안을 느끼며 먼저 눈을 돌리고 말았다. 그러나 그 후 행사 진행 도중에도 강 선생의 탐색하는 듯한 시선이 자신에게 던져져 있는 걸 그는 문득문득 느끼고는 했다.

전형적인 미인이라 할 수는 없었다. 그러나 살결이 곱고 얼굴이 갸름한 강 선생은 상당한 미모였다. 기품 있는 언행에 상냥한 미소가 얼굴에서 떠나지 않았다. 성격 또한 생각을 마음속에 은근히 품고 있지 못하고 그때그때 행동으로 옮겨야만 직성이 풀리는 활달한 편인 듯했다. 지방 국립대학 인문학연구소 연구원으로 재직하며 프랑스 문학 강의도 맡고 있다는 강 선생은, 8년간 파리에서 기호학을 공부하고 왔다고 했다. 그런 양질의 교육과 문화적 세례를 듬뿍 받지 않고서야 어찌 저렇듯 온몸으로 자연스럽게 문화적 향기를 내뿜을 수 있겠는가. 대체로 긴 타원형 얼굴에 늘 떠돌고 있는 사교적인 미소며 연예인처럼 풍부한 표정이며 유연한 몸짓 등, 서구적 교양이 체화되어 있는 듯했다.

"선생님, 꼭 오세요. 조선 중세풍의 건물들과 마을 분위기가 선생님 마음에 쏙 드실 거예요. 선생님, 꼭 오셔야 해요."

그의 마음속에 윤슬이라도 일렁이듯 산조 가락이 이어지고 있었다. 유장한 계면조 가락을 배경으로 어떤 마을의 풍경이 그림처럼 떠올랐다. 마음이 멋대로 그려내고 있는 보랏빛 이내에 감싸인 마을은 꿈결처럼 아련했다. 강 선생의 초대는 그를 꼼짝 못하게 포박하고 말았다.

"방학 때라 저는 자유로워요. 언제라도 내려오시면 제가 안내할 수 있어요. 지난번 죽도에서 선생님 말씀 매우 감명 깊게 잘 들었어요."

강 선생의 초대를 마다할 까닭이 없었다. 그렇지 않아도 늘 어딘가로 떠나고 싶어 몸살을 앓고 있는 성정이 아니던가. 그리고 그의 호기심의 주머니가 얼마나 크게 부풀어 올라 있는가. 그러마고 그는 선선히 대답했다.

드디어 약속한 날이 왔다. 어둠이 설핏 가신 이른 아침 강 선생으로부터 문자메시지가 들어왔다. '오늘 서부경남지방에 15cm 폭설이 내린다는데 오시기 힘들겠죠!' 하는 내용이었다. 그러나 걸핏하면 눈이 20, 30cm씩 쌓이고는 하는 양평에서 오래 살아서 그런지 15cm 가지고 폭설이라 하다니, 그는 도리어 웃음이 났다. 더구나 양평은 군데군데 푸른 하늘이 트여 있고 눈이 내릴 기미조차 없었다. 강 선생에게 별문제 있겠느냐는 답글을 보내고 그는 일단 집을 나섰다.

집을 나선 후에야 남쪽 지방의 기상상태와 교통사정이 예사롭지 않다는 사실을 자세히 알 수 있었다. 역으로 가던 중 택시 기사가 남쪽 지방은 50년 만의 폭설로 항공기 운항이 전면 중단되었고, 고속버스 운행도 여의치 않을 것이라고 했다. 그렇다 하더라도 15cm 적설을 두고 50년 만의 폭설이라며 그 호들갑이라니, 그는 속으로 미소 짓지 않을 수 없었다. 오늘 같은 매혹적인 초대를 어찌 15cm 정도의 적설로 단념할 수 있단 말인가. 여행을 포기할 생각은 추호도 없었다.

그는 용문역에서 청량리행 무궁화호에 탑승했다. 좌석에 앉은 다음 그는 강남고속버스터미널에 전화를 넣었다. 폭설로 인해 11시 50분 배차분부터 운행할 예정이라고 응답했다. 고성까지 운행시간이 네 시간 이상 걸린다는데, 그 차를 타면 약속시간에 댈 수 없었다.

남부터미널에 전화를 넣어보았다. 10시 40분에 출발하는 고성행 버스가 있다는 반가운 대답이었다. 이렇게 공교로울 수가 있나. 강 선생은 10시 30분경에 출발하는 고속버스를 타라고 했다. 그러면 2시 30분경에 고성에 도착할 것이라면서 그 시간에 맞추어 시외버스터미널로 마중을 나가 있겠다고 했었다. 남부터미널로 향해 가는 그의 발걸음이 가벼웠다.

한 시간이나 여유 있게 터미널에 도착했다. 그럼에도 불구하고 남은 승차권이 맨 뒷좌석과 맨 앞좌석 둘뿐이었다. 남쪽 지방의 폭설로 운행 대수가 대폭 줄어들어 승객이 몰린 탓이라 했다. 눈길을 운행해 갈 버스이므로 안전을 감안한다면 으레 맨 뒷좌석을 선택해야만 옳았을 것이었다. 하지만 시야가 막혀 있는 안전한 쪽보다 시야가 열려 있는 위험한 앞쪽 좌석이 더 마음을 끌었다. 그는 별 주저 없이 안전한 뒤쪽보다 위험한 앞쪽을 선택했다.

한 시간쯤 달린 후, 천안을 지날 무렵이었다. 보던 신문에서 눈을 들자 버스가 눈보라 속을 달리고 있었다. 언제부터 내리기 시작한 것일까. 창밖은 온 천지가 사선을 그으며 쏟아지는 눈보라였다. 눈보라가 세상을 하얗게 지우고 있었다. 전면 창으로 덤벼드는 눈을 치우느라 와이퍼가 분주히 좌우 날갯짓을 하고 있었다. 그러나 창은 시원하게 열리지 않았다. 와이퍼가 지나간 순간 잠깐씩 열렸다가 급히 닫히고는 했다. 바로 앞을 달리고 있는 차량과 가드레일 같은 도로 시설물들만 조금씩 식별되었다. 이런 폭설을 헤치고 목적지까지 갈 수 있을지 그는 불안했다. 그러나 고속버스는 일정한 속도를 유지하며 계속 앞으로 달리고 있었다. 남쪽으로 내려갈수록 눈발이 점점 더 굵어졌다.

"선생님, 아까 영상매체와 스마트폰 같은 디지털 매체가 하멜른의 피리 부는 사나이 같은 위험한 존재라고 말씀하셨는데, 저는 그게 무슨 뜻인지 잘 모르겠어요."

죽도에서 행사를 마치고 척포로 나올 때였다. 일행은 죽도로 들어갈 때 타고 갔던 소형 동력선을 척포로 나올 때도 그대로 타고 나왔다. 아침에 들어갈 때와는 달리 오후에 나올 때는 바람이 강하게 불어댔다. 바람의 강도에 따라 파도 또한 높았다. 거센 풍랑에 배가 전후좌우로 심하게 흔들렸다. 뱃전을 치며 깨진 파도가 하얀 물보라를 일으키며 연이어 공중으로 높이 치솟아 올랐다. 죽도를 출발할 때 갑판에 나가 있던 사람들도 모두 선실로 들어왔다. 선실이 좁아 열다섯 명의 일행은 서로 어깨를 부딪치며 바짝 붙어 앉아야 했다. 엔진 소리가 가슴 속에서 쿵쿵거리며 울렸다. 옆에 앉아 있던 강 선생이 그에게 말을 걸어왔다. 엔진소리에 묻혀 처음에는 강 선생의 말을 잘 알아들을 수 없었다. 그의 머리가 기억을 더듬으며 재구성하고 나서야 말귀를 알아들었다. 그러나 몇 마디 주고받지 않아 그런대로 의사소통은 가능했다. 강 선생 옆에 앉아 있는 사람도 궁금했던지 그의 입을 쳐다보고 있었다.

그는 뭍에서 함께 건너간 일행 15명과 섬 주민 20여 명을 상대로 죽도 마을회관에서 한 시간가량 요령부득의 이야기를 펼쳐놓느라 진땀을 뺐다. 책 읽기라는 시대착오적인 낡은 주제를 케케묵지 않고 상투적이지 않게 늘어놓으려니 잠시도 긴장의 끈을 놓을 수가 없었다. 강 선생의 질문은 그에게 행사장의 긴장감을 연장시켰다.

사실 '왜 책을 읽어야 하는가'라는 케케묵은 연제로 무슨 이야기를 어떻게 더 새롭게 할 수 있겠는가. 이미 수많은 사람들이 그 당위성을 밝혀 정의를 내린 바 있는 너덜너덜한 낡은 주제였다. 그리고 해답이 정형화되어 있어 한마디도 더 새로 보탤 것이 없어 보였다. 게다가 요즘 책보다 유익하고 흥미로운 것이 세상에 얼마나 많이 널려 있는가. 그러니 모자란 사람 아니고서야 고리타분하고 지루한 책읽기에 누가 관심을 갖겠는가. 궁리 끝에 그는 나날이 상종가를 치며 위세를 떨치고 있는 인터넷과 스마트폰 등 디지털 매체의 특성과 서리 맞은 푸성귀처럼 시들어가고 있는 활자 매체의 특성을 서로 비교하고 그 차이점을 밝혀내 책 읽기의 중요성을 강조하기로 전략을 세웠다.

그렇게 전략을 세우고 궁리를 거듭하다 보니 전에 보이지 않던 것들, 관심 밖으로 밀려나 있거나 흘려보냈던 것들이 속속 눈에 띄고 관심의 중심으로 들어왔다. 그 가운데 젊은이들의 문화소비행태가 새삼스럽게 그의 관심을 끌기 시작했다. 그리고 전에 느껴보지 못했던 우려와 함께 그것이 그를 괴롭히기 시작했다.

그에게 젊은이들의 문화소비행태에 대해 관심을 가지거나 번민할 아무런 당위적 이유는 없었다. 그가 관심을 갖거나 번민의 대상으로 삼는다 하여 그에게 사안을 바로잡아 놓을 수 있는 능력이 있는 것도 아니고, 모른 척하고 지나친다 하여 비난할 사람 또한 아무도 없었다. 거기에 대한 책임과 의무가 그에게는 주어져 있지 않았다. 그의 관심과 우려는 그러므로 공연한 개인적인 기우에 그칠 것이고 신경과민에 지나지 않을 것이었다. 그러함에도 불구하고 그는 거기에서 관심을 거두기가 힘들었다. 그 때문에 그는 전에 느껴보지 못했던 번민에 시달리기 시작했다.

그의 번민은 그가 출강하고 있던 학교에서도 계속되었다. 수업시간이면 거의 모든 학생들이 책상 위에 노트북을 열어놓고 있었다. 강의 중에 학생들은 낯선 이름이나 항목이 등장하면 재바르게 랩톱이나 스마트폰으로 자료 검색을 하고는 했다. 전에는 무심코 지나쳤으나 그런 학생들의 행태가 여간 눈에 거슬리지 않았다.

어쩌다 어울려 차를 마시는 시간이면 학생들의 화제의 중심에는 으레 인터넷, 게임, 영화 등이 확고한 자리를 잡고 있었다. 책에 대한 화제는 거의 없었다. 학생들이 책과 담을 쌓고 디지털 매체의 편리함을 마음껏 누리고 있는 현실을 그는 비로소 문제적으로 인식한 것이었다. 하나가 승하면, 하나가 죽기 마련 아닌가. 그동안 느끼거나 의식하지 못했던 믿고 싶지 않은 사실 앞에 그는 생각할수록 망연자실했고 한없는 무력감에 사로잡혔다.

젊은이들은 책을 전시대의 유물 쯤으로 깔보거나 등한시하고 있었다. 대신 영화를 문화의 최고 전당에 모셔놓고 경배하고 탐닉하고 있었다. 그러는 한편 인터넷이나 스마트폰을 통해 얻은 정보를 첨단 지식으로 여기고 있었다. 그리고 트위터와 카카오톡이 인류 역사상 초유의 편리한 의사소통 도구라 믿고 그 혜택을 마음껏 누리며 거기에 도취해 있었다. 이런 사실을 깊이 파악해갈수록 그의 우려의 눈금이 높아갔다.

강연 초안을 준비하는 동안 그는 영화의 본질과 디지털 매체의 특성에 관해서도 관심을 갖게 되었다. 영화의 본질과 디지털 매체의 특성을 알아가면 알아갈수록 그의 우려 또한 깊어갔다.

영화란 키치적 성격이 그 본질이라 하였다. 대중들이 흥미를 가질 만한 것을 여기저기서 끌어모아 엮어내는 것이 그 특성이라는 것이다. 게다가 영화란 중2 정도 지적 수준의 관객을 대상으로 제작한다 하였다. 거기서 조금만 더 수준을 높여도 관객들로부터 외면당하고 죽을 쑤기 일쑤라는 것이었다. 언젠가 저명한 영화감독이 인터뷰에서 밝힌 내용이었다. 그렇듯 영화란 단순한 오락물에 지나지 않는 것이라고 그 감독은 말했다. 그러므로 영화란 본질적으로 고급 예술이 될 수 없는 셈이었다. 그럼에도 불구하고 젊은이들은 영화를 최고의 예술장르로 숭배하고 있는 것이 현실이었다.

인터넷이나 스마트폰을 통해 제공되는 정보들 또한 걱정스러운 문화적 혜택 중의 하나였다. 무제한으로 제공되는 그 정보들은 사람들로 하여금 늘 새로운 것에 목말라하게 채근하였다. 중요도나 가치와는 하등 관계없이 어제 것보다 오늘, 지난 것보다 당장 새로 받은 정보가 더 가치 있는 것으로 여기도록 유도하였다. 이런 착란 현상에 사로잡혀 사람들은 매순간 정보를 확인해야 하고 새로운 정보를 놓친 것은 없는지 늘 끊임없이 불안감에 시달리도록 만들었다. 따라서 스스로 생각하고 번민하여 얻은 지혜로 삶을 엮어가야 할 창조적인 기회를 사람들로부터 박탈하고 있었다. 어이없게도 사람들로 하여금 남이 생각해둔 것에 홀려 허둥지둥 맹목적으로 그것을 추종하게 만들었다. 이것이 바로 인터넷이나 스마트폰 등 디지털 매체가 제공하는 정보의 특징이고 본질이었다.

트위터 또한 비슷하였다. 넉 줄, 140자 이내의 문장으로 주고받을 수 있는 내용이 도무지 미덥지가 않았다. 그것은 즉각적이고 재치 있는 메시지 작성을 금과옥조로 삼고 있었다. 그 짧은 문장에 감성적 작용뿐, 논리적 구성이 개입할 여지가 없어 보였다. 올바른 소통을 이루려면 일정한 지식이 작용한 논리를 바탕에 깔고 있는 내용이라야 하지 않겠는가. 그래야만 상대방을 설득할 수도 올바로 이해를 시킬 수도 있을 터였다. 그런데 즉흥적으로 단문을 날리며 그냥 짹짹거리기나 할 뿐 논리가 배제되어 있는 짤막한 감성적 문장 몇 개에 어떻게 의미를 제대로 담아낼 수 있겠는가. 그리고 그것을 통해 어찌 올바른 소통을 이루어낼 수 있다 하겠는가. 감성을 통로로 주고받는 메시지는 자극에 취약할 수밖에 없는 것이다. 이해와 공감이 따르지 않은 감각적 의사소통은 성정을 급박하게 만들기 마련이다. 그것이 오래 지속되면 따라서 세상은 자연 성마르고 급박하게 돌아가게 되고 마침내 피폐해져 갈 수밖에 없는 것이다. 그런데도 트위터를 마치 새로 주어진 무슨 구원의 의사소통 수단이나 되는 것처럼 젊은이들은 맹신하고 있었다.

영화나 인터넷, 스마트폰이나 트위터 등 이런 매체의 특성과 공통점이 무엇인가. 세상만사를 감성으로 즐기고 감성으로 수용하고 감성으로 이해하게 하려는 것 아닌가. 이들 매체는 이성과 지성이 개입할 자리를 허용하지 않았다. 그 때문에 오늘날 감성이 이성과 지성을 정복하고 세상을 점령하고 있는 형국이 된 것이다. 사람이 이성과 지성을 배척하고 감성만으로 세상을 올바로 살아갈 수 있을까. 지성과 이성을 지워버리고 감성만으로 인류문화 발전을 지속시켜나갈 수 있을까. 글쎄, 얼마 오래지 않은 장래에 감성 유효기간이 만료되어 젊은이들이 위기를 겪게 되지나 않을지 그는 걱정스러웠다.

강연 원고를 준비하는 동안 이런 생각들이 그의 머릿속을 번다하게 갈마들었다.

그래서 요즘 영화를 비롯, 인터넷이나 디지털 매체가 하멜른의 아이들을 산속으로 유인해 사라지게 한 그 마술사의 피리소리와 다르지 않은 것이 아닌가 하고, 문제제기를 했던 것이다.

눈발이 한결 더 굵어져 있었다. 전면 창에 엉겨 붙는 눈을 치우느라 와이퍼가 팔이 휘어지도록 바빴다. 이러다 버스가 곧 운행을 멈추지나 않을지 불안하고 초조했다. 다행히 기사는 서울을 출발할 때부터 마냥 같은 자세로 운전대를 잡고 앞만 바라보며 가고 있었다. 믿음직스런 기사가 그러나 언제 돌변해 더 갈 수 없겠다고 선언하고 나올지, 그는 계속 마음을 졸였다.

"하지만 선생님, 영화를 너무 폄훼하는 것 아닌가요. 영화계 사람들이나 영화를 좋아하는 젊은이들이 들으면 가만있지 않을 것 같은데요?"

그의 바로 앞 의자에 앉아 등을 보이고 있던 중년 여인이 그를 돌아보며 말했다. 마을회관에서 고등학교 교사라고 자신을 소개한 여인이었다. 여인의 얼굴 방향에서 흔들리고 있던 용초도 호두마을이 뱃전을 치고 하얗게 피어오르는 포말에 산산이 부서지고 있었다.

"영화계 인사들이나 젊은이들을 자극하려는 것이 아닙니다. 나이가 많아지면 걱정이 많아진다더니, 공연한 걱정인지 모르겠습니다만, 한 해 관객 2억 명을 돌파했다고 축배를 들며 환호작약하는 일이 저는 걱정입니다. 그건 어디까지나 영화계의 축복일 뿐 젊은이들의 미래를 생각하면 축배를 들며 환호작약할 수 있는 일인지 저로서는 의문입니다."

강 선생을 비롯하여 주위의 몇 사람이 몸을 그에게로 숙이며 귀를 기울였다.

"아까 마을회관에서 제가 영화란 감성 위주로 즐기는 것이라 하지 않았습니까. 그러므로 영화가 세상을 점령하고 나면 감성은 발달할지 모르겠지만 책을 중심으로 한 이성은 퇴화할 수밖에 없지 않겠습니까. 적절한 예가 될는지 모르겠습니다만, 갈라파고스 핀치는 같은 종류임에도 지역의 먹이에 따라 부리가 각기 달라졌다 하지 않습니까. 그리고 '코바네우'는 날 필요가 없게 되자 날개가 퇴화하기 시작했다고 들었습니다. 그러니 생각해보십시오. 영화가 세상을 뒤덮으면 자주 쓰는 감성은 발달할 수 있을지 모르겠지만 쓰지 않는 이성은 점점 퇴화하지 않겠습니까."

여인의 표정이 의문으로 굳어졌다.

"감성은 표피적인 감각과 쾌락을, 이성은 정신적 활동과 지식을 수반하고 작용하는 것이라고 저는 알고 있습니다. 그래, 감성만으로도 인류문화가 지속적으로 발전할 수만 있다면 이성 따위가 무엇 때문에 중요하겠습니까. 이성이 퇴화하면 결국 인류가 다시 원시인류 상태로 되돌아가는 것이 아닌가, 우려스러워서 하는 말입니다."

여인이 한숨을 폭 내쉬었다. 천천히 도리질을 했다.

"영화계 사람들이나 젊은이들은 불편해 할지 모르지만 '영화란 (문자 해독이 어려운) 무식한 사람들을 위한 인생의 그림책'이라는 디에볼의 말을 예술사회학의 세계적 권위자 아놀드 하우저가 왜 자신의 여러 저서에 인용해 강조하고 있을까요?"

여인은 도리질을 멈추고 고개를 돌려 새삼스러운 눈으로 그를 쳐다보았다.

눈발은 갈수록 거세졌다. 팔이 휘어지도록 분주히 날갯짓을 해대는 와이퍼가 너무 힘들어 보였다. 와이퍼만으로는 감당하기 힘들 만큼 전면 창으로 덤벼드는 눈발이 거칠고 기세등등하였다. 이러다 정말 운전기사가 불시에 갓길에 버스를 세우고 더 가지 못하겠다고 선언하고 나올지 모르겠다는 생각에 그는 불안감이 더 부풀어 올랐다.

"선생님, 책이 생각을 생산해내는 예로서, 양을 그려달라고 하는데 빈 상자를 그려주었다는 예를 든 것은 아주 적절한 것 같았어요."

강 선생이 그를 쳐다보며 웃고 있었다. 소형 동력선은 파도에 속절없이 흔들렸다. 파고에 따라 뱃머리가 불쑥 올라갔다가 스윽 내려갈 때마다 간담이 서늘해지고는 했다. 불안한 항해는 그러나 계속되었다. 엔진소리와 뱃전을 치는 파도소리 속에서도 바로 어깨를 겯듯 바짝 붙어 앉아 있어 서로 말을 주고받는 데는 큰 불편이 없었다.

아까 죽도 마을회관에서였다. 한 시간가량 이어지던 그의 강연이 끝나자 강 선생이 질문할 사람 없느냐고 좌중을 둘러보았다. 질문 없이 끝났으면 좋았으련만 기다렸다는 듯 한 여인이 손을 들고 일어나 수줍은 듯 물었다.

"영상 매체를 보면서는 생각을 소비하게 되고, 활자 매체를 읽으면서는 생각을 생산하게 된다고 하셨는데, 활자 매체가 생각을 생산해내는 구체적인 예를 들자면 어떤 것이 있을까요?"

그는 막막해 잠시 입술을 꾹 깨물었다. 궁리를 해봐도 별 수 없었다. 궁색하지만 전에 생각한 적이 있던, 『어린왕자』에서 인용해 대답할 수밖에 없었다.

사막에 불시착하여 비행기 수리에 번민하고 있던 조종사에게 한 꼬마가 찾아와 양을 그려달라고 한다. 코끼리를 삼킨 보아구렁이 그림을 그려본 것을 끝으로 그림을 그려본 적이 없는 조종사는 꼬마의 보챔을 이기지 못해 양을 한 마리 그려 보인다. 그것을 받아든 꼬마는 병이 들었다며 마음에 들지 않아 한다. 이번에는 뿔이 솟아오른 놈을 그려준다. 그러자 이번에는 수놈이라고 싫다 한다. 조종사는 다시 한 마리를 더 그려 보인다. 그러자 꼬마는 너무 늙었다며 싫다 한다. 조종사는 궁리 끝에 상자를 하나 그려준다. 상자 안에 양이 들어 있다고 말한다. 꼬마는 그제야 얼굴을 환하게 펴고 만족해한다. 조종사가 그려준 네모난 상자 안에 정말 양이 들어 있는 것일까? 아니면 아무것도 들어 있지 않은 빈 상자일까? 글쎄 아무도 모를 일이다. 그러나 꼬마는 자기가 생각하고 있는 양을 상자 안에서 스스로 상상해내고 흡족해한 것이다. 그래, 실제 눈에 보이는 사물이나 구체적 사실을 제시하기보다 상상하게 하는 것, 그것이 바로 책이 지닌 신비한 힘인 것이다. 책은 그렇게 상상을 통해 생각이, 창조적 사유가 솟아나도록 하는 것이다.

그때 그의 답변에 공감이 간다는 뜻을 강 선생이 뒤늦게 밝혀 말한 것이었다.

감고 있던 눈을 뜨자 전면 창으로 덤벼드는 눈발이 아직도 기세등등하였다. 굵은 눈발이 바람에 휘어지며 와이퍼가 지나가기 바쁘게 창을 하얗게 다시 뒤덮고는 했다. 불안한 마음으로 다시 운전기사를 바라보았다. 승객의 불안감을 아는지 모르는지 운전기사는 운전대를 잡고 여전히 같은 자세로 묵묵히 눈발을 헤치며 앞으로 나아가고 있었다.

그는 주머니에서 휴대전화를 꺼내 폴더를 열고 강 선생 전화번호를 찾아 버튼을 눌렀다. 신호가 열 번도 더 넘게 울렸다. 신호가 눈발을 헤치고 들을 건너고 산을 넘어 저쪽으로 날아갔으나 응대가 없었다. 멈춤 버튼을 누르고 폴더를 닫았다. 출발할 때 전화를 넣는 건데, 차의 출발 여부에 초조하게 신경을 쓰다 그만 깜박했었다. 버스에 승차한 후에는 천행으로 여기며 안도감에 사로잡혀 출발 사실을 알리는 걸 깜박 잊고 말았다.

다시 폴더를 열고 번호를 눌렀다. 스무 번 넘게 신호가 건너갔으나 이번에도 받지 않았다. 무슨 일이 있는 것일까. 10시 40분 남부터미널을 출발하는 우등고속버스에 탑승하였으니 고성시외버스터미널에서 만나자는 내용의 문자메시지를 넣었다.

"그러면 어떻게 해야 합니까. 무슨 대책은 없는 것입니까?"

앞에 앉은 여인이 다시 몸을 돌려 그를 쳐다보며 물었다. 여인의 진지한 표정에 그는 그만 웃음이 픽 나왔다.

"왜 대책이 없겠습니까. 생각을 생산해내도록 하면 되지요."

"생각을 생산해내다니요, 어떻게요?"

"사색을 해야 되겠지요."

"그런 말이 어딨어요."

여인의 입가에 엷은 웃음기가 스쳐 지나갔다.

"제가 아까 뭐라 했습니까. 책에 길이 있다고 하지 않았습니까. 책을 보면 생각을 생산하게 되어 있습니다. 책을 읽는다는 것은 그냥 책에 눈을 주고 있는 것만으로 이루어지는 것이 아니지 않습니까. 눈으로 활자를 보고 있으면 뇌가 작용하여 그 내용을 이해하고, 이해한 후에야 비로소 다음으로 넘어가는 것입니다. 이해하는 순간이란 바로 생각하는 순간이지요. 그런 이해와 생각의 과정은 의미 체계를 수립하게 되는 것이고, 달리 말해 생각을 생산해내게 되는 것입니다."

여인은 새삼스럽게 눈을 반짝이며 그를 쳐다보았다. 눈빛으로 보아 수긍이 가는 모양이었다. 그는 친절을 더 베풀고 싶은 충동을 느꼈다.

"책하고는 달리 영화는 적극적인 정신활동의 개입 없이도 눈만 주고 있으면 감상이 가능합니다. 따라서 영화의 이미지들은 깊이 있는 이해나 분석을 요구하지 않습니다. 아무 생각 없이도 즉각적으로 받아들여지고 즉흥적으로 경험되는 것입니다. 다시 말하지만, 영화나 디지털 매체는 감성으로 즐길 수 있는 것입니다. 그렇지만 책은 감성만으로는 즐길 수 있는 것이 아닙니다. 이성이 반드시 수반되어야 하는 것입니다. 그런 매체의 특성을 비교하면 알 수 있듯이, 구조적으로 영화나 영상 매체의 이미지들은 책과는 달리 생각을 생산해내는 데 별 도움이 되지 않는 것입니다. 그래서 제가 우리들에게 한없는 사유의 세계를 펼쳐주는 책을 가까이 두고 읽어야 한다고 강조한 것입니다."

"그래서 영화관객 2억 명 돌파 사실이 축복이라기보다 재앙일 수 있다고 말씀하셨군요."

여인이 알아들었다는 듯 고개를 천천히 끄덕였다.

버스는 순조롭게 앞으로 내달리고 있었다. 대전 부근을 지나자 눈발이 점점 가늘어졌다. 인삼랜드 휴게소에서 휴식을 취한 후 버스가 다시 출발할 무렵 그토록 맹렬히 퍼붓던 눈이 감쪽같이 그쳤다. 예정시간보다 한 30여 분 지체되었을 뿐 무사히 고성에 도착할 수 있을 것 같아 그는 안도감에 마음이 가벼워졌다. 산청을 지나고 진주 나들목도 지났다.

이윽고 저만치 긴 목을 치켜세우고 있는 케티오사우루스의 미끈한 유선형 몸통이 보였다. 공룡의 나라에 들어선 것이었다. 케티오사우루스가 몇 마리 설치되어 있는 휴게소 '공룡의 나라'가 빠르게 버스의 오른편 풍경과 함께 뒤로 물러갔다. 공룡의 미끈한 풍채를 다시 한 번 더 보고 싶어 뒤를 돌아보았다. 공룡은 이미 뒤로 멀리 사라졌고 뜻하지 않았던 햇볕에 눈부시게 반짝이는 들과 산이 시야를 가득 채워 왔다. 어느 사이, 서쪽 하늘이 파랗게 개여 있었다. 동쪽으로 밀려가는 구름의 자태가 유유했다.

고성 터미널에 도착하자 동쪽 하늘 일부를 제외하고는 말끔히 개여 있었다. 눈이 부셔 햇볕을 반사하고 있는 눈 덮인 산이며 들이며 지붕들을 정면으로 쳐다볼 수가 없었다.

버스가 터미널에 들어갈 무렵부터 그는 마음이 급했다. 승강장을 서성이고 있는 사람들을 살피느라 그의 눈이 바빴다. 강 선생은 물론 강 선생 비슷한 사람도 보이지 않았다. 축도 행사에 동행했던 학생도 두 명 대동하고 마중을 나와 있겠다고 했는데, 낯익은 학생 역시 한 명 보이지 않았다. 승강장 출입이 통제되어 승객대기실에서 기다리고 있는 것인가. 그렇게 생각하며 그는 버스에서 내려 승객대기실로 바삐 나갔다. 그가 두리번거리고 있는 사이 누군가 덤비듯 반색을 하고 나와야 할 순간이 지났음에도 불구하고 아무도 아는 체하고 나서는 사람이 없었다. 대합실을 한 바퀴 쭉 둘러보았다. 그를 마중 나온 사람은 없었다. 이상한 일이었다. 초청을 해놓고 정작 마중을 나오지 않다니, 공룡의 나라에서는 으레 이런 것인가. 아니면 지금 오고 있는 중인 것인가. 그것도 아니면 도착 예정시간에 나와서 기다리다 그만 돌아가기라도 했다는 것인가.

매표구 앞을 서성거리는 두세 사람, 의자에 앉아 있는 대여섯 사람, 아무리 살펴봐도 알 만한 사람은 하나도 눈에 띄지 않았다. 마침 출입문을 나가고 있는 한 여인의 뒷모습을 물끄러미 바라보고 있던 그는 전화기를 꺼내 강 선생의 번호를 눌렀다. 한 번, 두 번, 세 번…… 열 번이 울리도록 전화를 받지 않았다. 이상했다. 왜 전화는 받지 않는 것일까. 그가 보낸 문자 메시지를 보지 못했단 말인가. 몽유도원경에라도 안내할 것처럼 간곡하게 초청을 해놓고 정작 도착해보니 마중을 나오지도 않고 전화도 받지 않는다니, 세상에 이런 경우가 어디 있는가.

혹시, 무슨 사고라도 난 것일까. 원래 상상력 훈련이 잘 되어 있는 탓인지, 불길한 생각이 오락가락했다. 그를 마중하기 위해 승용차를 몰고 눈길을 달려오다 그만…. 글쎄, 제발 그런 방정맞은 상상력이 빗나가기를 빌며 그는 답답한 가슴을 쓸어내렸다.

궁리 끝에 114 안내에 문의하여 강 선생이 근무한다는 인문학연구소에 전화를 넣었다. 전화를 받는 사람이 없었다. 함께 마중을 나온다던 학생들의 휴대폰 번호를 모르고 있으니 달리 더 연락을 취해볼 데도 없었다.

"선생님, 인평마을 이장 집에 숙소를 정해놨어요. 장작을 많이 지펴 방이 쩔쩔 끓도록 해두라고 신신당부해두었어요."

며칠 전 강 선생의 말이 상기되었다. 승객대기실의 차가운 의자에 앉아 궁리를 거듭하던 그는 행선지를 정하는 데 시간이 걸렸다. 마침내 결론을 내렸다. 일단 인평마을로 들어가보기로 한 것이다. 서울로 되돌아가느냐, 어디 가까운 통영이나 마산 같은 데로 가서 하루쯤 그냥 보낼 것이냐, 어떤 선택지도 마음에 쏙 드는 것이 없었다. 여기까지 내려왔는데, 원래의 행선지인 인평마을로 가 3백여 년의 시간이 온축되어 있다는 그곳 고유의 문화적 훈향을 쐬고 돌아가는 것이 그나마 가장 올바른 선택 같았다.

승객대기실 밖으로 나오자 이마에 햇볕이 쫙 쏟아져 눈을 잘 뜰 수가 없었다. 이윽고 눈을 들자 터미널 앞 공터의 고성 관광안내판이 시야에 들어왔다. 제절로 발걸음이 그쪽으로 옮겨졌다. 고인돌과 한옥촌 표지를 곁들인 인평마을은 붉은 고딕체로 특별히 취급되어 있었다. 공룡 발자국 유적이 있다는 상족암 해안과도 그다지 멀지 않은 하일면에 있었다. 다시 승객대기실로 들어가 하일면 교통편을 알아보았다. 오늘 버스는 전면 운행중단 상태라고 하였다.

터미널 앞에 대기하고 있던 택시로 가 인평마을로 가자고 하자 운전기사가 고개를 저으며 난색을 표했다. 길이 어떤 상태인지 몰라 자신이 없다는 것이었다. 그는 요금의 두 배를 제시했다. 그래도 운전기사는 뜨악한 표정으로 그를 쳐다보기만 했다. 잠시 궁리하던 기색이던 기사는 이윽고 고개를 끄덕였다. 하지만 길이 여의치 않을 경우 되돌아오더라도 미터기의 요금은 지불해야 한다는 다짐을 받고서야 차를 출발시켰다. 택시가 출발하기 전 그는 행여나 싶어 다시 주위를 둘러보았다. 어디에도 강 선생은 보이지 않았다.

고성 읍내를 벗어나자 택시는 거북이걸음을 시작했다. 제설작업이 되어 있지 않아 노면이 불안했다. 운행하는 차량도 드물었다. 이런 눈길은 처음이라며 운전기사가 투덜거렸다. 그러나 다행히 노면이 결빙이 되지 않아 운행에 별 어려움이 없어 보였다. 길이 해안을 끼고 벋어 있어 대체로 평탄했다. 오르막이 있었으나 햇볕을 정면으로 받는 그곳은 벌써 눈이 많이 녹아 길이 트여 있었다. 인평마을까지 가는 데는 별 어려움이 없을 것 같다고 운전기사가 말했다.

"새마을사업이다 뭐다 해서 세상이 확 바뀌기 전까지는 인평마을 내왕이 쉽지 않았습니더. 반나절 이상 걸어야 겨우 사천 방향으로 넘어갈 수 있는 녹명재가 유일한 통로였지예. 후에 녹명재에 길이 났지만 버스도 몇 번씩 쉬며 숨을 골라야만 넘을 수 있다 했었어예."

운행해 갈 길이 수월할 것 같아 안도가 되었던지, 옛 인평마을이 얼마나 외진 곳이었던가, 택시기사는 그 사정을 말하고 있었다. 버스도 몇 번씩 쉬며 숨을 골라야 넘을 수 있는 높은 녹명재가 타지와의 교류를 가로막고 있어 인평마을은 오랫동안 오지 중의 오지였다는 것이다. 3백여 년 넘게 외부와 단절된 채 독자적인 문화를 꾸려온 마을이라는 강 선생의 말이 상기되었다.

"이렇게 내왕이 쉽게 된 것이 한 오십년쯤 됐다든가. 세상이 바뀌어 벽지나 오지에 행정의 손길이 뻗치지 않고, 토목기술이 발달하지 않았다면 어찌 해안 절벽을 헐고 산을 깎아 길을 냈겠어예. 이 해안도로가 닦이지 않았으면 지금도 녹명재에 가로막혀 내왕이 어려웠을 거라예."

운전기사는 세상 좋아졌다는 사실을 강조하고 있었다. 그러나 강 선생은 인평마을과 외부의 교류가 원활해진 것을 도리어 아쉬워하고 있었다. 외부와의 교류가 활발해지지 않았다면 아직도 인평마을만의 독특한 문화가 고스란히 보존되어오지 않았겠는가. 전래의 인평마을 고유문화가 많이 훼손된 것을 두고 안타까워했다.

"선생님, 인평마을에 꼭 한 번 오셔야 해요. 인평마을에 오시면 선생님께서 또 다른 사유의 세계를 펼쳐가게 되실지 누가 알아요. 선생님, 꼭 오셔야 해요."

초청할 때 강조하고 다짐을 두던 강 선생의 말이 새삼스레 떠올랐다. 옆에 있어야 할 강 선생이 없는 것은 당치않은 괘씸한 일이었다. 그러나 이미 어쩔 수 없는 일 아닌가. 그는 전화기를 꺼내 강 선생의 전화번호를 눌렀다. 이번에도 열 번 이상 신호가 가는데도 받지 않았다. 다시 불길한 생각이 머릿속에 먹물처럼 번져갔다. 먹물처럼 번져가는 불길한 생각을 씻어버리고 싶었으나 그것이 잘 되지 않았다.

인평마을 초입에 있는 마을회관 앞에서 택시를 세웠다. 택시를 내리자 눈에 발목까지 빠졌다. 요금을 지불하고 아무 생각 없이 택시를 돌려보냈다.

그동안 햇볕이 많이 엷어져 있었다. 해가 서쪽 하늘로 사뭇 기울어져 있었다. 바람도 아까보다 쌀쌀해져 있었다. 발목까지 빠지는 눈을 밟으며 마을회관 앞에 서 있는 안내판으로 갔다.

'조선시대 중엽 대사간으로 봉직하던 문정옥 대감이 사화를 피해 가솔을 이끌고 남쪽으로 내려와 길지를 물색하던 중 이곳에 당아 정착한 이래 3백여 년간 외부와 단절한 채 자생적 문화를 가꾸어온 마을로, 당시의 유적과 풍속이 고스란히 보존되어 있다.'는 내용이 씌어 있었다.

몸을 돌리자 마을의 전경이 눈에 들어왔다. 안내판의 글귀가 마음에 어떻게 작용했던지, 조선시대의 어떤 고색창연한 낯선 곳에 와 있다는 느낌이 선명했다. 3백여 년 동안 고스란히 보존되어왔다는 당시의 유적이 무엇을 가리키는지 모르지만 아직 이것이다 싶은 것은 눈에 띄지 않았다.

마을에서 풍기는 기운이 어딘가 위압적인 데가 없지 않았다. 시골마을은 대개 안온하기 마련인데, 그런 부드럽고 낮은 음정의 편안함이 느껴지지 않았다. 마을 전체가 아래로 차분히 가라앉고 있는 편안한 분위기가 아니라 위로 솟구쳐 오르는 어떤 강한 기운을 내뿜고 있었다. 고색창연하되 늠름한 기와집들이 내뿜는 힘찬 기운 때문인가. 양쪽 끝이 하늘로 날아오를 것처럼 치솟아 있는 용마루들이 특히 그런 느낌을 자아냈다. 소복이 눈을 이고 있는 지붕이며 아름드리 대들보며 전면에 펼쳐져 있는 널따란 마루 등 건물들의 규모나 운치가 흔히 볼 수 있는 예사로운 것들이 아니었다.

해가 서쪽 산등성이 위로 훌쩍 기울어져 있었다. 동지 전후에는 언제 해가 졌는지 모를 때가 많았다. 행인이 없나 눈을 들어 살폈으나 행인은커녕 강아지 한 마리 어슬렁거리지 않았다. 폭설이 내린 이런 날 누가 바깥출입을 하겠는가. 불안감이 마음 저쪽에서 슬슬 키를 세우고 일어나기 시작했다.

이장 집만 찾으면 될 것인가. 강 선생은 이장 집에 묵도록 조치를 해두었다고 말했다. 이런 낯선 마을에 들어와 무엇을 어떻게 달리 할 수 있겠는가. 기연가미연가 싶었지만 강 선생으로부터 들은 말에 의지할 수밖에 다른 도리가 없었다. 발목까지 빠지는 눈을 무릅쓰고 그는 걸음을 옮겨놓았다.

돌을 하나하나 공들여 쌓아올린 정교한 돌담을 지나자 울바자를 친 집이 나타났다. 대문이 열려 있어 머뭇거리며 안으로 들어갔다. 마당을 기웃거리자 방문이 열리고 한 남자가 마루로 나왔다. 경계하는 눈빛으로 그의 위아래를 살폈다.

"이장님 집이 어디입니까?"

그는 목소리를 가다듬고 정중히 물었다. 남자는 하늘을 한번 쳐다본 다음 눈이 쌓여 있는 마당을 내려다보더니 고개를 갸웃이 기울였다. 이런 궂은 날 외지 사람이라니, 쉬이 납득이 가지 않는다는 기색이었다.

"이장님 댁을 방문하기로 약속이 되어 있습니다."

그의 말에 남자는 마루에서 신방돌 위로 내려섰다. 장화를 발에 꿰더니 마당으로 내려온 남자는 앞장서 눈을 밟고 한길로 나갔다. 그를 돌아보며 위쪽에 있는 한 집을 손가락으로 가리켰다.

"저, 대문 앞에 표지석 있는 집 보이지요. 저 집이 이장 집입니다."

그의 시선이 남자의 손가락 끝을 따라가 표지석을 살펴보았다. 표지석 뒤의 솟을대문도 가옥 한 채를 방불할 만큼 크고 의젓했다. 남자에게 고맙다는 인사를 하고 그 집을 향해 그는 눈길을 밟아나갔다.

윤기 나는 흑요석의 표지석은 세운 지 오래된 것 같지 않았다.

'1690년대에 처음 짓고, 그 이후 세 차례 개조하거나 중창한 조선식 전통 가옥으로 인평 문씨 종가댁'이라 새겨져 있었다.

이각대문이 어찌나 육중하던지 여는 데 예상보다 훨씬 더 많은 힘이 들었다. 끙, 힘주어 밀자 안으로 밀려 들어가며 겨우 열렸다. 그러나 지도리 마찰음이 어찌나 요란하던지 깜짝 놀라 주춤 멈추지 않을 수 없었다. 지도리의 마찰음을 크게 해둔 것이 의도적이었던가. 대문 안으로 미처 들어가기도 전에 방문이 열리고 한 여인이 마루로 나와 밖을 살펴보았다. 주저하며 대문으로 들어간 그는 눈을 치워 틔어놓은 마당 한쪽의 통행로를 따라 여인 쪽으로 걸음을 옮겨놓았다. 그렇게 생각해서일까, 경험과 여유가 조화를 이룬 차분한 기운이 여인의 얼굴에 감돌고 있었다. 축대 아래에서 걸음을 멈추고 여인의 뒤를 살펴보았다. 혹시나, 강 선생의 출현을 기대했으나 아무 인기척도 없었다.

"혹시, 강인화 선생 안 계십니까?"

여인의 얼굴에 감돌고 있던 탐색하던 기운이 단숨에 반가운 기색으로 바뀌었다.

"아니! 어서 오이소. 안 그래도 우리 인화가 오늘 선생님께서 오실 거라 했십니더."

기다리고 있었다는 듯 마루 끝으로 달려 나오며 반색을 하였다. 여인의 반색이 터무니없다 싶었다. 그러나 한편 마음이 놓였다. 줄곧 마음 한구석에서 치근대던 불안감이 슬그머니 잦아들고 안도감에 그는 저도 모르게 된 숨이 나왔다.

"이런 험한 날 먼 길 오신다고 힘들었지예. 추운데 어서 올라 오이소."

옆 모퉁이 안쪽에 우람한 안채가 있었다. 안채를 기웃거릴 겨를도 없었다. 여인의 권유에 따라 축대로 올라가 신방돌 위에 구두를 벗고 마루로 올라갔다. 마당에서 축대로 올라설 때도, 신방돌 위에서 구두를 벗는 동안에도 강 선생을 찾아 여기저기를 분주히 기웃거렸다. 강 선생이 곧 나타나지 않겠는가 싶었으나, 다른 사람의 인기척은 더 나지 않았다. 여인은 앞장서 마루를 건너가더니 대청으로 들어갔다.

대청 좌우에 각기 방이 하나씩 있었다. 오른쪽 방문 위에 걸린 '감고당'이란 현판이 그의 눈길을 끌었다. 옛날을 생각하는 처소라는 것인가. 어느 시절에나 옛날은 오늘보다 아름답고 빛난다는 것인가. 아니면 그 반대인가. 대청을 가로질러 간 여인은 감고당의 방문을 밖으로 당겨 열고 문 옆으로 비켜섰다.

"인화가 어찌나 귀한 손님이라고 호들갑을 떨던지, 장작을 한껏 때서 방이 쩔쩔 끓을 겁니더."

이러는 어느 어간에 강 선생이 모습을 나타내지 않겠는가, 사뭇 간절히 기다렸으나, 부질없는 기대였다.

"강 선생은 어디 계십니까?"

"인화예, 안 그래도 왜 이리 늦는지 모르겠십니더. 혹시 길이 막힌 건 아닌지! 마, 곧 안 오겠십니꺼, 들어가 쉬시이소. 선생님을 정성껏 모셔야 한다고 어찌나 당부를 해대던지 원!"

여인은 싫지 않은 표정으로 미소를 지으며 세면장 등 당장 그에게 요긴한 곳의 위치를 알려주었다.

"강 선생이 빨리 왔으면 좋겠습니다."

"안 그래도 곧 올 깁니더."

여인의 손짓에 따라 방으로 들어간 그는 어리둥절했다. 방 안의 집기들이 하나같이 낯설었다. 8폭 병풍이 펼쳐져 있는 아랫목에 비단 보료가 깔려 있었다. 보료 위에는 궤상이 놓여 있고 궤상 옆에 비단 덮개의 안석이 놓여 있었다. 창문이 있는 벽을 따라 문갑이 길게 놓여 있고, 건너편 벽에 족자가 한 폭 걸려 있었다. 그래, 지금 꿈이라도 꾸고 있는 것인가, 그런 아련한 생각을 더듬으며 그는 옆을 돌아보았다. 그러나 옆의 여인이 아니라고 고개를 젓고 있는 것 같았다.

"선생님 집처럼 편안히 생각하이소."

어리둥절해 하는 기색을 알아차렸던지 여인이 웃으며 말했다. 그는 고개를 끄덕였다. 여인은 안도하는 표정으로 밖으로 나가 방문을 닫았다. 안채로 건너가는 여인의 발소리를 헤아리며 그는 막막하게 다시 방 안을 둘러보았다.

방은 과연 쩔쩔 끓었다. 그동안 해가 졌는지, 봉창에 어둠이 찰랑거리고 있었다. 더 어두워지면 빙판길을 오기가 힘들 텐데, 강 선생은 왜 여태 안 나타나는 것일까. 다시 걱정이 머리를 들고 일어났다. 전화를 꺼내 강 선생의 전화번호를 눌렀다.

고객이 전화를 받을 수 없습니다. 음성메시지를 남겨주시기 바랍니다. 고객이 전화를 받을 수 없다니, 이런 낭패가 어디 있단 말인가. 역시 무슨 사고라도 일어났단 것인가. 마음이 다시 어두워졌다.

세면장에서 세수를 하고 화장실을 다녀온 그는 쩔쩔 끓는 아랫목의 보료 위에 앉아 하릴없이 천정이나 쳐다보고 있을 수밖에 다른 도리가 없었다. 강 선생을 중심으로 마음속을 오락가락하고 있던 수수께끼 같은 상념들을 뒤적이며 무료하게 앉아 있을 때 대청마루에서 인기척이 났다. 반가운 마음에 그는 급히 방문을 열어젖혔다. 강 선생인가 했더니, 아니었다. 아까의 여인이 밥상을 들고 대청마루를 건너오고 있었다.

"인화가 왜 이렇게 늦는지 모르겠네예. 멀리 오시느라 시장하실 건데, 일단 저녁식사부터 하시지예. 곧 안 오겠십니꺼."

그는 시장기가 확 솟구쳤다. 아침 일곱 시 전 샌드위치 두 쪽에 당근 주스 한 잔을 마시고 집을 나선 후 먹은 것이라고는 고속도로 휴게소 인삼랜드에서 아메리카노 한 잔 마신 것밖에 없었다.

여인이 놓고 간 통영반에서 올라오는 음식 냄새에 회가 동했다. 밥소라에 버금가는 크기의 조치보 둘레로 가지런히 키를 맞추어 썬 배추김치와 무와 배가 섞인 물김치, 시금치나물 서껀 두어 가지 나물이 담긴 유기그릇들이 정갈하게 놓여 있었다. 조치보 뚜껑을 열자 약재 향과 구수한 닭고기 냄새를 품은 김이 모락모락 솟아올랐다. 삼계탕인가. 닭의 배를 열자 찹

쌀에 인삼, 대추, 밤, 은행 등이 박혀 있었다. 국물로 먼저 입을 축인 다음 숟가락과 젓가락을 분주히 놀렸다. 혀를 통해 온몸을 휘감아 오는 구수한 맛에 취해 강 선생에 대한 걱정도 잠시 잊었다. 닭 한 마리를 거뜬히 먹어치운 그는 포만감에 취해 안석에 등을 기댔다.

"인화가 선생님께 꼭 닭을 대접해야 한다고 했지만, 그렇지 않아도 이런 동지섣달에 닭 말고 달리 뭐 대접할 게 있어야지예."

자리끼를 문갑 위에 올려놓으며 여인이 미소를 지었다. 그릇을 비운 것이 다행이라 여기는 눈치였다.

"맛이 좋아, 단숨에 몽땅 먹고 말았습니다."

양이 과한 듯했는데, 그것을 다 비운 것이 좀 민망스럽기는 했다. 그러나 달리 무슨 말을 더 하겠는가.

"인화가 아직 연락이 안 되네예. 해도 선생님이 와 계신 줄 아는데 곧 오겠지예. 그럼 인화 올 때까지 편히 쉬이소."

밥상을 물리고 양치질을 하고 나자 또 할 일이 없었다. 강 선생의 전화번호를 눌러보았다. 고객이 통화를 할 수 없습니다. 음성메시지를 남겨주시기 바랍니다. 아까와 똑같은 톤의 기계음이 응대를 반복했다.

그로부터 시간이 얼마나 흐른 것일까. 변의를 느끼며 눈을 떴다. 종일 버스를 타고 온 데다 마음고생까지 겹쳐 심신이 피로했던 것인가. 그는 자신도 모르는 사이 쓰러져 깊은 잠에 곯아떨어진 모양이었다. 눈을 뜬 순간 세상을 감싸고 있는 깊은 정적이 뼈에 서늘하게 스며들었다.

근래에 개조한 것일까, 건물 구조에 어울리지 않게 화장실이 멀지 않아 다행이었다. 볼일을 마치고 대청으로 올라온 그는 방으로 향하던 걸음을 멈추었다. 건너편 방에서 무슨 인기척이 들리는 것 같았다. 강 선생이 온 것인가. 왔다면 자신을 먼저 찾을 일이지 왜 아무 기별도 넣지 않았단 말인가. 혹시 내가 깊은 잠에라도 떨어져 있어 불러도 대꾸를 하지 않자 깨우기를 단념하기라도 했단 말인가.

"강 선생! 강 선생!"

몇 차례 불렀으나 대답이 없었다. 잠이 깊이 들어 있는 것인가. 내일 아침에 볼까. 그런 망설임도 없지 않았다. 하지만 종일 속을 태우며 찾고 기다렸는데, 또 내일 아침까지 긴 시간 동안 궁금증을 뒤적이며 불안전하게 보내란 말인가.

그는 강 선생을 부르며 조심스럽게 방문을 당겨 열었다. 오래 묵은 매캐한 곰팡이 냄새가 얼굴에 훅 끼쳤다. 대청의 불빛이 반사되어 들어왔다. 반사되어 들어오는 불빛이 희미하여 방 안이 잘 식별되지 않았다. 그러나 아무도 없는 빈방임은 금세 알아볼 수 있었다. 문 옆의 스위치를 상기하고 벽을 더듬어 스위치를 찾아 올렸다. 천정의 등이 켜졌다. 동시에 방 안의 사물들이 환히 눈을 떴다.

화장대는 금방 사용하다 둔 듯 열린 분첩과 로션과 루즈 등이 어지럽게 놓여 있었다. 책상 위에는 금방 읽다 둔 것처럼 책이 펼쳐져 있었다. 벽을 따라 나란히 서 있는 네 개의 책장에는 칸마다 책이 빼곡히 채워져 있었다. 삼성출판사 세계사상전집, 을유문화사 세계문학전집 등 전집류가 먼저 눈에 들어왔다. 『문학과지성』, 『창작과비평』, 『문학사상』 등 문예지도 수십 권 보였다. 『광장』, 『나무들 비탈에 서다』, 『인간사』, 『김약국의 딸들』, 『북간도』 등의 소설과 『고독이라는 병』, 『그리고 아무 말도 하지 않았다』 등의 수필집도 있었다. 거의 다 40여 년 전에 출간된 책들이었다.

먼지와 썰렁한 기운과 묵은 곰팡이 냄새가 자욱한 것으로 미루어 보아 오래 사용하지 않고 방치해둔 방 같았다. 민망스럽게도 외간남자가 여인의 빈방을 기웃거리고 있다니, 몸을 돌려 나오려던 그는 흠칫 놀라 동작을 멈추었다. 책상 위쪽 벽에 걸려 있는 액자 때문이었다. 그는 그쪽으로 걸음을 성큼 옮겨 놓았다. 아니, 강 선생 아닌가? 다소 근엄한 표정을 짓고 있기는 했으나 타원형 얼굴에 오똑 선 콧날, 고집스럽게 꾹 다물고 있는 얇은 입술, 강 선생의 사진이었다.

그런데 다음 순간, 다시 보니, 강 선생이 아니었다. 강 선생보다 훨씬 낯익은 얼굴이었다. 순간 고압선에라도 감전된 것 같았다. 머리끝에서 발끝까지 온몸을 관통하는 강렬한 전율에 정신이 아뜩했다. 아니, 아니 그런 와중에도 그는 강하게 도리질을 해댔다. 몸이 나무토막처럼 굳어졌다. 강 선생을 쏙 빼닮은 저 얼굴이라니!

그해 겨울, 남쪽 지방에 유난히 눈이 자주 내렸다. 그날도 아침부터 눈이 내리기 시작했다. 오래전부터 그녀는 자기 고향 마을을 한번 다녀와야 한다고 그에게 말하고는 했다. 무엇 때문이라고, 그 이유는 밝혀 말하지 않았다. 그러나 꼭 그래야만 한다고 여러 차례 강조해 말했다. 그녀의 고향 마을은 아침에 한 차례 들어갔다가 오후에 나오는 버스가 유일한 교통편이었고, 대부분 걸어서 높은 재를 넘어 다닌다고 했다. 그녀의 거듭된 다짐에도 불구하고 계속 뒤로 미루게 된 것은 불편한 교통편 때문이었다.

겨울방학을 맞아 드디어 그들은 그녀의 고향 마을로 가는 버스에 올랐다. 버스가 출발할 무렵부터 눈이 내리기 시작했다. 진주에서 출발해 진양을 지나고 사천에 들어서자 눈발이 더 굵고 거세졌다. 승객들은 불안한 시선으로 눈 내리는 하늘을 쳐다보고는 했다. 바퀴에 쇠사슬을 감은 버스는 승객들의 걱정과는 달리 순조롭게 앞으로 나아갔다. 마을마다 정차하여 승객들을 내려주며 별 탈 없이 운행을 계속해나갔다. 그러나 평지가 끝나는 고개 초입의 마을에 이르자 버스는 더 갈 수 없다고 그만 운행을 멈추었다. 눈 때문에 재를 넘을 수 없다는 것이었다.

남아 있는 승객은 그와 그녀 달랑 둘뿐이었다.

버스를 내린 그녀는 걸어서라도 고개를 넘자고 했다. 이깟 눈 때문에 고개를 못 넘겠느냐고 고집을 부렸다. 털어놓지 않아 속내를 알 수 없었지만 그녀의 절박한 표정 앞에서 안 된다고 반대할 수가 없었다. 눈이 내렸다고 해도 발목까지 빠질 정도는 아니었다. 버스에서 내린 그들은 눈을 밟으며 산길을 오르기 시작했다. 해가 지기 전에 산을 다 넘으려면 걸음을 서둘러야 한다고 그녀는 말했다. 마음을 다잡으며 걸음을 옮겨놓았으나 오르고 또 올라도 늘 같은 자리를 맴돌고 있는 것 같았다. 금방 지나왔던 소나무가 다시 나타나 우뚝 앞에 서 있고, 아까 지나쳤던 우람한 바위가 다시 나타나 앞에 버티고 있는 것 같아 맥이 빠지고는 했다. 그녀는 앞만 보고 묵묵히 걸음을 옮겨놓고 있었다. 무슨 생각을 하고 있는지 궁금했으나 일단 고개를 오르는 것이 우선이었다.

고개 중턱쯤에 이르렀을까, 강단 있어 보이던 그녀가 걸음을 멈추고 그에게 기댔다. 눈을 치우고 길섶에 앉았다. 가방에서 물병을 꺼내 목을 축이고 그에게 물병을 내밀었다. 눈을 뭉쳐 몇 번 입안에 넣고는 했던 그는 물이 따로 필요하지 않았다. 그가 물병을 물리치자 가방에서 국화빵을 꺼내 그에게 건넸다. 팥 고명이 달고 고소했다. 그가 두 개째 받아먹자 그녀도 하나를 먹었다.

고개가 가까워질수록 오르막이 가팔라졌다. 바람이 맵고 찼으나 추위도 느낄 겨를이 없었다. 숨이 차고 이마에 송글송글 땀이 맺혔다. 고갯마루가 가까울 무렵 휘몰아치던 눈발의 기세가 누그러졌다.

얼마 있지 않아 눈이 그쳤다. 이윽고 그들은 고갯마루에 다다랐다. 순간 구름을 헤치고 해가 환히 얼굴을 내밀었다. 해는 서쪽으로 훌쩍 기울어 있었다. 발아래에 하얀 들이 아득히 펼쳐져 있었다. 들녘 왼쪽을 끼고 산자락을 따라 듬성듬성 마을이 앉아 있었다. 아담한 집들이 옹기종기 모여 있는 눈 덮인 마을이 한없이 그윽하고 다정스러워 보였다. 주황색으로 물들어 있는 서녘 하늘이 눈부셨다. 아스라이 펼쳐져 있는 눈 덮인 들과 들 왼쪽 편으로 경계를 지으며 올망졸망 이어져나간 산들이 주황색 노을을 받고 눈부시게 빛나고 있었다.

"저, 산자락 끝에 있는 마을 보이지? 바로 저기가 우리 집이야."

그녀는 오른손 검지로 아득한 들녘 끝의 한 마을을 가리켰다. 매우 의기양양한 표정이었다. 이마에 손차양을 하고 그녀가 가리키는 곳을 그는 조심스럽게 살펴보았다. 서른 채 남짓될까. 유달리 집들의 덩치가 컸다. 하얗게 눈을 뒤집어쓰고 있으나 용마루 형체가 또렷하고 네 귀를 반듯이 펴고 있는 형상으로 보아 기와집들이 분명했다. 가깝고 먼 곳에 듬성듬성 앉아 있는 마을들은 거의가 지붕이 낮은 아담한 초가들로 이루어져 있었다. 이런 시골에 기와집들로만 된 마을이 있다니, 의외였다.

"잘 봐둬."

그녀의 오른손 검지는 아직도 눈 덮인 그 마을을 집요하게 가리키고 있었다.

"……?"

"눈에 꼭꼭 담아둬?"

"……!"

"이제 혼자서도 찾아올 수 있겠지?"

그녀는 거듭 다짐을 두었다. 간절한 기운이 눈에 가득 고여 있었다. 영문도 모른 채 그는 고개를 끄덕였다.

고즈넉이 눈을 뒤집어쓰고 있는 그 마을을 얼마나 바라보고 앉아 있었을까. 순간 해가 꼴깍 졌다. 그는 불현듯 벌떡 일어났다. 마을까지 걸어갈 일이 큰일이었다. 서둘러야 할 것 같았다.

그런데 눈길을 헤치고 마을까지 갈 일이 아득했던 것일까. 아니면 다른 까닭이 있었던 것일까. 그녀는 그의 손을 잡아 다시 앉히며 여기서 그만 되돌아 내려가자고 했다. 까마득히 먼 마을까지 눈밭을 헤치고 걷는 것도 벅차 보였지만 되돌아 재를 내려가는 것도 만만치 않아 보였다. 잠시 그녀를 내려다보던 그는 그녀의 손을 꼭 잡으며 다시 앉았다.

멀리 눈 아래 펼쳐진 들녘 끝 그녀의 집이 있다는 마을에 가끔 눈을 주며 그들은 새삼스럽게 목을 축이고 국화빵으로 입을 다셨다. 자리를 털고 일어날 때 그녀는 다시 그의 손을 잡으며 저 마을을 잊지 말라고 거듭거듭 다짐을 두었다.

그래, 그랬었어. 그런데, 누가 먼저 연락을 끊었던가.

내가? 내가? 내가!

1000년 그림

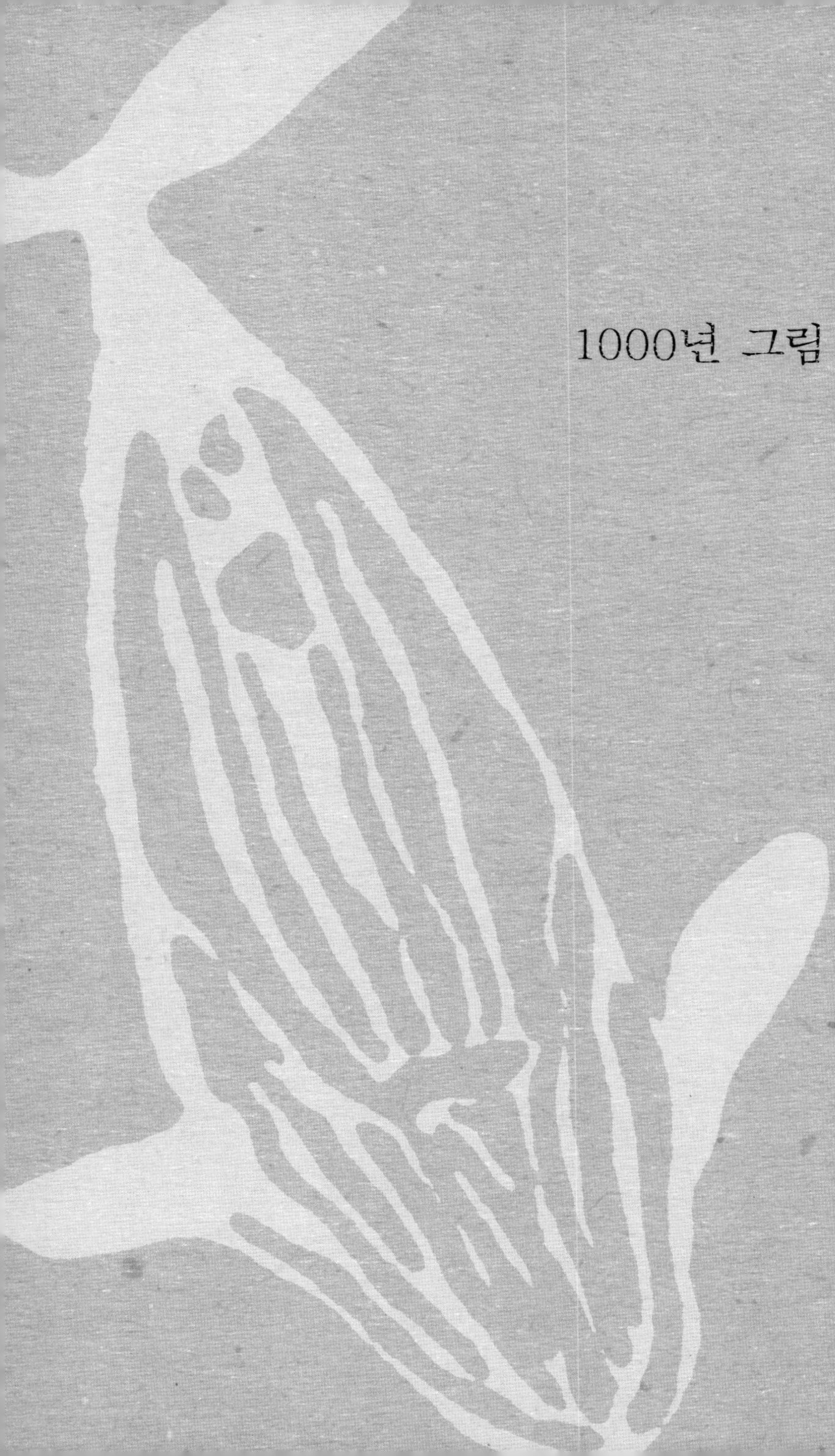

정녕 하루 종일 세상을 밝히고
서산 너머로 넘어가는 태양처럼
자신을 불사를 수 있겠느냐고.
그리하여 네 몸을 뜨겁게 달구고 있는
이상을 실현해낼 수 있겠느냐고,
불같이 뜨겁게 다그쳤다.

한산도에 들어온 지 5년째다. 저녁이면 전화기의 폴더를 열고 액정화면을 확인하는 것으로 나날을 채워왔다. 하루 종일 울리지 않은 전화기가 혹시 고장이라도 나지 않았는지 확인하고는 했던 것이다. 열어볼 때마다 전화기는 우려와는 달리 멀쩡했다. 은은한 하늘색 액정 바탕에 시간과 날짜가 떠 있고, 왼쪽 구석에는 수신 상태를 표시하는 붉은색 막대가 선명했다. 발신자 번호를 지우고 쓰는 주제에, 전화기 폴더를 닫을 때마다 영혼이 낙엽처럼 말라가는 것 같았다. 한 달에 네댓 번을 빼고, 저녁마다 영혼이 낙엽처럼 떨어져 내리는 기분으로 지내온 것이다.

5년이란 긴 기간일까. 그동안 속절없이 낙엽처럼 한 잎 두 잎 떨어져 나가던 영혼이 이제 몇 잎 남아 있지 않다는 느낌이 자주 찾아온다. 영혼의 마지막 잎이 질 때가 가까웠는지 마음이 자꾸만 조급하고 소연해진다. 요즘 부쩍 게으름에 대한 자각이 뜨겁게 전신을 훑어 내리는 일이 잦다. 몸을 가루를 내서라도 게으름을 피하고 싶지만, 아무리 아등바등한다 해도 머리가 따라주지 않아 피하지 못한 게으름이었다. 몸의 열성에 머리가 균형을 맞추어주고 조화를 이루어주면 좋으련만 안타깝게도 그렇지 못했다. 하기야 몸으로 하는 일이 아니라 머리로서 하는 일이므로, 머리가 따라주지 않으니 몸의 게으름만을 탓할 일은 아니다. 아무리 각오가 단단하다 해도 심신이 조화를 이루지 못해 성사해내지 못하고 있는 것을 어쩌랴. 분수에 가당치 않은 일을 해내겠다고 욕심을 부린 것이 불행의 단초였다.

시작할 때는, 일이 순조롭게 풀려가고 곧 성사될 듯했다.

내가 기거하고 있는 섬과 그 섬의 관할 관청이 있는 해안 도시는 풍광이 명미했다. 예향으로 널리 알려져 있는 이 고장은 한려수도의 명미한 풍광뿐만 아니라 임진왜란 전적지의 역사적 명소들이 곳곳에 산재해 있었다. 그 때문인가, 굳이 애를 쓰지 않아도 마음만 열고 있으면 상념의 새가 쉴 새 없이 날아들었다. 무시로 날아드는 상념의 새들 덕이리라. 나는 따로 궁리하지 않고서도 어렵지 않게 작업에 착수하고는 했다. 그러나 그 믿음이 지나쳤던 것인가. 근래 나는 큰 번민에 맞닥뜨려 있었다.

내 관심의 촉수가 전통공예에 가 꽂힌 것은 어쩌면 당연한 일일 터였다.

나전칠기, 소목장, 두석장, 염장, 소반장, 통영갓, 통영누비……. 이런 전통기예와 공예품들이 유독 이 고장에서만 4백여 년 넘게 면면이 전승되어오고 있었던 것이다. 다른 고장에서는 볼 수 없는 이런 귀한 전통공예의 독특한 멋에 어찌 매료되지 않을 수 있겠는가. 이 고장에 온 후 뒤늦게 알게 된 전통공예의 멋에 나는 속절없이 매혹되어갔다. 전통공예의 운치를 깊이 알아감에 따라 이 고장과 맺은 인연이 천운으로 여겨지기도 했다. 이 천운을 어찌 소중히 가꾸어가지 않을 수 있겠는가. 당연한 수순처럼 12공방을 작품 소재로 삼아 씨름을 해나가기로 작정하기에 이른 것이다.

지난봄, 나는 그 첫 작업 대상으로 나전칠기를 골라잡았다. 나전칠기 공방을 몇 군데 찾아다니며 취재를 하고 자료를 수집했다.

나전칠기는 먼저 쓰임새에 맞도록 소목장이 목재를 일일이 마름질하여 함이며 장을 짠다. 그리고 소목장이 짠 함이며 장 위에다 칠장이가 옻칠을 여러 차례 올린다. 그다음 칠장이가 옻칠을 올린 함이며 장에다 나전장이 밑그림을 그리고 그 밑그림에 따라 자개를 박아 꽃이며 새, 구름 등의 문양을 새긴다. 이렇듯 나전칠기는 복합적인 기예의 산물이었다.

나전장은 물론 소목장과 칠장이들을 찾아다니며 나는 인터뷰를 하고 자료를 연구하며 부지런을 피웠다. 이 무렵만 해도 몸과 마음이 조화롭게 잘 움직여 아무런 걱정이나 번민할 일이 없었다. 그런데 자료연구와 취재과정에서 우연히 알게 된 옻칠회화가 탈을 내고 말았다.

나전칠기는 종사자들의 기예전승과 힘든 수련과정은 물론 작품 제작 때면 번번이 겪게 되는 뼈아픈 실패담 등 흥미로운 점이 수두룩했다. 이런 소재라면 작품으로 꾸려내기에 손색이 없을 것 같았다. 기대에 부풀어 작업에 착수했고 순조롭게 작업이 진척되어나갔다. 그런데 취재과정에 우연히 옻칠회화의 존재를 알게 된 것이 동티를 내고 말았던 것이다. 옻칠회화를 알고 나니 생각에 균열이 나기 시작했다. 내 관심의 불길이 전통공예에서 옻칠회화로 급격히 옮겨 붙었던 것이다. 옻칠회화는 나를 강하게 사로잡았다. 그 강한 인력을 감당하지 못한 나는 마침내 옻칠미술관을 찾아가게 되었다. 그리고 거기서 예상하지 못했던 독특한 예술세계를 만났던 것이다.

옻칠미술관은 용남 해안을 굽어보고 있었다. 그다지 크지는 않았다. 하얀 외벽이 정갈한 인상을 던지는 아담한 건물이었다. 작품 전시실, 화가들의 작업실, 아트숍 등으로 이루어져 있었다. 안내창구에서 관람 허가를 받고 전시실을 한 바퀴 둘러보았다. 전시실에 전시된 작품들을 둘러본 나는 잠시 생각에 잠겼다. 그리고 전시실의 작품들을 다시 한 번 살펴나갔다. 그리고 발걸음이 떨어지지 않아 한 번 더 전시된 작품들을 살펴보았다. 전에 느껴보지 못했던 낯선 감정이 가슴을 가득 채워왔다. 머릿속이 몽롱해지는 느낌도 없지 않았다. 전시실을 나온 나는 안내창구로 가 전시된 작품들의 도록을 청했다. 지금 전시되어 있는 작품의 도록은 따로 없다며 이전의 송원미술관 전시회 도록을 내주고 필요하다면 가져가도 좋다고 했다.

집으로 돌아온 나는 도록을 살펴나갔다. 옻칠미술관에서 만났던 작품들을 한 점 한 점 상기하며 도록에 실린 작품들과 비교해나가고 작품 해설도 참고하였다. 나전칠기와 옻칠회화 작품 둘 사이에서 나는 방황하기 시작했다. 그 방황은 시간이 지날수록 심해졌고 번민으로 이어졌다. 나전칠기가 지닌 전통적 가치와 옻칠회화가 지향하는 현재적 가치 둘 가운데 어느 쪽에 더 비중을 두어야 할지 나는 혼란스러웠던 것이다.

그러나 그 방황과 번민은 그다지 오래 지속되지는 않았다.

나전칠기는 공예품인데 비해 옻칠회화는 예술품이라는 나름의 결론을 내렸던 것이다. 전통기예를 계승하는 일도 그 공예작품들도 중요하였다. 그렇지만, 전통 공예기예를 현대 예술작품으로 전환시킨 미학적 상상력이 나에게 더 강렬한 충격을 던졌다. 번민을 계속하던 나는 마침내 나전칠기에서 옻칠회화 쪽으로 마음이 기울어지고 말았다. 예술작품은 미래를 위한 현재의 고뇌가 담겨 있어야 한다, 는 따위의 개인적 취향 때문만은 아니었다. 옻칠회화라는 새로운 장르를 개척해 그 분야에 여생을 바치고 있는 한 늙은 예인의 모습이 아름답게 내 영혼을 흔들어온 것이었다. 새로운 자극 앞에 기꺼이 백기를 드는 예술가의 성향이 방향전환을 도모하게 했던 것이다.

그러나 그 방향전환이 이토록 나를 힘들게 할 줄은 미처 몰랐었다.

어쨌든 옻칠회화는 내게 새로운 작품 소재였다.

장롱이나 함 따위 일상 가구의 목재에 옻칠을 몇 차례 올린 다음 그 위에 자개를 박아 꽃, 구름, 나비 등의 문양을 새겨내는 나전칠기 공예품의 우수성은 아무리 강조해도 지나치지 않은 우리 전통예술품임에 틀림없다. 옻칠의 기술도 고도의 전문성을 요하였지만 자개를 붙여 각종 문양을 구사해내는 끊음질 등의 기예는 각고의 노력 없이는 습득하기 어려운 독특한 기예라고 했다. 그래서 나전칠기 공예품은 전통적으로 귀물로 여겨지고 고가로 거래되어왔다. 그런데, 그런 전통적인 기예를 공예적 차원에서 예술적 차원으로 승화시키다니, 그 발상이 여간 신선해 보이지 않았다.

나는 여러 차례 옻칠미술관을 방문하였다. 그곳 전시실에 전시된 작품들 앞에서 한나절씩 보내다 오고는 했다. '세상을 거느리고 하늘로 솟구쳐 오르는 봉황'을 자개로 그려낸 〈웅비〉라는 작품 앞에서 한동안 걸음이 굳어졌다. 〈천지창조〉의 웅대한 스케일과 넘쳐나는 에너지에 가슴이 한동안 먹먹하기도 했다. 땅으로 떨어지는 낙뢰를 하늘로 되받아 쏘아 올리는 〈비상〉의 상상력이 나를 흔들어대며 매혹시켰다. 바람에 오른쪽으로 기울어지고 있는 하얀 해바라기며 실제보다 몇 배는 더 아름다운 튤립 앞에서 한동안 넋을 잃고는 했다. 그리고 무엇보다 황적색이 기묘하게 하모니를 이루며 파노라마처럼 전개되어 있는 대형 화면의 작약(雀躍) 군집은 내 작은 정서적 주머니로서는 수용이 불가능할 정도로 그 감동이 격렬했다.

작품 방향을 나전칠기로부터 옻칠회화로 전환한 나는 새로운 의욕에 가슴이 뛰었다. 새로운 희망은 나를 마냥 설레게 하였다. 역시 큰 행운을 만난 것임에 틀림없다는 확신에 사로잡혀 나는 작업준비에 열을 올렸다. 그러나 이런 설렘은 얼마 가지 못했다. 작업준비를 해나갈수록 여러 가지 새로운 기획이 머리를 찾아왔다. 새로운 기획은 늘 나를 초조하게 만들었다. 그 초조감은 새로운 충동으로 나를 부추겼다. 그 부추김은 에너지로 전환되어 나를 추동했다. 거듭 말하거니와 나는 매우 행복했다. 작품의 성공이 예비되어 있는 것으로 확신하며 사뭇 들뜨기도 했다. 그러나 이런 설렘과 희망이 오래가지는 않았던 것이다.

옻칠미술관에서 옻칠회화 작품을 관람하고 나오던 어느 날 저녁이었다. 마침 이마 위에서 시뻘겋게 타오르고 있는 노을과 마주쳤다. 저녁노을을 처음 봤을 리 없었다. 노을이라면 수없이 많이 봐왔었다. 그러나 그날 저녁 본 노을처럼 가슴속에 깊이 흥건히 젖어든 기억은 없었다. 노을에 넋을 잃고 있던 나는 옻칠회화에 관한 새삼스런 상념과 만났다. 옻칠회화의 전망은 매우 밝아 보였다. 발전의 가능성이 무궁무진해 보였다. 그러나 지금 옻칠미술관에 전시되어 있는 작품들은 물상의 형자(形姿)만을 그려놓은 데 그친 감이 없지 않았다. 물상의 본질은 형자에 있지 않았다. 물상의 중심을 이루고 있는 형질은 비가시적인 기운으로 운동하고 있기 마련이다. 물상의 형자만을 아름답게 구현할 것이 아니라, 비가시적인 본질적 기운을 구현해내는 데 이르러서야 옻칠회화는 비로소 꽃을 피우게 될 것이리라. 따라서 현재 전시되어 있는 작품보다 장차 출현할 작품이 훨씬 더 중요하리라는 상념에 사로잡힌 채 꼼짝을 하지 못하고 한동안 기둥처럼 서 있었다. 노을은 그때 내게 말했다. 네가 정녕 하루 종일 세상을 밝히고 서산 너머로 넘어가는 태양처럼 자신을 불사를 수 있겠느냐고. 그리하여 네 몸을 뜨겁게 달구고 있는 이상을 실현해낼 수 있겠느냐고, 불같이 뜨겁게 다그쳤다.

그래, 옻칠회화는 아직 시작 단계에 있다고 했다. 지금의 성과로서도 세인의 평가와 사랑을 받기에 부족함이 없어 보였다. 그렇지만, 내 작업은 현재의 성과에 만족해서는 안 되리라는 뜨거운 인식이 나를 찾아온 것이었다. 내 작품은 옻칠회화의 미래를 열어 보여야 하리라는 사명감이 나를 강렬하게 휘어잡아온 것이었다. 옻칠회화의 미래, 물상의 본질적 기운을 구현해내려면 어떻게 해야만 할까.

하루하루 날이 갈수록 번민이 깊어갔다. 노을에게 새끼손가락을 걸고 다짐했던 장담을 과연 실현해낼 수 있을 것인가. 그 깊은 번민과 함께 오래 잊고 지냈던 옛날의 기벽이 하나 되살아났다.

아주 오래전의 일이었다. 새벽 인력시장에서 간신히 얻은 일터에서 노역을 제공하고 받은 품삯으로 겨우 끼니를 해결해가던 궁핍한 시절이었다. 거리를 배회하는 것이 습관으로 몸에 배 있었다. 일을 얻을 때보다 일을 얻지 못할 때가 훨씬 많았던 그 즈음, 시간 때우는 방편으로 걷는 것보다 더 좋은 것이 없었다. 그래, 마땅히 갈 데도 없고 주머니에 먼지밖에 들어 있는 것이 없던 그 즈음 나는 시간만 나면 걸었다. 비를 맞으며 걷기도 하고 눈보라 속을 걷기도 했다. 걸을 때마다 위안이 되는 것은 저 앞에 보이는 모퉁이를 돌아 나가면 반드시 무엇인가 좋은 일이 나를 기다리고 있으리라는 기대감이었다. 기대는 번번이 빗나갔다. 그렇지만 실망은 하지 않았다. 모퉁이를 돌아 나가면 그 앞에 또 다른 모퉁이가 나타나고는 했기 때문이다. 기적이나 요행에 의지하지 않고서는 이겨내기 힘들었던 젊은 날의 쓰라렸던 고통의 기억을 동반한 그 기벽이 근래에 되살아난 것이다.

시간만 나면 뭍으로 건너갔고 길을 배회하는 것이 일과처럼 되었다. 바꿔 말하면 새로운 불운이 나를 찾아왔다 할 수 있었다.

옻칠은 천년을 유지하는 물성을 지니고 있다고 했다. 어떤 안료보다 수명이 길고 변함이 없다. 그렇다면 그 물성에 어울리는 가치를 지닌 내용의 작품을 구현해내야 되지 않겠는가. 궁극적 완미(完美), 그것은 외면에 나타난 형자에 있는 것이 아니라 비가시적인 물상의 본질적 기운에 있을 것이었다. 그런데 물상의 본질적 기운을 그려내려면 어떻게 해야 한단 말인가. 거기서부터 번민은 점점 깊어지기 시작했던 것이다.

여러 도시를 오르내리며 자료를 수집하고 책을 구입했다. 먼저 세계 화단의 경향과 조류를 파악할 필요를 느꼈다. 비록 책속이었지만 세계 미술관 여행에 부지런을 피웠다. 중세부터 오늘날에 이르기까지 서양 미술 작품을 더듬어나갔다. 중국과 일본의 회화사는 물론 동양의 그림 또한 구할 수 있는 책과 도록을 닥치는 대로 살펴나갔다. 그리고 동서양의 그림을 대조해 살펴보기도 했다.

박물관을 찾아 천년의 시간을 견뎌낸 옻칠 목기를 탐색하기도, 7백 60여 년 동안 불변의 형태를 유지해오고 있는 고려대장경의 비밀이 옻칠에 있었음을 뒤늦게 알아내기도 했다. 민속공예품의 발달과정을 더듬어보기도, 형태와 채색은 소박하지만 지닌 의미는 우주와 서로 교호했다는 옛 조상들이 남긴 고분벽화의 존재를 확인하기도 했다.

중세 유럽 미술은 눈부셨다. 묘사의 적확함, 채색의 현란함, 공감을 이끌어내는 사실적 힘, 깊은 종교적 함의, 하나하나의 작품이 예술의 성취로서 부족함이 없어 보였다.

유럽 미술은 중세를 정점으로 만개한 후, 인간 사회의 발달이 초래한 필연적인 경쟁과 여러 갈등으로 인해 소박성을 상실하고 나날이 영악해졌다. 그에 따라 사람들은 존재하는 모든 것을 의심하기에 이르렀다. 이 의심이 만연한 환경 속에서 이루어진 삶은 따라서 아름다움의 정체를 알아내기 위해 분석하고 해석하고 해체하기에 이르렀다는 것이다.

그 이후 아름다움을 구현하려는 방편은 수없이 많은 시험과 시도의 일련의 과정으로 이어져 나왔다. 그 과정은 마침내 일상용품이나 아우라를 상실한 복제물을 예술작품의 자리에 대신 올려놓기에 이르렀다는 것이다.

그리고 화가들은 날이 갈수록 과격해져갔다. 한 도시의 모든 양화점에 진열되어 있는 구두가 자기 작품이라는 터무니없는 주장을 담은 팸플릿을 만들어 배포한 화가가 등장하기도 했다. 다른 화가의 전시장을 야밤에 급습, 전시된 작품을 훔쳐다 자기 전시장에 전시한 과격한 화가도 출현했다. 작품 한 점 없이 텅텅 빈 전시장 입구에 '작가는 곧 돌아올 것이다'라는 패찰 하나만을 전시기간 내내 달아둔 해괴한 화가도 등장했던 것이다.

지난 1백여 년, 유럽 화단이 거쳐온 거듭된 새로운 시도의 역사를 염두에 두지 않고서는 이런 화가들의 돌출행위를 어찌 이해하겠는가. 선행하는 역사적 사실들이 이들의 행위를 이해할 수 있게 도움을 준다 하지만, 그렇지만 이들의 행위를 어찌 예술 작품 그 자체로 수용할 수 있단 말인가.

나는 내 작품 주인공이 그런 새로운 사조나 시류에 현혹되지 않고 그러나 물상의 본질적 기운을 구현해낼 수 있는 방법을 터득하기 위해 모색과 탐색을 계속 이어나갔다.

나는 도시를 배회하기를 게을리하지 않았다.

내가 찾고 있는 그림의 방편은 도대체 어디에 숨어 있는 것일까. 세병관 아름드리 기둥 속에 들어 있는 것일까. 토성고개 어름에 있는 어느 굿당의 신대에 깃들어 있는 것일까. 서피랑 정자 주춧돌 밑에 숨겨져 있는 것일까. 별신굿 애기 사당의 춤사위 가운데 너울너울 바람을 타고 흐느적이고 있는 것일까. 아무리 눈 씻고 뜯어 살펴도 그 어디에서도 찾을 수 없었다. 그러나 발길을 돌리고 나면 방금 지나온 그 어디엔가 틀림없이 존재하고 있을 것 같았다. 내 통찰력이 부족해 발견하지 못했을 뿐 분명히 존재하리라는 믿음을 떨쳐버릴 수가 없었다. 따라서 미련이 나를 놓아주지를 않았다. 그래서 갔던 곳을 또 가고 또 가기를 수없이 되풀이하였다.

그러던 어느 어름, 나는 저 모퉁이만 돌아 나가면 내가 애타게 찾고 있는 그림의 방편이 반드시 나타나리라 기대하고 있는 나를 발견하고 깜짝 놀랐다. 그래, 그 순간 오랫동안 잊고 지냈던 옛 버릇이 되살아난 것이었다.

아무튼 못 말릴 버릇이었다. 저 앞 모퉁이를 돌아 나간다고 무슨 새로운 일이 나를 기다리고 있겠는가. 그렇지만 이미 나는 앞을 향해 걷고 있었다. 그리고 모퉁이를 돌아 나가자 주위를 두리번거리고 있었다. 하지만 무슨 중뿔난 작품 모티프 같은 것이 나를 기다리고 있겠는가.

그렇지만 나는 또 앞을 향해 걷고 있었다. 그래, 옛날처럼 서두르지는 않았다. 저 모퉁이를 돌아 나가도 역시 아무 일도 일어나지 않을 것이라는 사실을 알고 있었기 때문이다. 아무리 많은 모퉁이를 돌아 나가도 어떤 행운도 나를 기다리고 있지 않았다. 나는 기대의 무산에 익숙해 있었고 실망한 적 또한 한 번도 없었다. 매번 기대와 다음을 기약하는 것을 반복하며 지치지도 않고 거리를 배회하고는 했다. 희망은 거창했지만, 희망을 이루기 위해 뚜렷이 발휘할 수단이 없었던 내게 서글프지만 그것이 가장 맞춤한 행운의 영접 행위인 셈이었다.

새로운 그림, 내가 쓸 작품의 주인공이 그려내야 할 천년의 가치를 지닌 그림, 물상의 본질적 기운을 표출해낼 수 있는 옻칠회화의 구현, 아무리 궁리해도 오리무중이었다. 어찌 해야 이 자욱한 안개를 걷어내고 찬란한 서광을 만날 수 있을 것인가. 인류의 영원한 꿈인 궁극의 완미한 작품을 만날 수 있다는 보장은 어디에도 없었다. 답답하여 길을 나선 것이었고 거리를 배회했던 것이었다. 오랫동안 잊고 지냈던 기벽에 기대게 된 것은 어찌할 수 없는 답답한 암중모색의 방편이었다.

그렇듯 지향 없이 거리를 배회하고 다니던 어느 날이었다. 수없이 다녀왔지만 그래도 미련이 남아 세병관을 다시 한 번 더 둘러본 다음 비탈길을 내려오다 투미한 표정으로 서 있는 벅수와 마주쳐 그것을 또 무심코 살펴보았다. 영원과 동행하는 석물의 표정은 그러나 내가 찾고 있는 아름다움과는 거리가 멀어 보였다. 뜨악한 기분으로 골목으로 들어서 이문당 서점 쪽으로 뜨적뜨적 걸음을 옮겨 놓았다. 문득 길모퉁이가 눈에 들어오자 또 그 기벽이 되살아났다. 저 모퉁이를 돌아 나가면 무엇인가 새로운 행운과 만날 수 있을 것인가, 하는 기대에 저도 모르게 걸음이 빨라졌다. 그런데 이게 어찌된 영문인가. 모퉁이를 막 돌아 나간 순간 딱 걸음을 멈추지 않을 수 없었다. 이런 일은 처음이었다. 그래 길모퉁이를 돌아 나갈 때마다 은근히 품었던 기대에 처음으로 부응해준 상대, 그 상대는 여인이었다.

"아니, 당신은……?"

중앙시장 쪽으로 건너가기 위해 신호를 기다리고 있던 여인은 알은체를 하는 나를 놀란 눈으로 쳐다보며 한걸음 뒤로 주춤 물러섰다.

"나를 모르겠습니까?"

내 물음에 여인은 눈을 동그랗게 키워 뜨고 경계하며 한걸음 더 뒤로 물러났다.

"10여 년 전, 학교에서 자주 뵈었는데……?"

늦깎이 대학원생이었던 나는, 멀리 통영에서 서울까지 통학을 한다는 사실이 놀라워 몇 번 여인과 이야기를 나눈 적이 있었다. 여인은 그때와 별로 달라진 점이 없어 보였다. 순간 여인의 눈에 안도감이 감돌기 시작했다. 이쪽을 잠시 탐색하는 눈치였다. 여인의 표정이 밝아지는 것으로 보아 이쪽 존재에 대한 의문이 풀린 모양이었다.

"아……!"

여인은 짧게 고개를 끄덕였다. 나는 여인에게 이쪽을 더 탐색할 여유를 준 다음, 얼른 쪽지를 꺼내 전화번호를 적어 건넸다.

"한산도에 내려온 지 5년 됩니다. 혹시 만날 수 있으려나 기대했으나 찾을 수가 없었습니다. 꼭 연락 주세요."

여자가 쪽지를 받아 살피는 사이 건널목 파란불이 들어왔다. 여인은 고개를 끄덕이며 길을 건넜다. 아니, 차라도 한잔 하자 해도 됐을 것을, 바보처럼. 그런 후회와 함께 여인이 건넌 방향으로 뒤좇아 길을 건너려던 나는 걸음을 멈추었다. 빨간불로 신호가 바뀐 것이다. 충무데파트 쪽으로 걸어가고 있는 여인의 뒷모습을 보며 혀를 차고 있는 사이 이윽고 여인은 데파트 건물 안으로 쑥 들어가고 말았다. 아주 짧은 순간의 일이었다. 아니 이런 바보가 어디 있담, 연락처를 알아두지 않다니, 쯧쯧! 길모퉁이를 돌아나가면 만나리라 기대했던 어떤 행운과 처음으로 맞닥뜨리기는 했다. 그러나 자신의 부주의로 그만 그 기대를 수포로 날리고 만 셈이었다.

그날 이후, 세병관을 찾는 내 발걸음이 더욱 잦아졌다. 이문당 서점과 중앙시장, 충무데파트 부근을 자주 서성거렸다. 수없이 모퉁이를 돌고 또 돌았으나 여인은 쉽사리 나타나지 않았다.

그림 탐색 작업은 계속되었고, 작업은 시작만 했을 뿐 끝은 영영 맞이할 수 없을 것 같았다. 관심 갖는 것마다 신개지나 다름없었다. 아는 것이 제한적이었으므로 모르는 것이 무한대로 펼쳐져 압도해 오는 것은 당연한 일이었다. 필요한 지식을 갖추는 데 소요되는 시간의 파고에 휩쓸려 몸과 마음이 중심을 잡지 못하고 마냥 기우뚱거렸다. 의지할 데라고는 오로지 책밖에 없었다. 책 속으로 들어가 여기저기 기웃거리며 필요한 정보를 조금씩 이삭 줍듯 감질나게 줍고는 했다.

그러던 어느 어간에 새로운 과제를 또 떠안게 되기도 했다. 우리나라 화가들의 작품이 세계 화단에서 홀대를 받고 있다는 사실을 알게 되었던 것이다. 그 사실에 분개한 나는 내 작품 속 주인공은 결코 그런 한심한 존재로 만들어서는 안 되리라는 각오를 굳히기에 이르렀다. 한심한 존재가 되지 않도록 하기 위해서는 어떻게 해야 할까. 그 해답을 얻기 위해서는 우리나라 화가들의 작품이 세계 화단의 평가를 받지 못하고 있는 사실의 원인 규명을 먼저 할 필요가 있었다. 암중모색 끝에 막연하나마 그 원인의 일단을 짐작할 수 있는 근거를 찾아내기에 이르렀다.

지난 10여 년간 파리 아트프라이스에서 집계한 세계 10대 화가 중에 중국 화가들은 대여섯 명이 구미 여러 나라 화가들과 경쟁하며 순위를 넘나들고 있는 데 비해 일본 화가는 단 한 명이 꼭 한 번 랭크되었을 뿐이었다. 우리나라 화가는 한 명도 거기에 포함된 적이 없었다. 왜 일본 화가들과 한국 화가들의 작품이 중국 화가들만큼 평가를 받지 못하고 있는 것일까. 그 차이는 어디에 있는 것일까. 작품의 수준 차이가 현격하기 때문일까.

그러나 한 전문가는 그 원인을 서구 화풍을 맹목적으로 받아들인 일본 화단 풍토에서 찾고 있었다. 한국의 경우 또한 유화의 뿌리가 일본 유학생을 중심으로 시작된 점에서 그 원인을 규명해내고 있었다.

그에 비해 중국은 일찍부터 '외국문물이 중국에 이바지하게 하라'거나 '과거가 현재에 이바지하게 하라'는 마오쩌둥 어록을 실천하는 과정에서 역사와 전통 위에 외국에서 도입한 기법을 이식하여 결실을 거두었다. 따라서 그것이 서구인들의 눈에 독창적인 중국민족 고유의 아름다움을 실현한 것으로 평가받고 있다는 것이었다.

그와 달리 일본이나 한국 회화에는 서구 작품의 모방과 의사성이 그대로 나타나 있을 뿐 작품 속에 자기들 고유의 전통적 특색이 살아 있지 않는 것이 홀대받는 이유라고 그 전문가는 주장하고 있었다. 그리고 일본과 우리 두 나라의 경우, 민족 고유의 전통을 되살려 새로운 미적 세계를 개척해나가지 않으면 영영 서구 예속의 굴레를 벗어나지 못하리라고 강조하며 개탄하고 있었다. 그 전문가의 주장은 참고할 만한 충분한 이유를 갖고 있었다. 그렇지 않아도 서구의 회화와 우리 회화를 비교했을 때 우리 회화가 어딘가 부족하다는 위구심에 사로잡혀 불안감에 시달려오고 있던 터, 그 불안감의 근원을 제시받은 것 같았다.

다시 새로운 모색을 위한 방황이 시작되었다. 서울과 부산을 왕래하며 전시회를 찾아다니고 도서관을 드나들면 입수할 수 있는 모든 화가들의 도록을 닥치는 대로 섭렵해나갔다. 그리고 미술관련 책들 속을 일정한 방향도 없이 마냥 오락가락 헤매고 다녔다. 어떤 전시회에서도 어떤 도록에서도 벼락처럼 내리꽂히는 전율 같은 것은 경험할 수 없었다. 그것은 책도 마찬가지였다. 옻칠의 물성이 지닌 천년불변의 시간을 동행할 어떤 가치, 즉 물상의 본질적 기운을 그려낼 수 있는 방편을 암시하거나 내장하고 있는 책은 아무리 뒤져봐도 찾아지지 않았다.

그래서 다시 거리를 배회하기 시작했다. 그러나 어떤 거리, 어떤 모퉁이를 돌아 나가도 내가 찾고 있는 새로운 그림의 모티프는 나타나지 않았다. 거리를 배회하는 기간은 늘어났고,

머릿속 어둠의 농도는 나날이 짙어가기만 했다. 잠시 한 자리에 머물러 있는 것마저 초조하고 불안한 나날을 보내던 어느 날, 길모퉁이를 돌아 나가기 위해 걸음을 서두르고 있던 내게 이윽고 모퉁이를 돌아선 순간 급기야 지난번처럼 걸음을 딱 멈추는 일이 다시 발생했다.

"아니, 여기서 또 만났군요."

모퉁이를 돌아 나간 나는 급히 걸음을 멈추었다. 웬 여인과 부딪칠 뻔했기 때문이다. 그런데 마주 서 있는 여인과 눈이 마주친 순간 나는 감개무량, 외치듯 말했다. 지난 두어 달, 혹시 전화를 해 오지 않으려나 하고 목이 빠지게 기다리고 있던 여인이었다. 그 기다림이 길어지자 단념한 상태였는데, 반갑기 이를 데 없었다.

"전화 한 번 한다는 게 못해서 미안해요. 동문에게 이래서는 안 되는데……."

여인은 희미하게 웃었다. 얼굴의 주름살이 펴지고, 홍조가 희미하게 피어났다. 동문에게 이래서는 안 되는데, 하는 여인의 말에 나는 인연의 끈이 여인으로부터 이쪽으로 뻗어 오는 걸 느꼈다.

"어디 가서 차나 한잔 할까요?"

나의 제안에 여인은 갑자기 허둥거리기 시작했다. 얼른 시계를 보았다.

"갈 데가 있어서 오늘은 안 되겠어요. 제가 곧 전화를 드릴게요."

여인은 그렇게 말하며 황황히 내가 돌아 나온 길모퉁이를 돌아 모습을 감추었다. 다시 우연히 길모퉁이에서 조우한 행운은 어떤 작용도 하지 않은 채 막연히 훗날을 기약하며 멀어지고 말았다. 그러나 이를 어찌 상상이나 했겠는가. 순식간에 서운함이 곧 놀라움으로 바뀌었다. 모퉁이를 돌아 모습을 감추었던 여인이 다시 모퉁이에서 돌아 나와 모습을 나타냈다. 여인은 내게로 다가와 걸음을 멈추었다.

"괜찮으시다면, 동행하면 어떨까요?"

티 없이 맑은 여인의 얼굴에 엷은 미소가 어렸다. 그 얼굴이 어찌나 투명해 보였던지 한 5분만 바라보고 있으면 그 마음속을 훤히 다 읽을 수 있을 것 같았다. 대답도 하기 전에 벌써 몸을 돌려 걷고 있는 여인의 뒤를 자석에 끌려가듯 나는 따라 걷기 시작했다. 앞만 보며 강구안 해안도로를 한참 걸어가던 여인은 건널목에 이르자 잠시 뒤를 돌아보았다. 뒤따르고 있는 나를 흘낏 일별한 후 길을 건넜다. 24시간 편의점과 로또 판매점, 한복집, 누비집, 꿀빵집 등을 차례로 지나 어떤 열려 있던 출입문으로 들어가 계단을 오르기 시작했다. 주말이면 라이브 음악으로 손님을 맞이하던 로피아노라는 스파게티와 차를 파는 이탈리안식 레스토랑이었다. 창가에 먼저 와 기다리고 있던 한 남자가 여인에게 손을 들어 보였다.

"저와 과정을 함께 밟았던 동문이에요. 과는 다르지만……."

남자의 맞은편 자리에 마주보고 앉은 다음 권하는 대로 내가 옆자리에 앉자 여인이 남자를 향해 말했다.

"어디서 많이 뵌 분 같습니다."

남자는 내게 살집 좋은 손을 내밀어 악수를 청했고, 우리는 서로 자연스럽게 인사를 나누었다.

"소설 쓰는 분이에요."

여인이 나를 흘낏 쳐다보며 말했다.

"아, 작년 시민의 날 문화회관 대극장에서 뵈었습니다."

남자는 내가 작년 그곳 대극장 단상에 올라 타지인이 본 통영에 관한 예찬을 늘어놓았던 일을 말하고 있었다. 알은체하는 낯선 사람 앞에서는 늘 쑥스러워 숨고 싶은 것이 내 오랜 성벽 중의 하나였다. 나는 눈을 아래로 깔고 고개를 저었다.

남자와 여인, 두 사람은 미리 정해져 있던 용건을 중심으로 이야기를 나누었다.

"대우를 제대로 해주지 못해 미안합니다. 재능기부 하시는 셈치고 수고 좀 해주시면 고맙겠습니다."

남자의 정중한 청에 여인은 잠시 생각에 잠겼다.

"저의 보잘것없는 재주를 인정해주시는 것만으로도 고마워요. 하지만 일주일에 3일은 무리예요."

"그러시면?"

"화, 목 이틀이면 좋겠어요."

"좋습니다. 원장님과 만나 최종 마무리를 짓도록 하시지요."

남자의 얼굴에 드리워 있던 그늘이 순간 걷혔다.

"선생님께서 한산도에 내려온 지 5년째 되는 걸로 알고 있습니다만, 요즘도 작업 열심히 하고 계시죠?"

그들 사이의 용무가 끝났던지 차를 홀짝이던 남자가 내게 말머리를 돌렸다. 적당히 웃어넘겨도 좋을 의례적인 질문으로 여겨졌으나 남자의 말에 응답을 안 하기도 어색했다.

"예, 요즘 저는 옻칠회화에 푹 빠져 있습니다."

"옻칠회화에요!"

남자의 얼굴에 자개가 되쏘아 올리는 영롱한 광채 같은 것이 감돌았다.

"옻칠의 물성이 천년을 간다 하지 않습니까. 천년을 견디는 그런 작품을 구현하는 어떤 화가를 작품 속에 그리려고 하는데 도무지 천년 동안 불변하는 가치를 지닌 그림을 어떻게 그리도록 해야 할지 막막합니다."

"천년이 흘러도 그 가치가 불변하는 그림이라!"

남자는 그런 욕심은 과한 것 아니냐는 듯 의아스럽다는 눈으로 나를 건너다보았다.

"그런 의욕 없이 어찌 사명감을 갖고 작업에 임할 수 있겠습니까."

"아, 기대하겠습니다."

"하지만 그런 그림을 어떻게 그리도록 해야 할지 막막해 요즘 맨날 거리를 배회하고 있습니다."

"저도 한번 고민해봐야겠군요. 동문의 고민을 덜어드려야 도리 아니겠습니까."

두 남자의 대화에 잠자코 귀를 기울이고 있던 여인이 조심스럽게 끼어들었다.

"도와주신다면 큰 힘이 될 것 같습니다."

여인의 의례적인 말에 의례적인 답변을 하면서도 나는 내심 기대에 가슴이 부풀었다.

남자와 여인은 원장님을 만나러 가야 한다며 자리에서 일어났다. 로피아노 앞에서 우리는 헤어졌다. 헤어지고 몇 걸음 옮기지 않아 나는 아차, 혀를 차며 걸음을 멈추었다. 급히 뒤돌아 살펴봤으나 그들은 그새 어디로 사라진 것인지 보이지 않았다. 왜 전화번호라도 알아두지 않았는가. 재능기부를 한다면 어디서 무슨 재능기부를 한다는 것인지 왜 알아두지 않았는가. 그러나 이미 후회해봐야 부질없는 일이었다. 또 기약 없이 어떤 모퉁이를 돌아 나가 만나는 행운의 기회를 기다릴 수밖에 없었다.

꼭 어떤 모퉁이를 돌아 나가 조우하는 행운을 바라 그런 것만은 아니었다. 무엇인가, 아직까지 내가 모르고 있는 어떤 그림을 만나기 위해 나는 매일이다시피 거리를 배회하고 다녔다. 주로 세병관 기둥과 토성고개 어름의 굿당을 기웃거렸다. 1604년에 건립했다니, 세병관 아름드리 기둥은 나이로 셰익스피어나 세르반테스와 맞먹었다. 굿당은 몇천 년의 내력을 지니고 있었다. 이만큼 노력했으면 물성의 본질적 운동을 그릴 수 있는 그림의 어떤 자락이라도 보일 만한데, 그 그림의 광배가 눈에 띌 만도 한데, 이쪽이 그걸 알아볼 수 있는 능력이나 혜안을 갖추지 못한 까닭인가, 어떤 희미한 기미조차 내보이지 않았다. 내 작품의 주인공이 구현해낼 어떤 작품, 거기에 전통이 바탕을 이루고 있어야 한다는 의식이 너무 확고한 때문인가. 전통이 오히려 상상을 제약하는 것이나 아닌지 우려가 되기도 했다. 그런 우려와 모색은 전통에 관한 인식의 폭을 넓혀주기는 했다. 전통의 밭에 서구에서 받아들인 기법을 파종하여 새로운 결실을 얻어낸 중국 화가들의 예를 감안하며 하루하루 피를 말려가는 번민 속에서 나는 좀 엉뚱하지만 예술 방면뿐만 아니라, 산업 분야에서도 전통이 엄청난 기능과 기여를 해온 사실을 깨닫고 화들짝 놀라기도 했던 것이다.

서구 자본주의를 받아들여 당당히 경제대국으로 발전한 국가들이 동아시아 여러 나라에 국한되어 있고, 그 나라들이 공교롭게도 한자 문화로 몇천 년을 살아온 나라들이었다. 맹모삼천지교의 교훈을 실천한 높은 교육열, 서구 사상을 받아들여 바로 소화시킬 수 있는 몇천 년 동안 축적되어온 지적 자산이 이들 나라의 발전 동력이었다. 이런 지적 자산을 갖추지 못한 필리핀, 인도네시아, 남미 여러 나라들과 아프리카 제국과 그 대척점에 동아시아 여러 나라들을 두고 서로 비교해보던 나는 동아시아 여러 나라의 기적은 기적이 아니라 몇천 년 축적되어온 한자문화권의 지적 자산과 그 전통이 이뤄낸 당연한 결실임을 인정하지 않을 수 없었다. 이로 인하여 추론의 사실 여부를 떠나 나는 더욱 전통에 깊이 빠져들게 되었다. 따라서 새로운 모색은 끊임없는 방황으로 이어졌다.

이런 번민에 휩싸여 깊은 심적 고통을 겪고 있던 어느 날, 어떤 길모퉁이를 돌아 나가지도 않았는데 불현듯 여인으로부터 전화가 걸려 왔다. 내일 한산도 작업실을 방문해도 되겠느냐고 물었다. 나는 너무 뜻밖의 제안에 어안이 벙벙했다. 시내서 만나자고 해도 감지덕지 뛰어나갔을 터인데, 한산도를 방문하겠다니, 이런 벼락같은 행운이 또 어디 있겠는가. 망설이다 자칫 놓치지나 않을까, 허둥지둥 서둘러, 좋다고 대답했다.

여인은 이튿날 오후 카페리 편으로 한산도로 들어왔다.

여인은 타고 온 빨간색 승용차 뒷좌석에서 검은 비단 커버로 감싼 열 살배기 아이 키만 한 물건을 꺼냈다.

"아무리 궁리해봐도 이것밖에 달리 동문을 도울 수 있는 방법이 없을 것 같아, 아쟁을 가져왔어요."

2층의 작업실로 올라가자 여인은 들고 온 물건을 거실에 내려놓으며 말했다. 검은 비단 커버를 벗기자 오동나무 공명판 위에 여덟 줄의 현이 나란히 오리발의 고임을 받고 벋어 있는 아쟁의 모습이 드러났다. 10여 년 전 학교에서 만났을 때 자기는 전통음악을 전공한다고 말한 걸 듣기는 했었다. 그러나 여인이 전공한다는 전통음악이 아쟁 연주인 줄은 미처 몰랐었다. 전통음악이라면 거문고나 해금 또는 아쟁 등 악기를 연주하는 것을 이르기도 하지만, 여자들은 판소리나 경기민요, 서도소리 등도 전공하는 경우가 많았다. 그 모두가 전통음악의 범주에 포함되었으므로 막연히 그 가운데 한 가지를 전공하고 있겠거니 짐작하고 말았었다.

그런데 여인은 자기가 전공하는 아쟁 산조를 직접 연주하겠다는 것이었다. 흔히 성대를 가장 으뜸 악기로 여기므로 노래를 으뜸 장르로 여기는 사람도 없지 않았다. 거문고의 활력 넘치는 율조나 해금의 미혹적인 선율이나 아쟁의 가슴 가장 밑바닥까지 훑어 내리는 슬픈 선율 등은 악기마다 하나같이 다른 악기의 율음과 특색을 달리하여 듣는 사람의 마음을 흔들어놓고는 했다. 그런 고전음악 가운데서도 나는 가야금 산조를 가장 좋아하는 편이었다. 그렇다 하여 대금 산조나 아쟁 산조를 싫어하는 것은 아니었다. 아쟁이나 거문고 산조도 또한 즐겨 듣는 편이었다.

"저는 박종선제 아쟁 산조를 전수받았어요."

대접할 것이 마땅치 않아 고민했으나 그런 고민을 할 필요가 없었다. 하루 두 끼, 채식만으로 지낸다며 다른 것은 입에 대기를 꺼렸다. 거실에 다상을 준비하고 설록차를 우려냈다. 마주 앉아 차를 마시며 여인은 한산도에 내려와 있는 내 사정을 궁금해했다. 집을 떠나 멀리 외딴 섬에 내려와 있는 사람이라면 응당 사연이 구구하지 않겠느냐, 짐작하는 눈치였다. 그러나 내 대답은 여인의 기대와는 사뭇 달랐을 것이다. 무슨 구구한 사연이 따로 있는 것이 아니었다. 이 나이에 이르도록 이룬 것 하나 없이 세월에 빚만 지고 살아왔다는 얼음처럼 차가운 자각으로 인해 마음 한복판에 송곳을 박고 오래 고통을 견디다 못해 일단 집을 떠나온 것이었다. 마음과 몸을 함께 괴롭히며 외로움을 자양분으로 무엇인가 얻을 것이라도 하나 없나 하는 기대로, 고생은 반드시 무엇인가 보상을 받고야 만다는 옛사람의 말에 기대를 걸고 무턱대고 낯선 곳으로 내려왔었다.

그러나 몸과 마음을 필요보다 훨씬 더 괴롭힌 것 같은데도, 고생이라면 웬만큼 치른 것 같은데도 아직 아무것도 얻은 것이 없어 허허롭다는 내 대답에 여인은 빙그레 웃었다.

"각오가 그토록 단단한데 허공만 잡겠어요. 좀 더 기다리면 좋은 결실이 있을 거예요."

"기다림이 너무 길어서 그렇지요. 벌써 다섯 해짼니다."

내 말을 들으며 찻잔에 남아 있던 차를 마저 마시고 일어난 여인은 다상을 한쪽으로 치웠다. 그리고 잠시 거실을 두리번거렸다. 여인은 아쟁을 안고 윤슬이 눈부시게 반짝이는 바다 쪽 창문을 등지고 앉았다. 받침다리를 세워 아쟁을 놓고 간격을 재며 몸을 몇 번 움직인 다음 그 앞에 책상다리를 하고 앉았다. 오른손에 활대를 잡고 몸을 숙여 줄을 튕기며 왼손으로 오리발을 조정하였다. 줄을 하나하나 신중히 점검을 한 다음, 고개를 들어 나를 잠깐 쳐다보았다. 티 하나 없이 맑은 샘물 같은 표정이었다. 세속의 먼지 하나 묻어 있지 않은 정갈하고 해맑은 얼굴이었다. 어디선가 먼 고장에서 불고 있는 바람의 기미라도 속으로 느끼고 있었던지 물살 같은 엷은 기운이 얼굴 위를 아련히 스쳐 가고 있었다.

"25년여 연주생활을 해오는 동안 한 사람만을 위해 연주를 해본 적은 없었습니다. 오늘 제 연주가 동문에게 도움이 되었으면 좋겠습니다."

한 사람만을 위해 연주한 적은 없다! 여인의 말이 가슴 위에 턱 걸렸다. 연주를 위해 고된 연습을 마다하지 않고, 색다른 기교를 개발하여 연마하는 것은 자기 연주를 듣는 청중을 감동시키려는 의욕의 부림일 것이다. 의욕과 열정을 불사르는 데 있어 청중이 많을수록 득의의 기분이 될 것이리라. 거기에 비해 청중이 달랑 한 사람일 경우 의욕이 감소될 것은 자명한 일이다. 그러나 오늘 이 자리에서는 그런 자신의 기분을 돌보지 않고 오로지 나를 위해 실력 발휘를 온전히 다 할 것이라는 다짐으로 들렸다.

몇 소절의 다스름에 이어 영산홍록, 본바탕에 들어가기 전 숨을 고르기 위한 방편인 듯 민요 한 곡을 지쳐나갔다. 민요를 마치고 그 여운이 가시기를 잠시 기다린 다음 여인은 눈을 지긋이 감았다.

다단 /단 /다이 단 /띠이 /이 /이~~ 이/ 띠이 디/ 띠이 디디이 /다 /다 /다 디이/

이윽고 진양조 첫머리 선율이 터져나왔다. 율조에 따라 여인의 어깨가 좌우로 움직였다. 활대를 강하게 밀어낼 때, 또는 힘주어 끌어당길 때 오른쪽 어깨가 강약을 조절하며 오르내렸다. 얼굴은 상기되었고, 눈은 감은 채였다. 손과 몸은 이미 어디론가 자취를 감추고 마음이 홀로 온전히 남아 제멋에 겨워 있었다. 나는 온몸이 비에 촉촉이 젖어들어 가고 있는 느낌에 사로잡혔다. 비의 기세는 갈수록 사나워지고 세상의 모든 대나무가 일제히 흔들리고 있는 것 같았다. 바람에 한쪽으로 쏠림을 견디지 못해 지르는 대나무의 비명소리 아니고서는 저토록 깊이 절실할 수는 없을 것이었다. 우우우. 대나무는 원초적인 탄생의 비명을 내지르고 있었다. 현실에서는 들을 수 없는 탄생의 비명소리, 그것이 가슴을 할퀴고 쥐어뜯었다. 나는 그때까지 경험하지 못했던 고통의 순간순간을 직접 감촉으로 절절히 느꼈다. 피가 다 빠져나간 육신의 마지막 순간을 그것은 그려 보였다. 험준한 바위산을 배회하며 연이어 칼바위에 부딪쳐 살이 찢기는 고통을 신음 없이 견디고 있는 자신이 눈물겹도록 가엾었다. 구원의 기약 없는 고통의 바다를 아쟁 산조는 내 앞에 계속 펼쳐 보였다.

이윽고 자진모리의 격정의 선율이 벼랑에서 몸을 던지듯 뚝 그쳤다. 고통의 대안을 헤매던 나는 문득 어떤 언덕 위에 툭 내던져졌다. 안도의 숨을 내쉬었으나 고통의 기억은 사라지지 않았다. 그 고통이 내게는 어떤 해답임을 시인하지 않을 수 없었다. 그 묵시적 예시를 나는 분명히 읽었다.

"……도움이 되겠습니까?"

선율의 뜨거운 여운이 아직 몸과 마음속을 감돌고 있던 중, 여인이 물었다.

"예, 아직 고통의 지불이 부족하다는 점을 깨닫게 됐습니다."

잠시 주저할 겨를도 없었다. 마음을 옥죄고 있던 번민이 즉답이 되어 나왔다. 얼마나 더 깊이 땅 속을 파헤쳐야 열망하는 보석을 채굴할 수 있고, 얼마나 더 높이 하늘로 날아올라야 갈망하는 불변의 아름다움을 목격할 수 있을까. 그럴 수만 있다면, 뼈와 근육을 발라내 제단에 바쳐 획득할 수 있는 것이라면 기꺼이 희생할 각오가 되어 있었다. 심장을 도려내 가루로 빻아 허공에 뿌려 얻을 수 있는 것이라면 기꺼이 마다하지 않을 것이었다. 그보다 더 격심한 고통도 지불할 각오가 되어 있었다. 그러나 그 고통을 지불할 방법을 알지 못한 나로서는 막막할 따름이었다.

"미망은 반드시 걷히기 마련입니다. 제 연주의 기억이 작품을 쓰는 동안 작은 위안이라도 되었으면 좋겠습니다."

시간은 언제나 같은 속도로 흐른다. 한결같은데도 사람의 사정과 마음에 따라 빠르게 흐르기도 또는 느리게 흐르기도 한다. 언제 흘러갔던지, 손가락 사이로 흐르는 모래보다 더 빠르게 흘러간 시간이 어느새 다섯 시가 넘어 있었다. 뭍으로 나가는 마지막 카페리의 출항시간이 임박해 있었다. 여인은 아쟁다리를 접어 검은 비단 집에 정성들여 넣었다. 이마에 흘러내린 머리카락을 쓸어 올리며 나를 쳐다보는 눈에 안개 같은 기운이 서렸다. 내 마음이 그래서 그런 것인지, 여인을 더 붙잡지 못하고 보내야 하는 내 처지가 한심스러웠던지 안개가 가슴을 자욱이 에워쌌다.

카페리의 출항 시간에 대려면 서둘러야 했다.

집 앞 대로변에 서서 손을 흔들며 배웅하는 나를 뒤에 두고 여인의 승용차가 제승당 방향으로 농협창고를 돌아 사라졌다.

북쪽으로부터 점점 남하하던 단풍이 일주일쯤 지나면 월악산이나 지리산에 닿으리라는 예보가 아침저녁으로 방송되던 무렵의 일이었다.

그로부터 하루, 이틀, 열흘, 한 달이 넘게 지났다. 이즈음은 영하의 기온을 예보하고 있었다. 속절없이 계절이 바뀌었다. 그러나 그동안에도 미망은 아직 걷히지 않았고, 내 모색과 방황은 계속 이어지고 있었다.

다시 여인과의 조우를 바라 일부러 틈을 내 뭍으로 나가 시내를 배회하고는 했다. 아쟁 선율을 상기할 때마다 무엇인가 손에 잡힐 듯 잡힐 듯하다 그만 허망해지고는 했다. 아쟁 연주를 한 번 더 들으면 무엇인가 확연히 손에 잡힐 듯했으나 여인을 다시 만날 길이 막막했다.

왜 여인의 전화번호를 알아두지 않았는지, 자신에 대한 원망은 나날이 깊어갔고, 발신자 번호를 지운 여인의 전화에 대한 원망 또한 깊어갔다.

붉은 달

세상의 장삼이사들로부터
널리 사랑받지는 못한다 하더라도
몇몇 정신에 촉수 높은 전등을
켜고 사는 사람들로부터라도
기림받을 수 있는 정도는 되어야지요.

그날 저녁 월식이 있었다.

우리는 로피아노 3층에 앉아 있었다. 공휴일을 회복한 후, 한글날이 첫 번째 맞는 휴일 전날 저녁이었다. 그녀는 공연히 마음이 설렌다고 아까 말했다. 음성을 낮추어 말을 나누다 가끔 고개를 돌리면 강구안 문화마당이 내다보였다. 현수식 가로등이 해변을 따라 일정한 간격으로 서 있었다. 문화마당 정면 부두에는 거북선 세 척과 판옥선 한 척이 정박해 있었다. 이물에서 고물까지 선체의 상하좌우 테두리마다 색 전등이 반짝이고 있어 거북선과 판옥선의 윤곽이 또렷했다. 건너편 동피랑 쪽 부두와 이쪽 동충 부두에는 크고 작은 선박들이 정박등을 밝히고 계선주에 묶여 있었다.

2층은 손님들로 붐벼 우리는 3층으로 올라갔다. 3층은 한산했다. 세 개의 테이블에 마주 앉아 있는 남녀들은 눈만으로 말을 주고받고 있는 것 같았다. 젊은 남녀들에게 굳이 말이 필요하겠는가. 말을 주고받지 않고서도 애틋한 감정을 충분히 교환할 수 있는 것이다. 그들의 모습은 침묵이 말의 모태라는 사실을 상기시켰다. 우리는 그 때문에 가급적 음성을 낮추어 속삭이듯이 말을 주고받아야만 했다. 옆 테이블의 제유적인 분위기가 우리에게로 건너와 우리를 계속 견제하였다. 주로 눈과 미소로 말을 주고받고 있는 저 은밀한 사랑의 아름다움이라니, 서로 바라보고 있는 것만으로도 사랑은 충만해지는 것이다.

우리는 사랑을 나누고 있는 사이가 아니므로 구체적인 대화를 나누고 있었다.

"「오감도」는 「오감도」가 맞다고 했습니까?"

그녀는 나를 쳐다보았다.

"그렇습니다. 건축기사인 시인으로서 익숙한 조감도의 새 '조'자를 까마귀 '오'자로 패러노메시아하여 '새의 시선과 각도에서 인간 세계를 내려다보는 것을 의미한다'는 종전의 편의적 해석에 제 작품 주인공은 반기를 든 것입니다."

내 목소리도 자연 그녀의 목소리 톤에 맞추어 낮아졌다.

"세상에 오랫동안 통용되어온 정설을 뒤집으려면 합당한 근거를 제시해야만 되지 않겠습니까?"

그녀의 이마는 반듯했다. 왼쪽 눈두덩이 바로 위에 누에새끼 형상의 기운 자국이 희미하게 남아 있었다. 미혼 여성으로서는 감추고 싶은 흉터일 터였다. 그런데 그대로 두고 있는 것은 대범한 성격 탓인가.

"작품 내용이 그 근거입니다. 첫째 아이부터 마지막 열세 번째 아이까지 모두 불안해하고 두려워하고 있지 않습니까. 길은 막혀 있어도 무방하고 열려 있어도 무방하다, 이게 무엇을 의미한다고 생각합니까? 두려움으로 세상을 살아가고 있는 연약한 인간 실존의 모습으로 해석해야 되지 않겠습니까. 특히 이 시를 발표할 당시 우리나라 지식인들의 삶이 어땠습니까. 일제의 탄압 속에 정체성을 잃고 우왕좌왕하지 않았습니까. 지식이 있어도 올바로 쓰일 데가 없는 그 당시 전망부재의 지식인들의 불안한 정황을 이 작품은 그린 것이라고 제 작품 주인공은 생각한 것입니다. 그래서 새가 내려다본 세상이 아니라, 까마귀가 내려다본 전망 부재의 가엾은 지식인들의 모습을 시로 옮긴 것으로 보는 것입니다."

"까마귀가 내려다본 가엾은 지식인들의 모습!"

그녀는 오른손을 올려 이마를 짚었다. 궁금증이 풀리지 않을 때 하는 버릇 같았다.

"삼족오(三足烏)라고 들어봤습니까?"

"삼족오?"

이마에 올렸던 손을 내리고 나를 바라보는 그녀의 눈에 바람이 한줄기 지나갔다.

"고구려 각저총 고분벽화에 생생하게 그려져 있는 세 발 달린 까마귀를 말하는 것입니다."

"세 발 달린 까마귀?"

"동아시아 알타이 신화권이 공유하고 있는 신앙적 존재지요. 해 속에서 산다는 이 세 발 달린 까마귀는 우리 조상들이 오랫동안 숭배해온 신앙의 대상이었어요. 이 세 발 까마귀, 즉 삼족오는 해를 상징하는 존재인 것입니다."

"해를 상징하는 존재?"

"시인은, 해가 내려다본 세상을 그리고자 한 것입니다. 이 작품은 갈 바도 모르고 있을 바도 모르는, 오로지 불안에 떨고 있는 인간의 실존적 모습 내지는 당시 시대고를 겪고 있던 가엾은 지식인들의 모습을 그린 것이라, 제 작품의 주인공은 그렇게 해석하고 있는 것입니다."

그녀는 입술을 오물거렸다. 생각을 말로 표현할 수 없을 때 짓는 입 표정 같았다. 립스틱을 바르지 않은 진홍의 입술이 달콤할 것 같았다. 자력을 감당하지 못한 상체가 그녀 쪽으로 숙여지는 것에 놀란 나는 얼른 몸을 바로 했다. 순간 시선이 창밖으로 급히 달아났다. 충동적인 이드의 발작이 그녀에게 발각되지 않았기를 바라며 하늘을 쳐다보던 나는 저도 모르게 눈을 감았다. 달이 정상적인 모양이 아니었기 때문이다. 눈을 뜨고 다시 쳐다보아도 역시 달은 정상이 아니었다.

아까 로피아노를 향해 해안을 따라 걸어올 때만 해도 남망산 언저리에 둥근 보름달이 떠 있었다. 매우 자족적인 충만한 달이었다. 그 자체로서 세상을 밝히는 데 모자람이 없어 보였다. 세상의 모든 전등이 꺼져도 무방하리라는 생각이 들었다. 그런데 지금 로피아노 대형 유리창 상단에 떠 있는 달은 아까와는 모습이 전혀 딴판이었다. 빛을 상실한, 자족적이지도 충만하지도 않은 모습이었다. 자기 모습을 망실한 결핍의 모양이었다.

"달이 이상합니다!"

놀라움에 목소리가 떨려 나왔다. 고개를 돌려 그녀도 창밖을 내다보았다.

"아니 달이 왜 저렇게 어둡습니까! 누군가 달에다 붉은 색칠을 한 모양입니다."

"누가 저렇게 짓궂은 짓을 했을까요! "

문득 피카소가 떠올랐다. 피카소가 아니고서야 누가 저렇듯 짓궂게 달에다 짙붉은 색칠을 한단 말인가. 파리에 등장한 이후 피카소는 점점 인물이나 사물로부터 원래의 모습을 지워가지 않았던가. 그는 시각의 다각화를 주장하며 눈의 기능을 기억으로 환치하려 애를 썼던 것이다. 그래도 피카소는 해와 달과 별은 그대로 남겨 두었었다. 그런데 피카소가 미처 손을 대지 않고 남겨 두었던 달에다 누가 저렇듯 짙붉은 색칠을 할 엄두를 냈단 말인가. 세상에 온전한 것을 그냥 두고 보지 못하는 어떤 괴짜가 달을 해체하려고 나선 것인가. 그런가! 그런 엉뚱한 생각이 먼저 찾아왔다. 그러나 나는 얼른 그 생각을 털어냈다.

"달이 잠시 눈을 감아야 할 사정이 생긴 모양입니다!"

"세상에, 달도 봐서는 안 될 것이 있는 모양입니다!"

"사람 사는 세상이 왜 이렇게 복잡한지 원!"

그녀는 남아 있던 술을 마저 마시고 병을 비웠다. 냅킨으로 감싼 후 마개를 비틀어 새 병을 딴 그녀는 다시 몇 모금을 들이켰다.

“하기야 일주일 전만 해도 선생님과 제가 이렇게 마주앉아 술을 마실 줄 누가 알았겠어요. 세상 참!”

나는 지난 2년 여에 걸쳐 화가를 주인공으로 하는 소설을 한 편 쓰고 있었다. 주인공은 유화와 옻칠그림을 병행하는 유망한 젊은이였다. 그 주인공의 의식이며 행적을 그려나가기 위해 많은 책을 섭렵했고 여러 화가들을 만나 인터뷰를 했다. 동서양 미술사에 관심을 가지지 않을 수 없었고 많은 화가들의 아틀리에를 드나들며 그림 공부에 열성을 쏟지 않을 수 없었다. 유럽이나 미국에서 미술공부를 하고 온 화가들로부터 현지 화단의 움직임이나 새롭게 주목받는 화가들의 작품에 관한 정보를 얻어듣기 위해서 여러 도시를 분주히 가로질러 다니기도 했다. 가끔 인터넷 검색창에 들어가서도 정보를 얻었다. 그렇지만 그 정보들은 구체성을 결여하고 있는 것으로 여겨져 미덥지가 않았다. 그 정보들에 구체성을 얻기 위해서는 분주히 발로 뛰어다니며 보완을 하지 않을 수 없었다. 지금 마주 앉아 술을 마시고 있는 그녀는 지난번 알게 된 ‘갤러리 창’의 큐레이터로부터 소개를 받았다. 파리 미술대학에서 공부를 하고 온 화가라고 하였다. 이것이 세 번째 만남이었다.

“그래요. 옻칠회화가 아니었다면 진 선생은 통영에 오지 않았겠지요.”

“사람이란 누구나 죽는 날까지 끊임없이 새로운 것과 만날 운명을 타고나는 것이라고 읽은 적이 있는데, 이번 통영에 와서 그 말을 실감했어요."

"5대양 6대주 안 가본 데 없다는 진 선생인데, 이 조그마한 통영에도 처음 본 것이 있었던 모양이지요."

"옻칠회화 공부를 하면서 그림의 새로운 세계를 엿볼 수 있었다는 것이 제게는 큰 행운이에요."

"그러고 보면, 제 작품 주인공도 옻칠그림으로 새로운 세상을 열어가려는 야망에 사로잡혀 있지요."

"충분히 매력적인 분야예요. 그런데 선생님 작품 주인공이 세계 화단을 향해 도전장을 던졌다고 하셨지요?"

"그렇기는 하지만, 그것이 온당한 주장인지, 당치 않은 공허한 주장인지 아직 갈피를 잡을 수 없어 번민하고 있습니다."

"갈피를 잡고 말고 할 게 뭐 있어요. 선생님 작품은 작품대로 고유한 가치를 지니고 있을 것인데요."

"그래도 세상 일이 어디 그렇습니까. 세상의 장삼이사들로부터 널리 사랑받지는 못한다 하더라도 몇몇 정신에 촉수 높은 전등을 켜고 사는 사람들로부터라도 기림받을 수 있는 정도는 되어야지요. 그러려면 먼저 내용이 신뢰를 받아야만 되지 않겠습니까."

"선생님 작품 주인공, 참 소심하군요. 피카소가 평생 어디 무엇에 한번이라도 구애받은 적 있었던가요. 저지르고 나면 사람들이 허둥지둥 그의 뒤를 따라가느라 분주했지요."

"하기야 데미안 허스트의 상어도 마찬가지이기는 합니다

만!”

지난번 예술의전당 한가람미술관에서 ‘20세기, 위대한 화가들’전을 관람하고 왔었다. ‘르누아르에서 데미안 허스트까지’라는 부제가 붙은 그 전람회는 기대에 미치지 못했다. 특정 갤러리의 소장품을 초청해 전람회를 연 것이라 하는데, 달리의 엉성한 대작 〈꽃이 피어 있는 눈〉을 제외하고서는 별로 기억에 남을 만한 작품이 눈에 띄지 않았다. 사랑하는 여자의 다급한 비명소리에 놀라 뛰어갔더니 작은 벌레에 놀라 지른 비명에 지나지 않는 것을 알고 싱겁게 웃으며 돌아설 때의 기분이 그 전람회를 관람하고 나온 감상이라고 하면 비슷할 것이다. 허스트의 분사 페인팅 작품도 범속한 수준의 것에 지나지 않았다. 전람회장을 다 돌고 난 발걸음은 그러나 달리의 작품을 찾아 다시 그리로 옮겨졌다. 〈꽃이 피어 있는 눈〉 앞에서 저것이 왜 저토록 크게, 그리고 당당하게 걸려 있어야 하는가, 그 이유를 알기 위해 한참 서서 지켜보았다.

그때 마침 가슴에 명찰을 패용한 안내인이 옆으로 다가왔다. 낮은 조도 때문인가, 표정이 어두워 보였다. 그러나 옆에 가까이 왔을 때 보니 어두운 얼굴이 아니었다. 왕성하게 활동하고 있을 법한 패기 넘치는 얼굴이었다. 눈에 사려 깊은 기운이 감돌고 있었다.

“여기 근무하십니까?”

“예?”

“큐레이터 같습니다?”

"저는 아트디렉터로 일하며 미술사를 전공하고 있습니다."

"아, 그렇습니까. 그런데 오늘 이 전시회가 어딘지 마음에 차지 않아 이렇게 더듬거리고 있습니다."

마흔쯤 되었을까, 그 이유가 궁금하다는 듯 사내가 나를 쳐다보았다. 얼굴에 자기도 모르게 인품이 드러나 있는 경우가 있다. 어려움을 겪어본 사람만이 지녔음직한 사려 깊은 눈이었다.

"허스트의 분사페인팅 작품도 줄리안 오피의 컴퓨터 애니메이션 작품도 그다지 볼 만한 것이 아니었습니다. 아쉬운 대로 달리의 〈꽃이 피어 있는 눈〉 정도로 위안을 삼아야 하겠지만 마음속에서 아니라고 자꾸만 손사래를 치고 있지 뭡니까."

말을 하는 동안 관람객에게 방해가 되지 않도록 몇 걸음 뒤로 물러섰다. 사내도 보조를 맞추어 뒤로 물러나 나와 나란히 섰다. 아마 내 다음 말이 궁금한 모양이었다.

"저는 전에 보았던 달리의 많은 작품에서 감명을 받았습니다. 그런데 여기 전시된 작품들은 그 이전의 기억을 도리어 훼손하고 있어 기분이 영 찜찜합니다."

"달리의 어떤 작품들을 말씀하시는지 궁금합니다."

사내는 손을 모아 잡고 정중히 말했다.

"저의 감식안도 별 것은 아닙니다. 평범한 수준이지요."

"위도 아래도 아닌 중간선에 도달하기가 가장 힘든 것이라 들었습니다. 많은 경험을 축적하지 않고서는 다다를 수 없는 것이 그 경지라 하였습니다. 따라서 중간을 가장 두려워하고 경계해야 한다고 알고 있습니다."

듣고 보니 이치 웬만큼 산전수전 다 겪은 원숙한 친구이겠거니 싶었다. 이런 정도의 말솜씨란 재치만으로 할 수 있는 것이 아니지 않는가. 그렇다면 속을 털어놔도 괜찮을 것 같았다.

"잘 알고 있겠지만, 〈기억의 고집〉도 그렇고 〈나의 욕망의 수수께끼〉, 〈오후의 거미〉, 그리고 〈구운 베이컨과 부드러운 자화상〉에도 '눈'이 그려져 있지 않습니까?"

사내는 생각을 더듬는 눈으로 천장을 향해 고개를 들었다. 잠시 후 고개를 바로 하고 나를 쳐다보았다. 내가 말한 달리의 작품들을 기억 속에 호출시켜 감상하고 난 듯 눈이 반짝이고 있었다.

시간이 정지된 곳과 검은 해변에 초현실적 형태로 녹아 있는 시계들을 그린 작품 〈기억의 고집〉에도, 새의 날개 형상의 넓은 입체면에 '어머니'라는 낱말을 수없이 새겨둔 화산석 홈을 그린 〈나의 욕망의 수수께끼〉에도, 처져 내리는 턱과 입술과 코와 눈꺼풀을 한사코 떠받치고 있는 지지대가 불안스러워 보이는 〈구운 베이컨과 부드러운 자화상〉에도 '눈'이 그려져 있다. 〈기억의 고집〉과 〈나의 욕망의 수수께끼〉에서는 둘 다 바닥에 떨어뜨린 죽은 새 머리 형상에 '눈'이 감겨 있다. 〈구운 베이컨과 부드러운 자화상〉의 '눈'은 텅 빈 공허한 검은 동굴 형상이다. 기억 속에서 되살아나는 달리의 작품은 대개 현상이나 사실을 재해석한 충격적인 오브제의 현현이지만 매우 정교하고 섬세하였다. 그림 속에 흐름이 있다면 달리의 화면에는 기이하고 충격적인 오브제에도 불구하고 아주 자연스러운 흐름이 있었다. 자갈밭처럼 거칠지 않고 모래사장처럼 섬세한 데가 있었다. 거기에 비해 〈꽃이 피어 있는 눈〉은 정교하지도 섬세하지도 않았다. 위로 치떠 눈동자를 거의 감춘 불길한 흰자위, 하현달처럼 가느다란 눈동자가 쑤욱 길게 뽑아 물고 있는 혀, 혀가 걸려 있는 음험한 흰자위에서 흘러내린 눈물방울, 눈물이 맺혀 있는 두 개의 오른쪽 눈의 눈시울에 속눈썹 대신 기다랗게 솟아오른 열 한 개의 꽃대, 그리고 그 배경을 이루고 있는 금이 간 녹슨 벽, 이것들 모두 공을 들이지 않고 그냥 쓱쓱 거칠게 붓질을 한 것 같아 마뜩치 않았다.

"선생님의 말씀에 이해가 갑니다."

사내는 그렇게 말하며 그러나 고개를 젓고 있었다.

"하지만 저 작품은 이런 전시회용 작품이 아닙니다. 발레 〈미친 트리스탄〉의 무대 디자인으로 그린 작품입니다. 무대 미술은 이렇게 가까이서 감상하도록 제작하지 않는 것 아닙니까?"

그렇다면 이렇듯 가까이서 감상할 수 있는 장소에 전시해서는 안 되는 작품 아니냐고 반박을 하려다 사내의 정중하고 공손한 태도와 친절을 훼손하고 싶지 않아 말을 아꼈다. 말을 속으로 삼키려니 마음이 불편했다.

"저도 그 전시회에 다녀왔는데, 선생님 말씀 알 만해요. 하지만 선생님, 달리의 변형된 오브제가 누구의 이해를 전제로 한 적이 있었던가요. 선행하는 인식을 깨거나 뒤집어 새로운 것의 존재를 느끼게 했지요. 선생님 작품 주인공의 주장도 새로운 것을 제시하는 것으로 충분하고 자족적인 것이 될 수 있지 않을까요."

"그럴까!"

그녀는 볼우물을 파며 나를 쳐다보았다. 내가 병을 들어올려 내밀자 그녀도 병을 들어 가볍게 마주쳤다. 유리병 부딪치는 음향이 경쾌했다.

"그런데 선생님께서 제 파리 생활에 대해 듣고 싶다고 하셨지만, 유쾌한 기억보다 불편한 기억이 더 많아 별로 돌아보고 싶지 않습니다."

"어떻게 살았느냐 하는 것이 아니라 예컨대 어떤 정신적 세례를 받고 왔느냐 하는 것을 듣고 싶은 것입니다."

"저의 파리 생활은 정신적 세례를 운위하기에는 너무 각박했습니다. 언어 장벽이 줄곧 저를 괴롭혔습니다. 능숙하지 못한 언어 대신 그림이 제 의사 표현의 한몫을 해주기는 했지만, 그것은 간접적 의사전달 정도에 그쳐 늘 불안했습니다."

유학을 하려면 그쪽 언어 습득이 무엇보다 우선하는 것 아닌가.

"제 언어 수준이 일상생활에는 큰 불편이 없었지만, 제가 하려는 공부에는 미치지 못해 늘 불안했습니다. 무엇보다 제 성격이 질문에 익숙하지 않아 더 애를 먹었지요."

"예를 들자면?"

"앵포르멜 화가들, 예를 들자면 장 뒤뷔페나 안토니 타피에

스 같은 화가들 작품은, 제가 지닌 이전의 지식으로서는 독해가 불가능했습니다. 그래서 그들을 독해하려면 그들 작품에 관한 해설을 참고해야 했는데, 그 해설이 무슨 다이달로스의 미궁을 헤매는 것 같았습니다. 그럴 때마다 제 무능에 절망하고는 했습니다. 제 파리 생활 4년은 거의 그런 불편한 기억들로 채워져 있는 셈입니다."

"연애 이야기 말고는 들려줄 수 있는 이야기가 없다, 이 말이군요?"

어이없다는 듯 그녀는 빙긋 웃었다.

"보물 같은 제 소중한 비밀을 어찌 함부로 입 밖에 낼 수 있겠습니까?"

"그럼 들을 수 있는 말이 아무것도 없는 셈이군요?"

"그렇지만 선생님께서 질문을 만들어 던지면 그거야 받아서 되돌려드릴 수는 있습니다."

"아 그렇군요."

그 사이 달의 붉은 빛이 더 짙어져 있었다. 누군가 덧칠을 한 모양이었다. 주홍빛 달을 가끔 쳐다보며 나는 내가 준비하고 있던 이야기를 그녀에게 던졌다. 그녀는 내 이야기가 뜻밖의 것이었던지 놀란 눈치였다.

"아까 말한 한가람미술관 전람회에서 아트디렉터 겸 미술사 공부를 하고 있다는 사람과도 이런 이야기를 나누었는데, 혹시 진 선생께서는 세계 미술계가 천지개벽을 할 때가 되었다고 생각해 본 적은 없습니까?"

"세계 미술계가 천지개벽을?"

그녀는 내 눈을 집요하게 쳐다보았다.

"그렇습니다. 제 작품 주인공의 생각입니다."

그녀는 '개뿔 같은 소리'로 치부해 버리고 말기에는 마음에 걸리는 것이 있었던지 머릿속의 생각을 분쇄기에 넣고 돌리고 있는 눈치였다.

"제 작품 주인공은 지난 100여 년의 세계 미술계의 변천사를 돌이켜보며 여간 개탄하지 않습니다. 그 100여 년의 미술계 변천사는, 모든 미술 작품이 아름다움의 변용이나 해체로 일관되어온 것이 아닌가, 생각한 것입니다."

"늘 새로워지려고 노력해왔지요!"

"늘 새로워지려고 노력해왔다. 그 새로움이 아름다움에 올바로 기여한 적이 있었던가요?"

"우리가 살고 있는 이 험한 세상을 재현하기 위해 노력한 결실들이었지요."

"하기야 이 지구상에 전쟁의 아픈 기억이 가실 날이 없기는 했지요. 예술이 그런 전쟁의 참혹함을 견뎌야 하는 인간의 단말마적 고통을 표현하는 수단으로 존재해야 하는 당위성도 없지는 않겠지요. 그렇지만 그런 역사적 사실의 재현을 위한 것이라 할지라도, 아방가르드를 표방하고 나온 작품들이 어디 아름다움과 사촌이라도 되는 경우가 있던가요. 아무리 새롭고자 하더라도 그림은 아름다움의 구현이라는 본원적 존재가치를 도외시해서는 안 되는 것 아닌가, 저는 그렇게 믿고 있습니다."

그녀의 시선이 내 입에 고정되어 있었다.

"그래서 제 작품 주인공은 세계 미술계에 천지개벽이 일어나지 않으면 안 된다고 생각한 것입니다. 한가람미술관에서 만난 그 사내에게 내가 그런 이야기를 했더니, 한동안 심각한 표정을 짓고 있더군요. 그래서 나는 작정하고 말했어요. 지금이라도 세계 미술계에서 아름다움의 회복 운동이 일어나야 하지 않겠느냐고."

"그래서요?"

그녀는 나의 다음 말을 재촉했다.

"깊이 생각하는 눈치였어요. 마침내 사내가 희미하게 고개를 끄덕이더군요. 그래서 내가 용기를 냈지요. 혹시 피카소가 너무 과대평가 받고 있다고 생각해본 적 없는가요, 하고 물었어요."

"피카소가 과대평가 받고 있다고 생각해본 적 없느냐고요?"

그녀는 다급히 고개를 저었다. 말이라고 하고 있느냐는 반응이었다.

"그래요. 제 작품 주인공은, 아름다움의 회복 운동을 하려면 가장 먼저 피카소라는 우상을 파괴해야 한다고 주장하고 있는데 이에 대해 어떻게 생각하느냐고 물었어요."

"선생님 아무렴 피카소라는 우상을 파괴해야 한다니요. 피카소가 인류에게 풀어준 숙제가 얼마나 많고 새로운 가치를 인식시킨 공이 얼마나 지대한데 과대평가 되었다니요?"

"얼른 대답을 하지 못하더군요. 그래서 제 작품 주인공은 피카소라는 우상을 파괴할 때가 지났고, 그 주장을 우리나라의 젊은 화가의 입을 통해 하게 해야 한다고 주장하고 있는데, 이를 어떻게 생각하느냐고 거듭 물었지요."

"그래 뭐래요?"

"한참 생각하는 눈치더니, 고개를 천천히 끄덕이더군요. 그리고 선생님의 작품을 꼭 읽어보고 싶다고 하더군요."

그녀는 완강히 도리질을 해댔다. 눈에 의혹과 반발의 기류가 강하게 흐르고 있었다.

"아니에요. 피카소를 부정하면 모든 미술을 부정하는 것이 되어요. 그건 말도 안 되어요. 세계적인 저항에 부딪칠 거예요."

"그래요. 진 선생은 내 주인공의 생각에 반대군요?"

"그럼요. 말을 해도 좀 비슷한 말을 해야지요."

당치않은 말을 들었다는 듯 귀라도 씻어내고 싶다는 완강한 눈치였다.

"그렇군요. 좀 더 신중해질 필요가 있다, 그렇게 접수하겠습니다."

그러는 사이 달이 긴 주술로부터 풀려나 있었다. 남쪽 가장자리에 어두운 기운이 아직 좀 남아 있기는 했으나 붉은 색칠을 씻어낸 원래 보름달 모습으로 돌아와 있었다. 주박으로부터 풀려나 제 모습을 되찾은 달을 쳐다보며 우리는 병에 남은 술을 비우고 자리에서 일어났다.

로피아노의 나무계단을 내려와 원형의 보도블록을 딛고 잠시 마주 서 있었다. 헤어지기가 아쉬워 악수하는 손에 힘을 주어 꼭 쥐었다. 그러나 그녀는 힘준 손에 대한 응답은 하지 않았다. 미련이 남은 나는 같은 자리에 잠시 꼼짝하지 않고 서서 걸어가는 그녀의 뒷모습을 지켜보고 있었다.

호텔을 향해 가는 발걸음이 무겁고 가슴이 텅 빈 것처럼 허전했다. 섬에 들어가는 마지막 배를 놓치면 으레 들고는 하는 단골 호텔을 향해 걷고 있는 길의 보도블록 위에 달빛이 환히 깔려 있었다.

호텔 방에 설치된 컴퓨터를 켜놓고 신문을 보고 있는데 전화가 울렸다.

"선생님, 아까 달이 문제였던가요?"

진 선생이었다. 헤어진 지 두 시간쯤 지나서였을 것이다.

"달도, 문제였지요."

"그렇군요. 달도 문제였지만, 피카소도 문제였군요. 선생님, 그놈의 피카소 때문에 방에 처박혀 있을 수가 없어 다시 나왔어요. 지금 문화마당이에요. 석재 의자에 앉아 있는데, 달이 참 좋군요. 오른손에 카프리라도 한 병 들려 있으면 아주 좋을 것 같은데, 선생님 의향은 어떠신가요?"

"알아들었습니다. 카프리 몇 병 사 들고 등장하겠습니다."

자정을 넘긴 시각의 문화마당 광장은 한산했다. 대부분의 김밥집이나 꿀빵집은 문을 닫았고 행인의 내왕도 뜸했다. 훤히 뚫린 차도를 달리는 차들만 분주했다. 휘영청 밝은 보름달 때문에 제구실을 하지 못하고 마지못해 서 있는 듯한 현수식 가로등이 스산해 보였다. 이물로부터 고물에 이르기까지 색 전등이 밝혀진 세 척의 거북선은 형체가 뚜렷했다. 거북선 옆에 정박해 있는 판옥선은 고집스레 긴 침묵에 빠져 있는 형상이었다. 진 선생은 판옥선 앞 석재 의자에 앉아 있었다. 나를 발견한 진 선생은 몸을 일으켰다. 나는 카프리가 든 비닐 팩을 들어 보였다.

"선생님, 선생님 작품 속 주인공이 왜 그런 생각을 했는지 궁금해 견딜 수 없는 것 있지요. 세계 질서를 파괴하려는 혁명가에게는 명분이 가장 중요한 것 아니던가요? 말이 잘못 됐나요. 명분 없는 혁명은 없다, 그렇게 고쳐 말해야 하는 것인가요. 아무튼 그 주인공의 명분을 좀 더 명확히 들을 수 없을까요?"

병을 따고 술병을 반쯤 비웠을 즈음 진 선생이 넌지시 말을 걸어왔다.

"제 작품 주인공의 주장이 과격해 보일는지 모르지만 감히 세계 질서를 파괴하려는 것은 아닙니다. 도리어 파괴된 질서를 회복하고자 하는 것이지요."

"100년 이상 지속되어온 어떤 가치를 허물려는 것, 그것이 질서의 파괴 아니면 무엇이 질서의 파괴겠습니까. 아무튼 질서의 파괴든 질서의 회복이든 명분이 있을 것 아닙니까. 저는 그 명분이 알고 싶은 것입니다."

"정명(正名)을 듣고 싶다 그거군요. 모든 현상이나 사태가 제대로 된 이름을 얻을 때 그것이 바로 서듯 내 주인공의 주장에도 이름이 있을 것 아니냐, 그렇게 묻고 있는 것이지요?"

"예, 저에게 길을 밝혀주시면 고맙겠습니다."

"아름다움을 회복하자! 이것입니다."

진 선생은 눈을 끔벅거렸다.

"중세 때 그리스 문예부흥을 도모했듯 100년 넘게 분실하고 지냈던 아름다움, 중세적 아름다움을 회복하자, 즉 칼로카가티아(kalokagathia)나 아레테(arete)를 회복하자는 것이 그 명분의 핵심입니다. 칼로카가티아나 아레테를 회복하려면 피카소라는 우상을 파괴해야만 한다, 이것이 제 작품 주인공의 주장인 것입니다."

"선생님, 하지만 그 정도의 명분으로 피카소에 대적할 수 있을까요?"

"수백 년 동안 서양회화를 지배해온 원근법을 탈피하고 여러 각도에서 대상을 동시에 파악하는 시점의 복수화, 이른바 큐비즘이나 피카소의 새로운 시도들이 끼친 회화사의 업적들을 생각하면 무모한 주장일 수도 있겠지요. 심지어 피카소에게는 표절마저도 미화시키는 세상 아닙니까?"

영감이 메말랐던 것인가! 일흔을 넘긴 피카소는 한때 거장들의 작품을 거침없이 표절한다. 들라크루아의 〈알제의 여인들〉, 벨라스케스의 〈시녀들〉, 마네의 〈풀밭 위의 식사〉 등이 대표적인 경우이다. 창작행위에서 가장 경계하고 금기시하는 이런 일련의 표절작품에도 세상의 찬사가 쏟아진다. 거장들의 작품을 표절하고 있으나 그것을 전혀 다른 피카소풍으로 재현해놓고 있다는 것이다. 어떤 저명한 미술평론가는 '거의 모든 거장들의 요소를 흡수하고 있으면서도 거의 완전히 다른 세계를 보여주는 것이 피카소 표절의 논리성이라 규정할 수 있다.'고 했다. 따라서 그의 작업은 표절이란 윤리를 극복해 보이는 특수성을 지니고 있다고 적극적인 찬사를 보내고 있는 것이다.

"모든 작품, 특히 미술작품의 경우 어머니가 있다는 말을 제 작품 주인공도 알고 있습니다. 예컨대 마네의 〈풀밭 위의 식사〉만 해도 라파엘로의 〈그리스 신들〉과 구도와 인물 배치가 똑같습니다. 그리고 라파엘로의 〈그리스 신들〉 또한 로마 시대 석관의 부조물과 그 구도와 인물 배치가 일치함을 미술사는 알려주고 있습니다. 그렇지만 모든 작품에 어머니가 있다는 매우 적절한 경구에도 불구하고 내 작품 주인공은 표절은 경계해야 한다고 생각합니다. 공부할 때 모사하는 것이야 모르겠지만, 표절한 작품에 자기 사인을 해서는 결코 안 된다고 믿고 있는 것입니다."

"그림으로부터 아름다움을 해체시킨 가장 가까운 예로서 선생님은 피카소의 일련의 표절작품을 생각하고 계시는군요?"

"그렇다기보다 과대평가의 예를 든 것이지요. 시각의 다각화도 좋습니다. 거장의 작품 모든 요소를 흡수하고 있으면서도 완전히 다른 세계를 보여주고 있는 것이 피카소 표절의 논리성이라는데, 그 다른 세계라는 것이 무엇입니까. 벨라스케스, 마네 그리고 후기인상파들로 이어져온 일련의 미술가들의 모든 미술작품들, 이들 작품은 곧 아름다움을 분석하고 해체시켜온 일련의 과정 아닙니까?"

"그래서 피카소라는 우상을 파괴하지 않고서는 미술에 있어 아름다움을 되살릴 수 없다, 선생님 작품의 주인공은 그렇게 믿고 있다는 것이군요."

"그렇습니다. 그래서 파리에 유학한 진 선생에게 제 작품 주인공의 이런 주장의 타당성 여부에 대한 의견을 듣고 싶었던 것입니다."

진 선생은 목을 뒤로 젖히고 술병을 기울여 병에 남아 있던 술을 비웠다. 달빛을 받은 진 선생의 백랍빛 목덜미가 고혹적이었다. 달빛을 받으며 내게로 건너온 그녀의 시선이 궁륭의 무지개다리처럼 아득하였다.

"저의 사고 체계, 특히 제 머릿속에 들어 있는 세계미술사가 지금 심하게 흔들리고 있습니다. 지금 저는 사고의 지진에 함몰되지나 않을지 심히 혼란스럽습니다."

"진 선생을 힘들게 할 생각은 조금도 없습니다. 이것은 어디까지나 생각의 영역에 한정된 것일 뿐 현실적인 구체성은 띠고 있는 것이 아닙니다."

"선생님, 아무리 그렇다 하더라도 저는 지진을 겪고 있는 것과 다름없습니다. 현실은 생각의 자장 속에 존재하는 것 아닙니까?"

"내 작품 주인공이 너무 심한 주장을 한 모양이군요. 그럼 진 선생은 그 생각에 반대군요?"

"아닙니다. 전혀 그렇지 않습니다. 도리어 적극적으로 찬성합니다. 더구나 우리나라의 젊은 화가가 세계 화단을 향해 그런 주장을 펼치도록 하신 선생님의 뜻에 크게 공감하고 동의합니다."

나는 진 선생의 손을 덥석 잡았다. 숨을 죽이고 달을 쳐다보았다. 너무 긴 동안 잡고 있는 느낌이었으나 진 선생은 손을 빼지 않았다.

그날 밤 우리는, 지구 본영의 중심과 달의 중심이 정확히 겹쳐지는 개기월식을 길게 치렀다.

기억의 고집

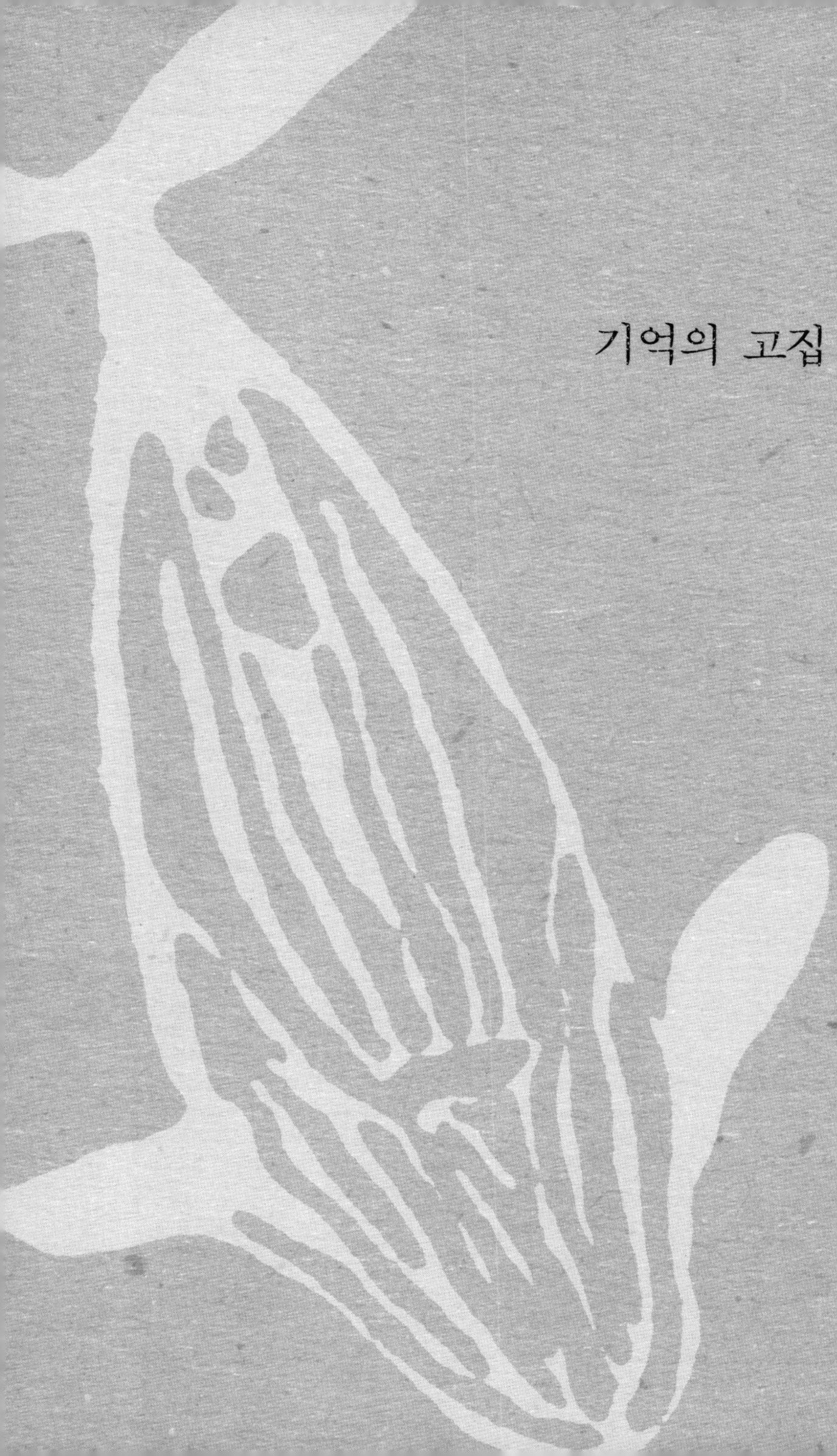

외할머니의 인자한 얼굴에
미소가 피어나 있었다.
연꽃이 진흙에서 피어난 것처럼
저 미소가 수없이 많은 시련과 고통과
분노를 바탕으로 피어난 것이려니
생각하니 가슴이 뭉클했다.

1

외할머니와 어머니는 얼굴이 판박이이다. 통통하게 살찐 볼, 웃음기 감도는 인자한 눈, 앞으로 약간 튀어나온 듯한 고집스러워 보이는 이마, 늘 미소가 어려 있지만 가끔 꾹 다물고 있을 때면 굳은 결의 같은 걸 느끼게 하는 얇은 입술, 알맞게 봉긋 솟아오른 콧날, 달걀이 구분할 수 없이 서로 닮아 있듯 외할머니와 어머니 얼굴은 구분이 안 갈 정도로 닮았다. 주름살이란, 사람으로서는 어쩔 수 없는 세월이라는 것이 만들어놓는 연륜의 흔적이다. 다행이라 할까, 그 연륜의 흔적이 그나마 외할머니와 어머니를 구분 지어준다. 외할머니의 눈자위와 입 언저리와 뺨 같은 데 주름살이 선명하지 않았다면 어머니와 구별이 거의 불가능했을 것이다. 외할머니와 어머니가 한자리에 앉아 있는 모습을 보고 있으면 자연의 순환법칙이랄까 재귀의 조화를 생생히 목격하고 있는 듯하다. 수직으로 흐르는 아련한 세월의 선(線)을 타고 외할머니의 육신과 정신이 고스란히 어머니에게로 흘러들어 와 있을 것이리라.

말로만 듣던 외할머니를 뵌 것은 이번이 처음이었다.

2

"며칠 안에 외할머니께서 돌아가실 모양이다. 가시기 전에 꼭 널 한 번 보고 싶다고 하시는데, 혹시 무슨 귀띔이라도 해둔 일이 있나?"

사사로운 일로 아들의 사무실에 전화질하는 어머니가 아니었다. 사적인 일은 아침저녁 문안인사 올릴 때 주고받는 것만으로도 충분했다. 어머니는 저녁에 일찍 들어올 수 있겠느냐고 묻고 나서 외할머니께서 집에 오시기로 했다고 전했다. 어머니의 목소리에 어떤 기대감이 묻어 있었다. 외손자의 혼처에 대한 외할머니의 배려가 있지 않았는지 떠보려는 눈치 같았다. 처음 뵌 자리에서 외할머니는 외손자의 결혼이 늦었다며 어머니를 타박하였다. 여의치 않으면 당신이 직접 나서보랴, 외할머니는 그렇게 어머니의 의향을 떠보기도 했다. 어머니의 당면과제 중 그의 혼사문제보다 더 시급한 것이 달리 더 있겠는가.

어머니는 서른 직전 두어 해 동안 그의 혼사를 바짝 서둘렀다. 골라주는 혼처마다 마뜩잖아하는 아들을 끝내 설득하지 못한 채 속을 태우던 어머니는 그가 서른다섯을 넘기고 나자 아예 혼삿말을 입 밖에 내지 않았다. 어련히 제 알아서 하겠느냐는 아버지의 주장에 슬며시 동조하는 척 물러난 것이다. 아들의 직장 일이야 자기 분수로서는 간여할 수 없는 특수한 분야라 입을 댈 수 없다고 하지만 혼인 같은 가정사까지 당신께서 직접 나서서 해결하지 못한 것을 두고 여간 서운해 하지 않는 눈치였다. 하지만 아들이 고집을 꺾지 않으니 어쩌랴.

몇 해 전까지만 해도 그는 결혼을 하지 않는 것이 꼭 불효려니 여기지 않았다. 요즘 들어서야 어른들에게 있어 인륜지 대사인 자녀들의 혼사며 그 결실인 귀여운 손자 손녀 재롱을 즐기는 것보다 더 흐뭇한 일이 없을 것이라는 사실을 뒤늦게 깨닫고 송구스런 마음이 없지 않았다. 그러나 생각이 거기에 미칠 때만 잠시 죄송할 뿐 업무에 쫓기다 보면 곧 잊어버리고는 했다.

"귀띔해둔 일, 그런 일 없었는데요."

피의자를 심문하고 있는 장 계장을 곁눈질로 살피며 그는 건성으로 대답했다.

"외할머니, 이번 주말에 LA로 돌아가시는 거 알고 있지?"

"예, 알고 있습니다. 일찍 들어가겠습니다."

저 신문조서가 넘어오면 검토한 후 바로 퇴근해야 되겠다고 그는 생각했다.

전화를 끊기 전 어머니의 한숨 소리가 희미하게 전해졌다.

혼인만 하고 나면 저 한숨 소리가 사라질 것인가. 그렇지만 여자를 보면 육신의 욕구보다 왜 정신적 불안감이 먼저 일어나는지 모를 일이었다. 까닭 모르게 여자가 싫었다. 여자란 자신이 가지고 있지 않은 어떤 것을 요구하는 벅찬 존재로 여겨졌다. 대부분의 여자들은 끊임없이 무엇인가를 요구하는 존재라고 들었다. 죽을 때까지 무엇인가를 줄기차게 요구하는 여자를 어찌 감당할 수 있겠는가. 여자의 욕구를 채워주지 못할 때 발생할 불편한 사태를 어찌 견뎌내겠는가. 게다가 여자의 강샘 또한 감당하기 어렵다 하였다. 여자에 관한 그런 불편한 선입관이 어쩌다 생겼는지 자신으로서는 모를 일이었다.

대학 신입생 때 사귄 여학생으로부터 여자 마음을 몰라도 너무 모르는 못난 놈이라는 힐난과 함께 절교를 당한 적이 있었다. 그러나 시간이 약인지 곧 잊혀져 다행이었다. 그 여학생은 자주 만나주지 않은 걸 두고 까탈을 부렸다. 일주일에 한 번 정도 만나면 그만이지 어찌 사흘들이 만나야 한단 말인가. 그 일이 정신적 외상으로 아직 심저에 고여 있기라도 한 것인가.

마담뚜의 소개로 명문가의 영애와 결혼한 선배가 있었다. 시골 출신으로 서울 명문대학을 졸업한 후 사법고시에 합격하고 검사로 재직한 그 선배는 일등 신랑감이었으나 부모는 전형적인 농사꾼이었다. 그 선배는 결혼한 지 3년을 넘기지 못하고 아내와 부모 중 택일을 강요받았다. 고민 끝에 그 선배는 부모를 택했다. 그 일 또한 의식 속에 똬리를 틀고 앉아 있었던 것일까. 설마 그렇지는 않을 것이라고 그는 믿었다.

사람이란 정신으로서만 살아가는 존재가 아니지 않은가. 몸의 욕구가 정신을 압도할 때가 더 많은 것이다. 그렇다면 그런 기억들이 의식을 꽉 틀어쥐고 정신을 좌지우지하지는 못할 것이었다. 그럼 무엇 때문일까.

언젠가 동료들과 차를 마시면서 결혼문제가 화제에 올랐을 때였다. 그는 여자의 요구를 다 들어주면서 세상을 제대로 살아갈 수 있을지 자기는 자신이 없다고 손사래를 쳤다. 판검사 등 법조인에게 목을 매는 세상 풍조가 그는 내심 역겨웠다. 그런 속내를 에둘러 비췄으나 옆자리의 동료는 여자들의 요구를 다 들어주면서 사는 병신이 세상에 하나라도 있을까, 하고 픽 웃었다. 여자의 욕구를 다 채워줄 수 있는 남자란 세상에 하나도 없을 것이라고 덧붙여 말했다. 그 옆 친구도 다 타고난 분수대로 요령껏 데면데면 굴러가는 것이지, 뭐 중뿔난 사람 있는 줄 아느냐고 이죽거렸다. 그래서 잘난 사람도 살고 못난 사람도 사는 것이 세상 아니냐고 했다.

그래, 세상이란 그렇듯 데면데면 굴러가는 것이겠지. 하지만 아무리 생각해도 여자란 자신에게는 벅찬 존재로만 여겨졌다. 그런 인식과 경계심이 분명한데 남 따라 강남 갈 수는 없는 일 아닌가. 여자에 관한 모든 불편한 관념이 다 씻어지고 편안하게 여겨질 때, 그때 가서 부모님께 효도하도록 하자, 막연한 가운데 그런 생각으로 어느덧 서른다섯을 훌쩍 넘기고 만 것이다.

어머니의 전화를 끊은 순간 한 생각이 불현듯 머리를 쳤다.

'아, 여태 그걸 잊고 있었구나!'

그는 상체를 숙여 책상 왼쪽 맨 아래 서랍을 열었다. 죄 지은 기분으로 짙은 초콜릿색 표지의 노트를 꺼냈다. 한 달 전쯤 외할머니가 집에 왔을 때 읽어보라고 건네준 것이었다.

"우리가 미국으로 쫓겨간 지 올해로 45년째 된다."

노트를 건네며 외할머니는 외손자의 손을 꼭 쥐었다. 눈자위가 불그스레 젖어 있었다. 외할머니는 45년 만에 서울에 왔다고 했다. 애써 감정을 억누르며 한마디 한마디에 힘을 주어 말하는 것과 눈시울을 붉힌 것은 오래 고향을 떠나 있던 사람의 해묵은 애틋한 향수 때문이려니 여기며 그는 예사로 넘겼다. 미국이 어디 별스런 덴가. 열 몇 시간 동안 비행기 안에서 졸다 보면 닿는 곳이라 그는 알고 있었다. 미국이라면 마음만 먹으면 언제라도 가고 올 수 있는, 심리적으로 매우 가까운 나라로 여겨졌다. 우리나라 안에 살면서도 40년, 50년 헤어져 있다 뒤늦게 상봉하는 혈육이 얼마나 많던가. 우리나라는 유별나게 이별이 많은 나라였다. 분단은 그렇다 치더라도, 가난도 가정불화도 곧잘 이별을 만들어냈다. 텔레비전에서 그런 안타까운 사연을 종종 소개하였다. 텔레비전에서 소개하는 그런 이별에 중독되어 면역성이 길러진 때문인가. 외할머니가 45년 동안 귀국하지 않았다는 사실에 별로 신경이 쓰이지 않았다. 일찍이 미국으로 건너간 동포들 가운데는 우리가 헤아리기 힘든 고통스러운 사연을 지니고 있는 사람들이 많다고 어디서 들은 적이 있었다. 외할머니는 35년 전의 어머니 결혼식에도 오지 못했다고 했다. 딸 결혼식에도 참석할 수 없는 질곡의 세월을 견뎌냈다는 것이다.

언제 틈이 나면 한번 훑어보리라 마음먹고 서랍에 넣어둔 이후 그는 그 노트를 까맣게 잊고 있었다. 이 노트 때문에 외할머니가 나를 보자고 하는 것이겠거니, 뒤늦게 찾아든 그 생각으로 마음이 갑자기 바빠졌다.

그는 등받이에 등을 기대며 노트를 펼쳐 들었다. 신문조서를 작성하고 있는 장 계장은 신경질적인 음성으로 피의자를 추궁하고 있었다. 답변을 하는 피의자는 고분고분했다.

볼펜으로 꾹꾹 눌러쓴 노트의 글씨가 동글동글 단정했다. 첫 장부터 맨 마지막 장까지 동글동글한 글씨체가 변함이 없었다. 한 자 한 자 또박또박 정성들여 눌러쓴 글씨체가 쓴 사람의 심리를 강하게 반영하고 있는 것 같았다. 글씨에 박혀 있는 쓴 사람의 마음이 고스란히 읽혀졌다. 외할머니가 쓴 것일까. 내용을 훑어 나가던 그는 미처 한 장을 다 넘기기도 전에 긴장하며 자세를 고쳐 앉았다.

예상하지 못했던 내용이었다. 노트의 마지막 장을 덮기 직전, 장 계장은 작성한 신문조서를 그의 책상 위에 올려놓고 먼저 퇴근하였다. 외할머니가 한 자 한 자 또박또박 눌러쓴 노트임에 틀림없었다. 노트의 마지막 장을 덮고 난 그는 몸을 부르르 떨었다. 외할아버지와 외할머니께서 이런 참담한 고난과 고통을 겪었다니 놀랍고 분했다. 양팔을 괴고 책상에 엎드려 눈을 질끈 감았다. 어머니는 물론 아버지도 이런 사실을 귀띔 한

번 한 적이 없었다.

뉴스로 등장하는 세상의 일이란 모두 자신과는 아무런 관련도 없는 저쪽의 일, 3인칭으로서만 존재하는 사실로 여기며 살았다. 그런 3인칭으로서만 존재하던 세상의 사건들이 갑자기 1인칭으로 돌변해 직접 그의 머리를 치고 심장을 뛰게 만들었던 것이다.

지난 7년여 동안 기소했던 모든 사건을 그는 자신과는 상관없는 남의 일로만 여겨왔었다. 그런데 노트를 읽고 난 지금 생각이 달라졌다. 그런 사건들이 피의자만의 것이 아니라 자신을 포함한 세상을 살아가고 있는 모든 사람들의 일이며 문제로 여겨진 것이다. 그런 새로운 자각이 가슴을 무겁게 짓눌러왔다.

3

배당된 사건에서 죄를 찾아내되 올바로 찾아내는 것이 그의 주된 임무였다. 죄를 찾아내는 것이 매일의 일과였다. 피의자의 혐의 사실을 벗겨줄 때, 즉 조사자에게 죄가 없음을 확인할 때가 그렇지 않을 때보다 물론 더 홀가분하고 기뻤다. 그러나 그런 경우는 매우 드물었다. 그러므로 달콤한 감정의 고양을 누릴 수 있는 행운은 그다지 자주 주어지는 것은 아니었다. 어쩌다 경찰의 실수나 과잉의욕으로 없는 죄를 만들어 검찰로 넘긴 경우, 피의자의 무혐의 사실을 밝혀내게 될 때 마치 자신이 선행이라도 베푼 것처럼 뿌듯한 보람을 느끼고는 했다. 그러나 그런 행운은 어쩌다 주어질 뿐이었다.

정치적 모함으로 누명을 쓴 외할아버지는 국외로 추방되어 그곳 이국땅에서 절명하셨다는 것이다. 국외로 추방된 외할아버지와 동행한 외할머니는 금족의 족쇄가 풀리지 않아 40여 년이나 고향 땅을 밟아보지도 못하고 분을 삭이며 고통과 서러움을 겪어왔다는 것이다. 치오르는 울분으로 가슴이 답답하였다. 이런 억울할 데가 어디 있는가.

그래 노트를 읽어보라고 한 것은 무엇 때문인가. 외할아버지와 외할머니가 겪은 인고의 세월을 알기나 하라는 것인가. 아니면 외할아버지의 억울하고 분한 누명을 벗겨줄 수 있는 길은 없는가, 알아보기 위한 것인가. 아니면 어디 하소연이라도 할 데가 없어 그냥 외손자에게 읽어보라고 건넨 것인가. 새삼스럽게 속이 갑갑하고 어깨가 무거워졌다.

정치의 무게! 공안담당으로 재직하던 재작년까지, 그는 정치의 무게를 실감하며 답답하게 지냈다. 그는 70년생이었다. 그에게는 80년생의 막내 동생과 60년생의 사촌 형이 있었다. 전에 의식하지 못했었으나 공안담당으로 재직하고 있는 동안 사람들의 정치적 성향이 10년 단위로 편차가 심함을 느꼈다. 막내 동생과는 문화적 · 정치적 감수성에 있어 차이가 심했고 사촌형과는 정치적 감수성에 있어 특히 많은 차이가 있음을 실감했다.

막내 동생 또래는 가난의 고통이나 불편에 둔감했다. 그들은 중학생 때부터 휴대전화를 지니고 다니며 친구들과 마음껏 소통을 누렸다. 인터넷이나 디지털 문화의 혜택을 넘치도록 누렸다. 그들은 인터넷이나 휴대폰 등 디지털 매체와 그에 따른 문화가 자연처럼 원래 천부적으로 사람에게 주어진 것으로 인식하고 있었다. 그것이 과학기술이 가져다준 특별한 혜택이라는 사실을 아는 친구는 드물었다. 그들은 자신들이 누리고 있는 안락 또한 그냥 자연스럽게 주어진 것으로 여기고 있었다. 그들 부모 세대들이 자기들이 겪은 고생과 불편을 자식들에게 대물림하지 않기 위해 필사적으로 몸을 혹사시킨 결과임을 아는 친구는 드물었다. 별 힘 들이지 않고 몸이 필요로 하는 기본적인 것을 손에 넣을 수 있는 풍족한 생활에 이들은 익숙해 있었다. 그들은 몸의 욕구에는 민감하게 반응하는 반면 정신을 살찌우는 데는 지나칠 정도로 무관심했다. 이들은 산다는 것이 웬만큼 인내가 필요하다는 사실을 용인하려 들지 않았다. 이들은 경박한 편이었고 작은 불편에도 충동적으로 자살 동아리를 만들어 집단행동으로 옮기고는 했다. 자기주장이 어리석을 정도로 강했고 어떤 검증과정도 거치지 않은 어리석은 주장을 SNS나 디지털 매체에 올리는 데도 주저하지 않았다. 디지털 바다에는 그런 어리석은 주장들이 해일처럼 넘쳐나고 있었다. 더불어 흥분하기를 잘하고 붉은 악마나 촛불시위를 자연발생적인 문화적 트렌드로 여기며 자발적으로 참여하였다. 옳고 그름보다 좋고 나쁜 것이 그들의 판단 기준이었다.

60년대생의 사촌형은 철부지 막내 동생과는 정치적 입장이 극명히 달랐다. 감수성이 가장 예민할 무렵 현대사의 참혹한 정치적 살육행위와 갖가지 정치적 폭거를 목격하거나 듣고 성장한 세대였다. 가난도 웬만큼 겪어서 알고 있었다. 정치적 억압의 암울한 시대를 관통하며 의식이 단련되어온 그들은 무엇보다 정치적 억압으로부터 자유롭고자 행동했다. 그들 대부분은 과격한 정치적 구호를 외치며 시위로 젊음을 불살랐다. 그들의 시위는 마침내 민주주의의 꽃을 피워냈고 탄압받던 야당 정치인의 집권의 길을 열어 그 결실을 보았다.

이들 60년대생의 격정적이고 과격한 정치적 성향을 그는 이해는 할 수 있었지만 공감은 가지 않았다. 그들이 가장 앞세워 주장하고 외치는 평등이나 민족통일은 추상적 개념에 지나지 않았고 현실감이 결여되어 있었다. 사촌형과 그 또래들이 시위로 거리를 누비고 다니던 정치적 격동기에 그는 학교에 갇혀 공부에만 전념하였다. 그리고 그 후 몸과 의식이 성큼 성장하고 나서는 풍요로운 세상이 그를 맞이했다.

굳이 말하자면 그는, 막내 동생 또래의 문화적 · 정치적 감수성 쪽에 더 가까웠다. 신문이나 텔레비전이 세상에는 정치보다 더 소중한 것들이 많다는 사실을 매일 눈이 닳고 귀가 따갑도록 외쳐댔다. 그 때문인가, 정치보다 소중한 그 무엇에 방점을 찍고 지냈다.

그는 사촌형 또래의 정치적 성향과 막내 동생 또래의 문화적 · 정치적 감수성을 아울러 갖고 있기도, 또 갖고 있지 않기도 한 어정쩡한 샌드위치 세대에 속했다. 공안담당으로 일한 3년의 경험이 축적되어 있었으나 그럼에도 불구하고 과격한 정치적 성향보다는 유연한 문화적 성향을 더 많이 지니고 있는 편이었다.

그 때문이었을까. 외할머니의 노트를 다 읽고 난 그는 노트를 읽기 전과는 완전히 달라져 있었다. 그는 온몸을 옥죄어오는 분한 감정을 감당할 수 없어 치를 떨었다. 정의와 인권과 자유는 다 어디다 팽개쳤단 말인가. 아무렴 사실을 조작하여 죄를 씌우고 신체적 자유를 박탈하고 국외 추방을 시키다니, 세상에 어찌 이런 일이 있을 수 있었단 말인가. 사촌형 또래의 격앙된 정치적 구호와 주장들이 거친 파도처럼 의식을 덮쳐왔다. 정치와 권력이란 정의와 양립할 수 없는, 타기해야 마땅한 것이었던가.

매일 수행하는 업무가 정치적 함의를 지닌 일종의 지배행위였던가. 자신의 업무는 주로 고소 · 고발된 사건이나 경찰서에서 넘어온 사건을 면밀히 조사하고 죄의 유무를 밝혀내는 것이었다. 죄를 찾아내지 못하면 석방하도록 조처하고 죄를 찾아내면 기소(起訴)하고, 법이 정한 바대로 양형(量刑)을 하여 법정에 나가 구형하는 것이 그의 임무였다. 한 번도 자신의 업무가 지배와 피지배의 정치적 함의를 지닌 행위라는 사실을 의식해본 적이 없었다. 피의자들의 죄를 찾아내는 일이 그런 정치적 함의를 지닌 행위라는 인식이 없었던 것은 문민시대 이래 이어져온 평온한 시대적 조류가 작용한 탓이었던가.

노트의 내용은 그에게 정치적 입장을 분명히 밝혀 지니도록 강요했다. 페이지마다 지배와 피지배의 정치적 내용으로 가득 차 있었다. 행마다 분노와 격정이 들끓고 있었다. 혈연 때문인가. 노트에 가득 차 있는 분노와 굴욕과 억울함이 전이되어 가슴속이 부글부글 끓어올랐다.

4

신당동 골목이 어떻게 생겼을까. 당장이라도 그곳으로 뛰어가보고 싶었다. 외할머니를 그토록 절망시켰다는 그 골목길, 발이 닳도록 오르내렸다는 그 골목길을 찾아가 그 비정한 사람들이 살았다는 그 집을 한번 직접 눈으로 살피고 싶었다.

노트에, 그 집 담은 그다지 높지 않았다고 했다. 대문도 별로 견고해 보이지 않았다는 것이다. 웬만한 장정이라면 마음만 먹으면 그냥 훌쩍 뛰어넘어 갈 수 있을 정도였다는 것이다. 대문도 힘만 좀 들이면 쉽사리 열어젖힐 수 있을 것 같이 허술해 보였다는 것이다. 그러나 외할머니는 끝내 그 담을 넘지도 대문을 밀어 열지도 못했다.

그 집 앞에는 초소가 있었다. 어깨에 실탄을 장전한 총을 맨 군인이 출입을 통제하고 있었다. 집 주위를 돌며 경계를 게을리 하지 않은 동초(動哨)도 있었다. 경계가 삼엄하여 일반인은 집 부근에 얼씬도 하지 못했다. 그 집을 방문하는 사람은 먼저 초소의 군인에게 신분을 밝히고 찾아온 용건을 말하였다. 신분을 확인한 다음 초병이 집에다 전화를 넣었다. 그쪽 대답 여하에 따라 초병은 방문자를 집 안으로 들이기도 내치기도 하였다. 외할머니는 번번이 초소에서 막혀 발길을 돌려야 했다.

매번 쫓겨날 때마다 외할머니는 치를 떨었다.

여사는 세상에 둘도 없이 자상하고 친근한 사람이었다. 입 밖에 내놓은 말마다 향기로웠다. 언제나 미소를 머금은 다소곳한 자태가 백합을 연상시켰다. 겸곡하고 고상한 인품이 상대방을 말 몇 마디로 설복하는 마법을 부렸다. 가난과 고통으로부터 세상을 구하고자 하는 높은 이상이 온몸에 체화되어 있었다.

"이번 거사가 성공한 것은 여러 장군들의 공입니다. 장군들을 내조해온 여기 모인 사모님들의 공이지요. 죽음을 담보로 거사에 성공하기는 했지만 이제부터가 더 중요합니다. 장군들께서 목숨을 걸고 이번 거사에 동참한 것은 개인의 영달을 위한 것이 아닙니다. 정쟁만 일삼을 뿐 국민은 안중에도 두지 않는 썩고 무능한 정치인들에게 나라를 더 맡겨둘 수 없다고 판단해 거사에 나선 것입니다. 장군들의 이러한 대의명분은 국민들로부터 지지를 받고 있습니다. 이제 대의명분의 실천이 문제입니다. 장군들께서 힘을 합쳐 이 나라를 부강하게 일으키는 데 열정을 쏟을 것입니다. 사모님들께서는 그런 장군들의 뜻을 받들어 내조에 배전의 노력과 정성을 기울여주기 바랍니다."

볼에 홍조가 어리고 목소리에 결의가 넘쳤다. 긴 탁자를 사이에 두고 마주 앉은 30여 명의 부인들은 조용하나 열정이 넘치는 여사의 말이 끝나기까지 숨을 죽이고 들으며 손가락 하나 움직이지 않았다. 여사는 특히 '목숨을 걸고'라는 말에 힘을 주었다. 이어서 장군들은 혈맹으로 맺어진 사이이므로 여기 모인 사모님들 또한 피를 나눈 형제와 다름없는 사이라는 점을 강조했다.

서로 얼굴을 쳐다보며 나누는 눈빛들이 형형했다. 시선을 교차할 때마다 눈에 다정한 기운이 넘쳤다. 그 모임은 한 시간 정도로 끝났다. 그러나 좌중의 부인들을 동기간처럼 결속시키는 데는 충분한 시간이었다. 여사의 말이 끝나고 다과를 들며 이야기를 나눌 기회가 주어졌다. 장군들의 거사 계획을 눈치챈 부인은 거의 없었다. 거사 후에야 죽음의 수렁에 깊이 발을 담그고 있었다는 사실을 뒤늦게 알고 몸서리를 쳤다고 했다. 사전에 유일하게 거사 계획을 알고 있었던 여사는 만약의 사태에 대비해 가족을 위한 비상약을 허리춤에 숨기고 지냈다고 했다. 한 시간 사이에 각별히 애틋하고 뜨거운 사이가 된 부인들은 여사의 당부에 따라 피를 나눈 동기간보다 더 친숙하게 지내기로 거듭 다짐하고 결의를 굳혔다.

그때 여사의 당부와 서로 다투다시피 주고받은 부인들 사이의 굳은 다짐과 결의가 두고두고 귀에 쟁쟁했다. 여사가 문전박대할 리 없었다. 비서가 중간에서 전화를 가로채 임의대로 처리하고 있으리라. 강 소장이 반혁명분자로 낙인찍히다니 그게 어디 있을 법이나 한 일인가. 박 장군의 오른팔이니 왼팔이니 하던 강 소장이 어찌 반혁명분자로 돌아선단 말인가.

"이건 모함이야. 내가 장 중장, 김 소장, 최 소장 등과 반혁명을 모의했다는데 하늘에 맹세코 그런 일 없었어."

두 번째, 어렵사리 이루어진 짧은 면회 시간에 강 소장은 눈을 부릅뜨고 힘주어 강조했었다. 억울하고 분해 하는 장군의 흥분한 모습이 밤마다 또렷이 새겨져 잠을 이루기가 힘들었다. 장군이 얼마나 억울하고 분하겠는가. 여사를 만나 장군의 억울한 누명을 반드시 벗겨내야 할 것이리라. 그런 간절한 마음을 하늘은 돌보지 않았다.

장군의 누명을 벗겨내는 일은 여사가 아니면 불가능하리라는 믿음을 갖고 하루에도 몇 번씩 신당동 그 골목길을 찾아갔다. 초소의 군인들은 애소하는 외할머니를 내치기에 바빴다. 어쩌다 안에다 전화를 넣기도 하였으나 돌아오는 답은 한결같았다. 여사께서 만나고 싶지 않다며 돌려보내라 한다는 것이었다. 그런 박대에도 불구하고 장군의 결백을 믿는 외할머니는 여사와의 면담을 단념할 수가 없었다. 외할머니의 발걸음이 잦아질수록 초소의 군인들은 신경질적으로 가로막았다.

외할머니가 먼빛으로 보이기만 해도 초소의 군인들은 눈을 부릅뜨고 경계하였다. 아예 집 가까이는 접근도 할 수 없었다. 외할머니는 초병의 눈에 띄지 않게 집 근처에 숨어서 골목을 지키는 날이 늘어갔다. 집안에 들이지 않겠다고 하니 여사가 외출하는 기회를 잡아 장군의 억울함을 하소연할 작정이었다. 그 기다림은 막연하고 속절없었다. 기다리고 기다렸다. 며칠째 골목을 지키고 있었을까. 이윽고 그 집의 대문이 열리고 여사가 탄 승용차가 나오는 것이 보였다. 담에 몸을 붙이고 기회를 보고 있던 외할머니는 차가 대문을 나오자 앞으로 뛰어나갔다. 차가 급히 정차하고 놀란 운전수가 뛰어내렸다. 외할머니는 운전수를 뿌리치고 뒷좌석에 앉아 있는 여사를 향해 몸을 날렸다. 여사는 한눈에 이쪽을 알아보는 눈치였다. 눈에 서릿발 같은 분노가 이글거렸다. 동초가 다급히 뛰어와 외할머니를 제압하여 차에서 떼어냈다. 여사가 탄 승용차는 곧 골목 끝으로 사라졌다.

5

장군이 사흘째 귀가하지 않았다. 전화를 할 때마다 부관 이 대위는 장군께서 자리를 비우고 안 계신다고 했다. 나흘째도 연락이 닿지 않았다. 이렇게 오랫동안 행방을 알리지 않고 귀가를 하지 않은 일은 없었다. 출장을 가거나 훈련을 나갈 때면 일정을 정확히 밝혔었다. 가족에게 걱정을 끼치는 것은 죄를 짓는 것과 다름없는 일이라고 장군은 입버릇처럼 말하고는 했다. 닷새째 되던 날 당번병이 집으로 와 장군의 속옷을 챙겨 갔다. 그날 저녁에야 장군으로부터 전화가 걸려 왔다. 말을 하기 전 한숨부터 길게 내쉬었다. 가슴이 덜컥 내려앉았다. 그러나 장군의 음성은 밝고 차분했다.

"그동안 걱정시켜 미안하오."

"한 번도 그렇게 오래 연락을 끊은 적이 없었잖아요."

"이틀 전 놀랐지요?"

"이틀 전? 그럼 그 일 때문이었어요?"

"그래, 좋은 세상이 올 거요."

라디오 뉴스를 듣고 부인은 기겁을 했었다. 군인들이 탱크를 몰고 한강 다리를 건너 쳐들어와 서울을 점령하고 정부를 장악하였다는 소식을 아나운서는 지구의 종말이라도 고하듯 비장한 음성으로 세상에 전했다. 국회를 해산하고 혁명정부를 수립했다는 소식을 전할 때는 흥분을 감추지 못했다. 군인들이 세상을 발칵 뒤집어놓았다는 뉴스였다. 그 거사에 강 장군이 가담했다는 것이었다.

이튿날 저녁 오랜만에 강 장군이 귀가하였다. 전과 달리 말수가 줄고 얼굴이 굳어 있었다. 아이들에게도 자상한 아버지의 모습을 보이지 않았다. 새벽 동이 트기 전 일찍 집을 나간 것도 전에 없던 일이었다.

"당분간 연락이 잘 안 될 거요."

집을 나서기 전 장군은 자기편에서 전화할 때까지 부대에는 전화하지 말라고 당부했다. 부대로 출근하는 것이 아니라 혁명위원회로 출근하므로 연락이 쉽지 않을 것이라고 했다. 비로소 외롭고 서운한 기운이 조금 씻겨나갔다.

장군이 다녀간 그 이튿날부터 집에 큰 변화가 일어났다.

열 시경이었다. 아이들이 모두 학교에 가고 혼자 집을 지키고 있을 때였다. 훤칠한 키에 양복을 차려입은 말쑥한 신사가 집을 방문했다. 신사는 들고 온 과일상자를 마루 위에다 공손히 올려놓았다. 허리를 반으로 접어 정중히 인사를 올리며 명함을 내밀었다. 재무부 관재국 직함이 찍혀 있었다.

"제 선친과 장군께서 교분이 두터운 사이라 인사차 찾아뵈었습니다."

미간이 넓고 볼이 좀 부은 듯 부풀어 올라 있어 영리하다기보다 후덕해 보이는 인상이었다.

"지금 장군은 안 계시는데요."

"압니다. 나중에 들어오시면 말씀 여쭤주시면 고맙겠습니다."

그 신사가 돌아가고 어리둥절한 기분을 미처 다 추스르기도 전이었다. 또 다른 방문객이 대문을 두드렸다. 양단으로 지은 한복을 맵시 있게 차려 입은 중년부인이었다. 분화장만 엷게 했을 뿐 입술이나 눈 화장은 하지 않은 단아한 인상의 부인이었다. 부인은 들고 온 고려당 양과 상자를 수줍은 듯 마루에다 올려놓았다.

"26사단에서 장군님 밑에 있었던 백 대령의 안사람입니다. 장군님을 뵙고 싶지만 연락할 길이 없다면서 제게 사모님이라도 한번 찾아뵈라고 해서 이렇게 걸음을 했습니다."

말을 듣고 보니 낯이 익은 듯했다. 얼굴을 살피며 안으로 들어가자고 권했다. 차라도 한잔 대접하는 것이 도리이겠거니 생각되었다. 그러나 부인은 다급히 손사래를 쳤다. 언감생심, 어찌 사모님께 감히 수고를 끼칠 수 있겠느냐며 부랴부랴 돌아갔다.

나중, 학교에서 돌아온 아이들에게 양과자를 꺼내주었다. 언제 그런 맛있는 양과자를 먹어본 적이나 있었던가. 맛있게 먹는 아이들을 쳐다보며 부인은 속으로 미소를 지었다. 그런데 양과자 밑에 하얀 봉투가 삐쭉이 나와 있었다. 봉투를 꺼내 열어본 부인은 눈이 휘둥그레졌다. 반도호텔 양복점의 맞춤 티켓이 들어 있었다. 장군의 한 달 봉급으로서는 엄두도 낼 수 없는 고가의 것이었다.

며칠 만에 들어온 장군에게 반도호텔 양복 티켓을 내놓았다. 곱지 않은 눈으로 부인을 노려보았다. 장군은 봉투를 열어보지도 않고 휙 던져버렸다.

"이러자고 목숨 건 줄 아시오?"

장군은 부인을 노려보며 퉁명스럽게 내쏘았다. 뜻하지 않았던 장군의 거친 반응에 백 대령 부인이 다녀갔다는 말은 입 밖에 꺼내보지도 못했다.

낯선 방문객의 발길은 매일 이어졌다. 남자든 여자든 조심스럽게 대문을 두드렸다. 눈을 내리 깔고 마치 죄라도 지은 사람처럼 작은 목소리로 방문한 용건을 아뢰었다. 지나치리만큼 공손하고 정중하였다. 방문객들마다 손에 물건을 들고 왔다. 선물 대신 봉투를 내놓는 방문객도 더러 있었다. 장군으로부터 경고를 받고 난 부인은 선물을 사양했다. 장군의 성정을 잘 알고 있는 부인은 화를 자초하지 않기 위해 한사코 선물을 받지 않았다. 완강한 부인의 사양에 방문객들은 들고 온 물건을 마루나 마당에 던져놓고 뺑소니치듯 사라지고는 했다.

대체로 저가의 물건에는 이력서가 들어 있었다. 고가의 물건에는 명함이 들어 있었다. 장군에게 혼이 나지 않기 위해서는 선물에 대해 입도 뻥긋할 수 없었다. 그렇다고 물건을 돌려줄 길 또한 막막했다. 부인은 내키지 않았으나 물건을 챙겨 간수하지 않을 수 없었다. 별의별 물건이 다 있었다. 시세이도 화장품 세트가 있는가 하면 처음 본 파마 고데기도 있었고 일제 전기다리미도 있었다. 양단 한복감이며 영국제 양복감도 있었다. 순금 거북이와 순금 행운의 열쇠도 여러 개 있었다.

오래 간수할 수 있는 물건은 장롱 깊숙이 넣어두었다. 양과자나 과일 따위는 이웃에 나눠주며 생색을 냈다. 일가붙이를 불러 고기나 과일을 싸주기도 했다. 일가붙이들은 강 장군의 출세를 두고 입이 마르도록 칭송을 해댔다.

어쩌다 부대 장병들의 발길이 가끔 와 닿고는 할 뿐 손님이라고는 없던 집이었다. 그런 회현동 언덕바지 두 칸짜리 전셋집에 한 달 이상 방문객의 발길이 끊어지지 않았다.

방문객 대부분은 은밀히 돌아갔다. 개중에는 장군과 눈도장이라도 찍고 가겠다고 고집을 부리는 사람도 없지 않았다. 얼굴만 한 번 뵙고 가겠다고 마당에서 밤을 새운 사람도 있었다. 장군의 호통을 들으며 어깨가 축 처져 쫓겨나는 사람의 뒷모습이 측은하였다.

방문하는 사람들마다 공손하고 정중하기가 지나쳐 주눅이

든 표정이었다. 제대로 오금도 펴지 못했다. 정말 사람 사이에 신분의 차이라는 것이 있는 것일까. 그래 우리 신분이 갑자기 상승하기라도 했단 말인가. 마치 상전이라도 모시듯 지극정성으로 공대하고 나서는 사람들이 거북했다. 이런 방문자들을 상대로 어떻게 처신하고 응대해야 할지 오히려 더 조심스러웠다. 방문자들을 상대하기가 불편하고 귀찮았다. 비굴한 표정으로 손을 싹싹 비비다 돌아가는 사람들의 뒷모습을 눈으로 배웅할 때마다 무슨 죄라도 짓고 있는 기분이 들었다. 날이 갈수록 전에 조용히 살던 때가 그리웠다. 조용히 살던 때를 그리워한 것이 동티를 낸 것일까. 달소수도 지나지 않아 그런 옛날의 상태로 되돌려졌다.

장군이 아무 연락 없이 사흘째 귀가하지 않았다.

그토록 주체하지 못할 만큼 넘쳐나던 방문객들의 발길도 여름 소나기 그치듯 뚝 끊어졌다. 회현동 두 칸짜리 전셋집에는 다시 옛날의 고요가 찾아들었다. 너무 갑작스럽게 닥친 고요였다. 바라던 고요였으나 부인은 불안했다. 가슴이 두근거렸다.

나흘, 닷새째도 장군으로부터 연락이 없었다. 기다림에 익숙해 있었으나 점점 불안감이 쌓여갔다. 이쪽에서 먼저 연락하는 걸 싫어하는 줄 알지만 더 견딜 수가 없었다. 조심스럽게 국가재건최고회의에 전화를 넣었다. 전화를 받은 사람은 장군이 자리에 없다고 담담하게 대답했다. 이쪽을 달가워하지 않는 기색이 느껴져 몇 마디 하지 않고 전화를 끊었다. 이 장군, 서 장군에게 전화를 걸었다. 강 장군이 며칠째 집에 들어오지 않고 소식도 없다고 하며 어찌된 일인지 불안해 못 견디겠다고 했다. 그들 역시 장군의 행방을 모르고 있었다. 불안하고 초조했다. 다급한 나머지 알 만한 인사들에게 일일이 전화를 넣었다. 장군의 행방이나 소재를 안다는 사람이 아무도 없었다. 전화를 받는 인사들의 주저하는 듯한 음성에서 직감적으로 무엇인가 감추고 있음을 알아차렸다. 무엇을 감추고 있는 것일까. 아무리 궁리해도 그 궁금증은 풀리지 않았다.

소식이 끊어진 지 열흘 정도 지나서였다. 형무소에서 연락이 왔다.

내일 오전 장군과 면회할 수 있다는 짤막한 통고였다.

외할머니는 전쟁을 겪은 사람이었다. 생사를 넘나들며 남쪽으로 내려온 피난민이었다. 피난지에서 견디기 힘든 고난을 이겨낸 사람이었다. 육신의 고달픔을 달고 살기도 했다. 그런 험난한 삶을 헤쳐온 강인한 외할머니였다. 형무소의 통고는 그런 강인한 외할머니를 힘없이 쓰러뜨렸다.

간수의 부축을 받고 나온 장군은 얼굴에 검붉은 딱지가 앉아 있었다. 왼쪽 눈은 반쯤 감긴 상태였다. 팔다리 움직임이 온전하지 않았다. 온몸이 망가진 장군을 본 순간 억장이 무너진 외할머니는 얼음장처럼 굳어졌다. 눈물도 한 방울 나지 않았다.

"걱정 마오. 누군가 오해가 있었던 모양인데, 곧 풀려날게요."

장군은 뿔 뽑힌 수소처럼 맥없이 말했다. 많은 말을 주고받왔지만 기억에 남아 있는 것은 곧 풀려날 것이라는 장군의 말뿐이었다. 그 말 한마디가 오로지 위안이 되었다.

그러나 그 위안은 다음 면회 때 산산이 부서지고 말았다.

"우리가 함정에 빠진 모양이오. 이 함정을 빠져나갈 방도가 없는 것 같소."

장군은 부인의 손을 끌어당겨 두 손으로 감싸며 체념한 듯 나직나직 말했다.

"다 운명이라 생각하고 받아들입시다."

운명에 굴복하다니 장군답지 않은 말이었다. 장군의 처연한 모습이 낯설고 슬프고 안타까웠다. 모함을 당했다면 그것을 밝혀내야 하고 함정에 빠졌다면 그 함정 또한 헤쳐나오지 못할 까닭이 없지 않는가. 장군이 저토록 심약한 모습을 보이다니 모함과 함정이 그토록 녹록지 않다는 것인가.

두 번째 면회를 마치고 집으로 돌아오던 길이었다. 가판대의 신문 1면에 강 장군 등이 투옥된 기사가 대서특필되어 있었다.

국가재건최고회의 공보실의 발표문을 토대로 작성된 기사였다.

계엄사령관을 지내고 초대 국가재건최고회의 의장을 맡고 있는 장도영 장군을 중심으로 이북 출신 고위 장군과 장교들이 세력을 규합, 혁명 주도세력인 박 장군과 그 측근들을 제거하기 위해 모의를 했고, 거사 직전인 7월 3일 새벽 2시에 장 중장을 비롯한 반혁명세력 44명을 일망타진했다는 내용이었다. 강 장군은 체포된 44명 중 한 명이었다.

누군가의 모함에 빠졌다고 탄식하던 강 장군의 모습이 떠올랐다. 신문기사에 적시되어 있는 내용이 사실이 아님을 외할머니는 확신하였다. 강 장군이 어떤 사람인가. 말 한 마디도 허투루 하지 않는 성격이었다. 그런 거사를 모의했다면 그 사실을 부인할 사람이 아니었다. 남 탓을 하는 성품도 아니었다. 책임감이 강한 사람이었다. 그런 곧은 성품을 지닌 사람이 운명이니 고스란히 받아들이자고 체념한 것은 사세가 되돌릴 수 없을 만큼 뒤틀어져 있음을 간파해서였을 것이다. 외할머니는 강 장군의 결백을 확신하였다. 외할머니는 함께 투옥된 장군들 가족을 찾아 나섰다. 한결같이 분하고 억울해 하였다. 그러나 누구도 뾰족한 구제 방안을 내놓는 사람이 없었다. 반혁명세력으로 낙인찍힌 그들로서는 어디 비빌 언덕이 한 군데도 없었다.

육사 8기 혁명 주체세력의 일부 장교들이 장 중장을 비롯한 이북 출신 장성들과 육사 5기 장성들의 존재를 부담스러워했다. 장 중장이 국가최고회의 의장의 직위에 있는 한 혁명 주도세력들이 마음 놓고 뜻을 펴기가 거북했다. 그들은 그 불편을 해소할 방법을 강구하고 나섰다. 장 중장 추종세력과 더 이상 한 배를 타고 항해할 수 없다고 판단한 것이다.

그들은 어렵지 않게 방법을 찾아냈다.

이북 출신 장성들이 오래전부터 정기적인 모임을 가져온 것에 착안한 것이다. 장성으로 진급하면 자동으로 회원자격이 주어지는, 10여 년의 연륜을 가진 친목회였다. 혁명 후에도 그 친목 모임은 정례적으로 이루어졌다. 다음 정례 모임 날짜 첩보를 확보한 특무대에서 상부에 그 사실을 보고했고 모임 직전인 7월 3일 새벽 2시에 그 회원 전원을 일망타진해 들였다는 것이다.

6

예정보다 귀가 시간이 늦어졌다. 신문조서를 두고 너무 많은 시간을 보낸 탓이었다. 한 번 읽고 덮으려 했으나 의문이 꼬리를 물고 일어났다. 그 의문을 당장 풀지 않고서는 찜찜해 내일 아침까지 미루어둘 수가 없었다.

고소인의 주장과 피고소인의 주장이 서로 상반되는 부분이 너무 많았다. 고소인이 제출한 계약서 등 증거물에 의하면 피고소인이 악의를 품고 고소인을 음해한 사실이 인정되었다.

고소인은 세상에 이름이 널리 알려진 이른바 베스트셀러 작가였다. 하 검사도 그의 작품을 몇 편 읽은 적이 있었다. 그 가운데 부모의 기대에 부응하지 못한 사법고시 준비생을 형으로 둔 아우의 기이한 행적을 어느 지방 도시의 창녀촌을 배경으로 그린 작품이 아직도 인상에 남아 있었다. 문장이 갓 낚아 올린 생선회를 씹는 신선한 느낌이라는 평을 듣는 작품이었다. 깊은 산속의 천연기념물 풍뎅이를 보호하기 위해 고난을 감수하는, 이루기 난망한 이상 추구에 전력을 투구하는 젊은이를 그린 작품도 있었다. 가장 오랫동안 인류가 꾸어온 꿈 가운데 아직 이루지 못한 것이 무엇인가. 구리나 쇠붙이로 황금을 만들어내는 연금술이 그 대표적인 것 아니던가. 선과 악의 용융 내지는 이상적 조화와 실현 또한 그런 꿈들 가운데 하나 아니겠는가. 고소인은 인류가 이루어내지 못한 그런 꿈의 가짓수를 늘여놓은 몇 편의 작품으로 특히 젊은이들로부터 널리 사랑을 받고 있었다. 그는 젊은이들에게 꿈을 나누어 주고 있는 작가였다. 따라서 사람들은 그가 때 묻지 않은 순백의 영혼을 지니고 있으리라 여기고 있었다. 그러므로 그의 결백은 이런 제도적 장치를 빌어 밝힐 필요도 없이 자명한 것일 터였다.

그의 결백을 증명하기 위해 내가 할 일이 무엇이 있겠는가. 하 검사는 사건을 받았을 때 그렇게 생각했다. 그런데 민사법정에서는 같은 사건을 두고 고소인에게 패소판결을 내렸다는 것이다. 무균질의 정결한 영혼을 지닌 고소인은 그 민사법정의 판결에 불복해 항소를 하는 한편 피고소인을 검찰에 고소까지 한 것이었다. 순백의 영혼이 얼마나 큰 상처를 입었으면 저렇듯 온몸으로 저항하랴. 하 검사는 민사법정의 오판을 반드시 바로잡아 정의를 실현해놓고 말리라, 결의를 다지기도 했었다.

그러나 피고소인의 신문조서를 검토한 하 검사는 고소인의 신문조서를 서랍에서 꺼내 다시 꼼꼼히 살펴보지 않을 수 없었다.

예단과는 달리 고소인의 결백을 의심할 만한 정황이 수없이 나타나 있었다. 고소인의 주장과 달리 증거물로 제출한 계약서도 피고소인의 주장에 더 부합되는 것 같았다.

고소인은 계약서를 고소인 명의로 출간하여 이미 3만 부 정도 판매한 '명언 · 예화집(例話集)' 계약서라고 주장했다. 그 주장에 대해 피고소인은 계약서는 장편소설에 대한 것이라고 반박하고 있었다.

'명언 · 예화집이란 저명인사들의 저작물에서 인상적인 부분을 발췌하고 모아서 엮은 내용들로 고소인의 독창적인 창작물이라 할 수 없지 않느냐. 명언 · 예화집 원고는 피고소인이 경영하는 출판사 직원들이 여러 책에서 발췌한 것이다. 거기에 고소인의 시 몇 편과 그림 몇 점을 구색으로 갖춰 편집해 출간한 것이다. 그런 편저작물의 경우 굳이 계약금을 선불하거나 계약서를 작성하지 않는 것이 출판계의 관행이다. 계약서를 작성한다 할지라도 3~5% 정도 인세를 지불하는 것이 관례다. 그런데 제출된 계약서를 보면 인세 10%로 되어 있지 않느냐. 그것은 곧 저자의 독창적인 창작물인 장편소설에 통상 지불되는 인세를 뜻하는 것이다. 계약서 표제에 피고소인이 임의로 고소인의 성명과 장편소설 계약서라고 쓴 것을 두고 고소인이 피고소인의 사문서 위조라고 주장하고 있으나 계약서 본문 가운데는 고소인의 친필로 성명과 주소가 기재되어 있지 않았느냐. 15년 전 계약 당시로 보면 계약금 2백 만 원은 적지 않은 금액이다. 창작물이 아닌 편저작물에 그런 고액을 지불하고 계약을 맺는 경우는 거의 없다.'

피고소인은 그렇게 반론을 펴고 있었다.

고소인이 가장 힘주어 강조하는 증거물인 계약서 표제는 피고소인의 필체로 고소인 동명의 장편소설 계약서로 되어 있고 계약서 본문의 주소와 성명은 고소인의 친필로 되어 있었다.

신문조서에 적시된 사실을 토대로 한다면 피고소인으로부터 죄를 찾아내기가 불가능할 것 같았다. 피고소인으로부터 죄를 찾아내지 못한다면 고소인을 어찌 결백하다 할 수 있겠는가. 고소인의 주장은 상대방을 모함하기 위한 허위 진술에 지나지 않는 셈이었다. 고소인과는 달리 베스트셀러 한 권 내지 못하고 문예지 중심으로 이름 없이 활동하고 있었지만 피고소인 역시 현역 작가였다.

고소인과 피고소인은 성품 또한 대조적이었다. 고소인은 법조계에서 명망이 높은 고액 변호사에게 사건을 의뢰하여 도움을 받고 있었으나 피고소인은 변호사도 사지 않고 혼자서 대응해오고 있었다. 고소인은 목소리가 큰 부인을 대동하고 나타나 조사받을 때마다 검사실 주변을 떠들썩하게 만들었고 언제나 자기주장을 격렬하게 펼쳐놓았다. 피고소인은 언제나 혼자 나타나 조용조용히, 그러나 조리 있게 자기주장을 펼쳐놓고는 했다.

고소인은 첫 조사 때 베스트셀러로 한창 지가를 올리고 있던 자기 소설책에 서명을 하여 하 검사와 장 계장에게 한 권씩 증정하였다. 저자가 직접 서명한 책을 받아본 일이 없었으므로 기분이 좋았다. 그러나 이제 와 돌이켜 생각하니 그것이 자기 양심이 베스트셀러 소설과 등가임을 내세우려는 위선적인 행위에 다름 아닌 것으로 여겨져 씁쓸했다. 이런 저명한 작가가,

순백의 영혼을 지닌 인사가 양심에 어긋난 짓을 어찌 저질렀겠느냐고 뻔뻔스럽게 주장하고 있는 것 같아 불쾌했다.

고소인은 행색이며 옷차림 또한 아주 별났다. 까칠한 얼굴에는 갈색 반점이 드문드문 퍼져 있었다. 댕기머리처럼 묶어 등 뒤로 치렁치렁 늘이고 있는 머리 모양도 보기 드문 경우였다. 양복과 한복의 형태를 적당히 조합하여 흰 망사로 지은 개량 한복도 별나기는 마찬가지였다. 흰 망사 옷에 맞춘 듯 구두도 백묵을 칠한 것처럼 하얬다.

그런 고소인과는 대조적으로 피고소인은 아주 평범한 인상이었다. 옷차림도 흔한 반소매 남방셔츠에 조끼를 하나 걸치고 있었다. 신발도 흔한 운동화였다. 목소리도 아주 차분하였다. 말을 할 때면 조리를 따져 말하는 것보다 한 가지라도 빠뜨린 것이 없나 골똘히 생각하며 신중하게 대답하는 눈치였다. 눈빛도 유순하고 태도도 매우 공손했다.

처음 하 검사는 피고소인을 비양심적인 출판인 정도로 치부했다.

하 검사와 장 계장은 피고소인이 유명작가의 작품을 받아 출판하기 위한 방편으로 없는 사실을 조작한 것이리라 예단하고 조사에 임했었다. 그 예단이 작용하여 피고소인을 가혹하게 다루도록 장 계장에게 당부하였고 철저히 조사한 흔적이 역력하였다. 그럼에도 불구하고 오늘 조사한 이 신문조서에 나타나 있는 것을 토대로 판단하건대 피고소인이 없는 사실을 날조해 낸 것이 아닌 것으로 생각되었다. 고소인이 자기 책임을 모면하기 위한 방편으로 법을 이용하여 상대방을 겁박하고 있는 사실이 더 명백해 보였다.

하 검사는 머리가 혼란스러웠다.

재작년의 일이 떠올랐다. 그때의 일만 생각하면 지금도 머리가 지끈지끈 아팠다.

최고참 베테랑이 맡아 조사하던 사건이었다. 그것이 쫄짜 중에 쫄짜인 하 검사에게로 넘어온 것은 의외였다. 심문과정에서 주고받은 피의자의 말이 어떻게 된 영문인지 언론에 하나도 빠짐없이 보도되었다. 피의자의 말 한마디 한마디는 정치적 파장을 크게 불러일으켰다. 그 정치적 파장의 수혜자와 피해자가 선명히 갈렸다. 수혜자는 그 파장을 더 확대시켜 널리 퍼트리려 갖은 수단을 다 동원했다. 반대로 피해자는 그 파장을 줄이기 위해 갖은 애를 다 썼다. 수혜자는 언론플레이를 최대한 확장해나갔다. 그 영향이 눈덩이처럼 커져가자 피해자 측은 심문과정에서 나온 말이 왜 언론에 빠짐없이 공개되는지를 문제삼았고 검찰에 강력히 항의했다. 피해자 측의 항의를 받아들인 검찰은 결국 담당 검사를 교체하기에 이른 것이었다. 아무리 잘해도 본전 건지기도 힘든 그 사건을 하 검사는 위의 지시를 거부하지 못하고 덤터기를 쓴 기분으로 받아들였다.

피의자는 검붉은 얼굴에 뼈대가 굵고 체격이 우람하였다. 목소리도 우렁우렁 울렸다. 조사받는 태도도 천연덕스러웠다. 조사하는 장 계장을 도리어 놀리려 드는 경우가 많았다. 일찍이 파렴치범으로 처벌을 받은 적도 있고 사기범으로 기소되어 교도소 생활을 한 적도 있는 전과자였다. 경찰이나 검찰 조사에 이골이 난 자였다. 능수능란한 답변에다 그 답변의 파급효과까지 계산하고 있었다. 그는 자기주장의 정의로움과 정당성을 특히 힘주어 강조하였다. 신체검사 조사관으로 재직할 당시 지득한 사실을 토대로 대통령 후보 자녀의 신체검사 기록지를 들고 나와 그 조작 사실을 폭로한 것이었다. 누가 봐도 그가 폭로하는 병역조작 사건에 정치적 의도가 다분함을 알아차릴 수 있었다.

그러나 그는 정의의 사도나 되는 것처럼 당당했다. 돈과 권력을 이용해 자식의 성스러운 국토방위 의무를 면하게 한 자의 부도덕성을 폭로하여 사회정의 실현에 보탬이 되고자 자신이 발 벗고 나섰다고 강변했다.

"그런 의도라면 전에도 폭로할 기회가 많았을 텐데 왜 하필 지금이냐?"

장 계장은 마뜩잖은 얼굴로 따져 물었다.

"때를 기다렸수다. 효과를 노렸다고 해두지요."

"폭로하여 얻는 당신 이익이 무엇이냐?"

피의자는 터무니없는 질문이라도 받았다는 듯 장 계장을 노려보았다.

"내가 내 개인 이익을 위해 나선 것으로 보입니까? 아들에게 병역의무를 기피시킨 자가 국군 통수권자 지위를 얻고자 나서지 않았다면 내가 무엇 때문에 이 고생을 사서 합니까?"

그는 조용조용 대답하는 법이 없었다. 사무실 천정을 쩌렁쩌

렁 울리고 복도를 지나가던 사람도 충분히 알아들을 수 있을 만큼 큰소리로 대답했다. 기자들은 따로 취재하는 수고도 치르지 않고 그의 말을 받아 적어 보도하고는 했다. 신문 보도를 통해 유권자들은 유력 대통령 후보의 두 아들의 병역기피를 위해 5천만 원의 금액이 담당관에게 제공된 사실을 알게 되었다. 신체검사 등급을 조작한 병적기록부도 함께 소상히 세상에 알려졌다.

병역기피 태풍에 휩쓸린 그 후보자는 결국 낙선의 고배를 마시고 말았다.

선거 후 낙선의 고배를 마신 후보자 측의 고소·고발로 그 사건은 재조사에 들어갔다. 재조사 끝에 그 병역기피 사건은 피의자가 조작한 것으로 밝혀졌다. 지금 피의자는 당연히 죄값을 치르고 있었다. 병역기피 혐의를 벗기는 했으나 피의자의 주장이 선거에 미친 영향은 당락을 좌우할 만큼 지대했었다.

7

하 검사의 귀가 시간이 늦었다. 외할머니와 어머니는 거실에 앉아 그를 기다리고 있었다. 외할머니의 인자한 얼굴에 미소가 피어나 있었다. 연꽃이 진흙에서 피어난 것처럼 저 미소가 수없이 많은 시련과 고통과 분노를 바탕으로 피어난 것이려니 생각하니 가슴이 뭉클했다. 외할머니는 보면 볼수록 어머니와

판에 박은 듯 닮았다. 저토록 자신을 닮은 딸을 가진 외할머니는 죽어도 죽지 않는 것이 되는 것인가.

건성으로 씻고 하 검사는 거실로 나왔다. 외할머니는 어머니에게 텔레비전을 끄라고 말했다. 다른 가족들은 다 잠자리에 든 모양이었다. 외할머니의 눈길이 그윽했다. 하 검사가 먼저 입을 떼주기를 기다리는 것 같았다.

아까 사무실에서 읽은 노트의 마지막 구절이 떠올랐다.

'왜 누명을 벗겨주지 않았느냐고 꼭 묻고 싶었는데 그 물음에 대답해줄 두 사람 다 세상을 뜨고 없는 것이 아쉽다!'

혁명 동지인 강 장군이 모함을 당해 부당하게 희생된 것을 몰랐느냐고, 알았다면 왜 그 누명을 벗겨주지 않았느냐고, 그리고 신당동을 오르내리며 면담을 신청하고 거절당할 때마다 피눈물을 흘리며 돌아서고는 했는데 왜 면담을 거절했느냐고 묻고 그 대답을 꼭 듣고 싶었는데, 두 사람 다 세상을 떠나고 없는 지금 물을 데가 없는 것이 한스럽다고 끝을 맺고 있었다. 노트에는 45년이란 긴 세월 동안 축적되어온 분노와 원망과 탄식이 고스란히 담겨 있었다.

"저는 노트를 읽고 놀랐습니다. 대개가 좀 잘난 사람들이 미국 건너가 살지 않습니까. 저는 그런 줄만 알았지 외할아버지께서 참혹한 정치적 희생을 당하고 그런 고통을 겪으신 줄은 꿈에도 몰랐습니다."

"네가 알아서 도움 될 것이었다면 이 어미나 외삼촌이 벌써 말했지. 그런 아픔은 덮어놓는 것만 같지 않다고 생각해 어른들 모두 함구했었다."

옆에 있던 어머니가 나직나직 말했다.

"노트를 읽어가는 동안 분통이 터져 혼났습니다. 얼마나 억울하고 원통했을까. 그 긴 세월을 어찌 견뎌내셨는지 원!"

"그걸 읽기는 다 읽은 모양이구나."

외할머니 목소리에 차분하고 쓸쓸한 기운이 감돌았다.

"우리 현대사가 굴곡이 많은 만큼 얼마나 많은 사람들이 고통을 겪었습니까. 하지만 그런 사실이 모두 남의 일이려니만 여기고 강 건너 불 보듯 해왔는데, 제 외할아버지 외할머니께서 그런 시대적 고통을 직접 겪으셨다니 분하고 억울해 견딜 수 없었습니다."

"네 어미도 그 일로 안 할 고생 많이 했다."

"애들 상대로 험한 말은 안 하시기로 했잖아요. 세상을 복잡하게 비틀어 생각할 염려가 있다면서?"

"그랬었지. 그렇지만 이제 세상 뜰 때가 돼서 그런지 우리 하 검사에게는 꼭 알게 하고 싶더구나."

사람들로부터 죄를 찾아 눈을 부릅뜨고 살펴야 하는 업에 종사하는 외손자에게 억울한 사람을 만들어서는 안 된다는 사실을 강조하기 위한 것인가. 아니면 어찌해야 억울함을 해소할 수 있겠느냐고 그 방법이라도 알아내려 한 것인가.

"하 검사가 안다고 하여 이제 무얼 어떻게 할 수 있겠어요. 그냥 묻고 가셔야지요."

어머니의 항변에 외할머니는 눈을 감았다. 아마 전에도 두 사람 사이에 이런 내용의 이야기가 오간 모양이었다. 억울함을 풀기 위한 방편도 두루 알아보았던 모양이었다.

어머니의 말이 옳았다. 하 검사는 속으로 답변을 정리했다.

벌써 45년이나 지난 옛날 일이었다. 공소시효도 오래전에 완료되었고 더구나 정치적 사건이었다. 누명을 씌운 사람을 찾아내 처벌을 시도한다 해도 제도적 처벌은 이미 불가했다. 개인적 복수 외에는 방법이 없었다. 공소시효가 소멸한 것은 물론이려니와 정치적 · 도덕적 · 윤리적 지탄의 대상도 되지 않을 이미 잊혀진 사건이었다. 이런 경우 그 억울함을 해소할 수 있는 제도적 길은 없었다. 만약 그런 방법이 있다 해도 그것은 법으로서 금지하는 것이었다. 사적인 방법으로 상대방에게 신체적 위해를 가하는 것은 당국의 처벌을 받는 범법행위인 것이다. 법은 그런 사사로운 복수를 허용하지 않았다.

공소시효를 둔 이유가 무엇인가. 시간의 경과에 따라 현실적 사정 또한 변하기 마련인 것이다. 그 변화를 존중하고 시간의 경과에 따른 증거판단의 어려움을 인정하자는 취지 아닌가. 달라진 가해자의 환경과 가해자의 범법 사실을 모르고 맺어진 인연 등 현실적 사정 또한 돌보자는 취지인 것이다. 공소시효 기간에 결혼을 하고 슬하에 자녀를 두고 안정된 생활을 꾸려가고 있는 경우라면, 그런 다른 가족이 입을 피해 또한 막자는 취지인 것이다.

하 검사의 긴 이야기를 다 듣고 난 외할머니는 한숨을 길게 내쉬었다.

"하 검사 말, 이 할미는 충분히 알아들었다. 하지만 이 억울함을 풀지 못하고 세상을 뜬다 생각하니, 저 세상에 가서 강 장군 얼굴을 어찌 볼지 원!"

외할머니의 탄식에 어머니가 가늘게 한숨을 내쉬었다.

소리무늬 山

눈앞의 그림이 속삭이고 있는
저 아름다운 음률을 내 가슴이 지금
분명히 듣고 있지 않은가.
산수를 그릴 때에는 뜻이 붓 앞에
있어야 한다 했는데 외형의 산이 아니라
산의 음률로써 우주의 끝을
노닐게 하지 않는가.

1

오동나무 한 그루가 우뚝 서 있다. 아름드리 둥치에 키가 지붕을 훌쩍 넘기고 있는 걸로 보아 쓰일 때가 지난 것 같다. 오동나무는 딸아이를 낳는 해에 심어 그 딸아이의 출가와 운명을 함께하는 것이라 했다. 아마 심은 사람이 제 뜻을 펼칠 수 없는 사정이 되어 오동나무가 행운을 누리고 있는 모양이다. 그 때문인지 무성한 잎이 드리우고 있는 짙은 그늘이 부질없어 보인다. 그 부질없어 보이는 짙은 오동나무 그늘 밑으로 도포 차림의 한 사내가 들어선다. 도포 차림이지만 물 구경과는 거리가 먼 듯 입성이 때에 절어 있다. 머리에 쓴 갓도 왼쪽 테가 찌그러져 있다. 십년일관(十年一冠)의 추레한 행색이 걸인에 진배없는 몰골인데, 옆에 등짐을 진 구종이 따르고 있는 걸로 보아 양반 물림인 듯하다.

행색은 추레하지만, 구레나룻을 잘 다듬은 얼굴에 눈빛이 형형하다. 구김이나 그늘이 없는 것이, 세상을 살되 늘 이기며 살아온 사람의 자신감에 넘친 오연한 표정이다. 도포 밑단과 소매 끝에 보풀이 일어나 있는 구저분한 입성과는 딴판인 표연한 자태가 어쩐지 어울리지 않아 보인다. 옆에 거느리고 있는 구종의 던적스럽고 흉한 행색은 검덕귀신도 놀라 도망칠 것 같다.

집 뒤란에서 누렁이 한 마리가 그들을 향해 어슬렁거리며 나온다. 짖지도 않고 데면데면 구종에게로 다가오며 코를 벌름거린다. 누렁이는 구종의 가랑이 사이로 머리를 들이밀며 냄새를 맡는다. 기겁을 하며 구종이 급히 누렁이를 피한다. 누렁이는 그런 구종에게 별 관심이 없다는 눈치다. 구종뿐만 아니라 도포짜리에게도 흥미가 없다는 듯 누렁이는 몸을 돌려 올 때처럼 어슬렁거리며 뒤란으로 다시 돌아간다.

구종이 등에 진 짐을 마루 위에 부려놓을 즈음 부엌 쪽에서 인기척이 났다. 부엌에서 나온 아낙은 객들에게 가 있던 시선을 거둬 하늘을 살핀다. 해가 아직 동쪽 하늘에 치우쳐 있는 걸 보며 살짝 미간을 좁힌다.

"우리는 어제부터 곡기를 구경하지 못했네. 국밥이라도 한 그릇씩 말아주게."

눈에 심지를 세우고 추레한 행색의 도포짜리를 더듬어 보던 아낙은 구종이 딸린 것에 신경이 쓰이는 기색이다.

"잠시만 계세요. 준비 되는 대로 올리겠습니다."

반가운 객은 아닐는지 모르지만 손님을 내칠 수는 없는 일 아니겠는가.

재바르지 못할 것 같던 인상과는 달리 어느새 차렸던지 국밥을 올린 개다리소반을 들고 아낙이 곧 부엌을 나온다. 마루에 앉아 있던 도포짜리가 홀로 상을 받고 구종은 상도 없이 마룻바닥에 앉아 국밥을 받는다.

오지그릇 전까지 찰랑거리는 국에 시래기가 가득하다. 숟가락을 넣어 젓자 밥알이 떠오르는데 보리에 기장이 조금 섞여 있다. 국밥을 보자 구종의 눈이 반짝 빛을 뿌린다. 구종은 게걸스럽게 후루룩 몇 번 소리 내지 않고 게 눈 감추듯 먹어 치운다. 금세 그릇을 비운 도포짜리도 숟가락을 놓고 물로 양치질을 한다.

국밥 한 그릇을 비운 도포짜리의 얼굴에 화색이 감돌고 표정이 더욱 여유롭다. 도포 차림의 사내는 여유 있는 얼굴로 주막 여기저기를 둘러본다. 마루에 잇대어 널찍한 봉놋방이 있고 그 옆으로 작은 방이 두 칸 연달아 붙어 있다. 손님이 들지 않은 빈방은 문이 활짝, 활짝 다 열려 있다. 마당에 놓여 있는 평상도 썰렁해 보인다. 집 안을 한 바퀴 천천히 둘러본 도포짜리의 시선이 마루에서 문턱을 넘어 봉놋방으로 들어간다.

봉놋방에서 무엇을 보았던지 도포짜리의 시선이 한곳에 붙박인다. 꼼짝 않고 한곳을 뚫어지게 응시하고 있던 도포짜리는 이윽고 몸을 일으킨다. 도포짜리는 마루를 건너 시선의 거리를 좁히며 봉놋방으로 들어간다.

봉놋방 벽에 붙어 있는 그림 한 점이 그의 시선을 사로잡고 방으로 이끌어들인 것이다. 그림과 거리가 좁혀질수록 도포짜리의 눈이 점점 더 휘둥그레진다. 그림은 장황(裝潢)을 하지 않고 맨 화선지 네 귀를 흙벽에 붙여놓은 볼품없는 꼴이다. 벽면이 고르지 않아 그림의 면도 울퉁불퉁 고르지 않다.

그림 속 풍경은, 위로는 여러 겹의 산등성이가 전개되어 있고 아래쪽에는 강이 휘어져 흐르고 있다. 강 이쪽에는 물풀이 자라 있고 산은 여러 등성이가 서로 겹치며 아득히 벋어나가거나 희미해지다 마침내 자취를 감춘 형국이다. 아래쪽 강은, 조금 전 큰비가 그친 것인지, 물안개가 자욱이 피어오르고 있다. 자욱이 피어오르는 물안개가 강도 수양버들도 집도 마을도 다 지워버린 형상이다. 다만 비에 젖어 무거워 보이는 산이 은은히 침묵하고 있을 뿐이다. 서러움을 오래 깊이 머금고 있다 보면 저런 무거운 표정을 짓게 되는 것일까. 사람 사는 세상을 지우고 가까스로 서 있는 무거운 산, 도포짜리는 비장감에 젖으며 옅은 신음을 토해낸다. 낙관이 희미하다. 애써 판별해 읽던 선비는 숨을 뚝 멈춘다. 고강(古崗)이라, 틀림없는가! 화제(畵題) 끝에 벌레처럼 흘려 쓴 서명을 본 순간 도포짜리의 가슴속에 뜨거운 불기둥이 확 솟구쳐 오른다.

"주모, 주모를 잠깐 불러오너라."

주모를 찾는 도포짜리의 음성이 사뭇 다급하다. 구종이 한달음에 달려가 주모를 불러온다. 행주치마에 젖은 손을 닦으며 천천히 다가온 주모는 방으로 올라오라는 객의 말에 주저하며 경계한다. 마흔 중반쯤 되었을까, 산전수전 다 겪은, 닳을 대로 닳은 주모의 눈이 재빠르게 손님의 행색을 다시 뜯어 살핀다.

"이 그림의 내력을 듣고 싶구려."

도포 차림에 갓을 썼으나 때에 전 입성에 낯빛도 초췌하다. 다만 날카로운 눈빛 때문인가, 표정에 군색한 기가 없다. 거듭된 손님의 정중한 부탁에 새치름하던 주모의 표정이 약간 누어진다. 주모가 방으로 들어가자 도포짜리가 그림에 대해 칭찬을 늘어놓는다.

"아, 이 산의 오묘한 흐름이라니! 그림으로 소리를 피워내다니! 이는 정녕 천품이로다, 천품! 주모, 주모는 어떻게 생각하는가?"

뜨악한 얼굴로 손님의 칭찬에 귀를 기울이고 있던 주모는 시큰둥하게 대꾸한다.

"이까짓 게 뭐랍니까. 천품이라니? 쇤네야 그런 것 모릅니다."

"천품이란 하늘이 내린 그림이라는 말이네. 그래 이 그림, 어디서 났나?"

"하늘이 내렸는지 구름이 내렸는지 쇤네야 당최 모를 일이구요. 한 싱거운 인사가 놓고 가서 붙여놨을 뿐입니다."

"한 싱거운 인사가 놓고 간 것이란 말인가?"

도포짜리는 주모의 표현이 재미있었던지 그대로 흉내 내 말한다.

"암요, 싱거운 인사 아니면 뭐였겠습니까."

"싱거운 인사라니, 주모 성에 차지 않았던 모양일세?"

"그럼요. 미친 사람이라고 하지 않은 것만도 다행이지요."

"미친 사람이라 했소?"

"그런 사람을 미쳤다고 하지 않으면 어떤 사람을 미쳤다고 하겠어요."

궐자의 첫날 행티가 문득 떠오르자 주모는 자기도 모르게 빙긋이 웃는다.

"첫날, 마루에 척 올라앉더니 술 한 동이를 대령하라 하지 않겠어요. 배포 한번 크다 싶어 한 말짜리 동이를 대령했지요. 그런데 언제 비웠는지 곧 한 동이를 더 대령하라고 고함을 지르지 뭐예요. 주막에서 큰소리치는 손님 어디 한둘이랍니까. 눈도 꿈쩍 않고 한 동이를 또 가져다 안겼지요. 술 앞에 장사 있겠어요. 술 두 동이에 곯아떨어졌다가 다음 날 대낮에야 겨우 부스스 일어나지 뭡니까. 그런데 이런 미친놈이 어디 있습니까. 돈이 없다면서 종이 한 장을 달랑 내놓지 뭡니까. 미쳐도 단단히 미쳤지. 술 두 동이와 안주 값으로 아무 쓸 데도 없는 종이 나부랭이를 내놓고 그 값이라니 쇤네가 속이 부글부글 끓어오르지 않을 수 있었겠습니까. 종이나부랭이는 필요 없으니 당장 돈을 내놓으라고 다그쳤더니 글쎄, 다음 파수에 꼭 돈을 가져오겠다고 사정사정하지 않겠습니까. 멱살이라도 잡고 흔들려다 사람이 어찌나 순해 보이던지, 성질을 부려 술값을 때우려다 그럴 수도 없고, 다음 파수에 반드시 갚겠다는 말을 믿는 척할 수밖에요. 그 말을 믿어서가 아니라, 아무리 뜯고 헤집어도 돈 나올 데가 없어 보이는데 어쩝니까. 그냥 포기하고 보냈었지요."

주모는 그때의 일이 생각났던지 손을 홰홰 저었다.

"그런데 한 달포쯤 지났을까, 그 작자가 다시 척 나타나더니 의기양양하게 또 술을 청하지 뭡니까. 꼴에 참, 쇤네가 한 번 속지 두 번 속을 것 같습니까. 술 없다고 떼밀어냈지요. 그러자 작자가 등에 지고 왔던 봇짐을 풀더니 돈 꾸러미를 꺼내 놓지 않습니까. 지난 파수에 먹은 술이며 안주 값이라며 던져 놓는 것이 닷 냥이나 되었어요. 쇤네에게야 돈이 정승이지요. 두말할 것 있습니까. 한 상 잘 차려 올렸지요. 그리고 돈도 받았겠다 지난번에 받은 종이 나부랭이를 돌려줄 생각으로 벽에 붙여둔 것을 떼려고 했어요. 그냥 아무렇게나 구겨 팽개치려다 술 두 동이와 국밥 한 그릇에 잡은 것인데 그래도 버리기가 좀 뭣해 벽에다 붙여놨었지요. 쇤네가 벽에서 그림을 떼어내려는 순간 그 작자가 벽력같이 고함을 지르지 뭐예요. 그림을 거기에 그대로 두라는 것이었어요. 지금 자기가 돌려받는다 해도 어디 마땅히 둘 데도 없는데다 사람 출입이 번다한 이런 주막에 붙여두면 많은 사람들이 구경할 것 아니냐. 그림으로서야 그보다 더한 호강이 어디 있겠느냐, 그러면서 떼지 말라는 것이었어요. 그래서 거의 우격다짐으로다 그림을 벽에 붙여두게 되었어요."

주모는 궐자를 미친 사람이라 이르기는 했으나 꼭 미친 사람으로 여기지는 않았다. 자기 정신을 스스로 통제하지 못해 예법과 도리라는 틀을 벗어난 행동을 함부로 저지르는 사람, 아무 데서나 치마를 걷어 올리고 오줌을 누거나, 아무도 알아들을 수 없는 노래를 흥얼거리며 장터를 헤매는 여인, 건장한 남정네만 보면 무조건 시비를 걸어 얻어맞는 사내, 주막 앞에서 며칠이고 춤을 추던 아낙네, 이런 미친 사람들과 정녕 같지는 않았다. 그러나 주모의 요량으로는 갈 데 없는 미친 사람이었다.

"그 후 궐자가 한 달에 한 번 파수로 주막에 꼭 들르고는 했어요. 하지만 첫날처럼 술을 두 동이나 마신 적은 없었어요. 다만 국밥에 술 두어 됫박이면 거나해서 쇤네를 찾고는 했어요. 쇤네를 왜 찾은 줄 아세요. 그림 타령을 하기 위해서였어요. 먼젓번의 그림은 이러이러해서 잘못된 데가 많다는 것이었어요. 그림에 눈이 밝은 인사가 보았다면, 그 흠을 금방 알아차렸을 것이래나 뭐래나. 쇤네야 뭘 알아야 무슨 대꾸를 하지요. 궐자 혼자서 벽에 붙여놓은 그림을 놓고 온갖 흉을 다 보는 거지 뭐예요. 마치 그림을 두고 재판하는 격이었어요. 그러면서 괴나리봇짐을 풀고 그림을 한 장 내놓으며, 그것으로 바꿔 붙이라는 것이었어요. 쇤네야 궐자가 그러라면 그렇게 할 수밖에요. 먼저 걸린 그림을 떼어내고 새로 가져온 그림을 벽에 붙이면 궐자는 떼어낸 그림을 박박 찢어버렸어요. 그리고 벽에 걸어둔 그림을 두고 이번에는 입에 침이 마르도록 찬사를 늘어놓는 거예요. 마치 세상에 그 그림보다 더 훌륭한 그림은 없다는 투로 말이에요. 다른 손님이 있든 없든 상관하지 않았어요. 자기 그림에 대한 자부심이 대단했어요. 그런데 한 달쯤 뒤 다시 와서는 또 전달과 똑같이 침을 튀기며 벽에 붙여둔 지난 그림 흉보느라 정신없었어요. 그리고 당장 떼어내게 해 박박 찢어버리고 새로 가져온 그림을 붙이게 했어요. 저번에도 마찬가지였어요. 새로 붙인 그림에 대한 칭송이 어찌나 삼삼하던지 사서삼경에서 뽑은 좋은 구절은 다 동원한 것 같았어요. 쇤네 문자 속이야 어련하겠습니까만, 세상에 두루 쓰이는 말이라면 모르는 것이 없습니다. 그런데 쇤네가 모르는 문자를 구구하게 늘어놓지 뭡니까. 미루어 짐작하건대, 사서삼경을 집으로 삼지 않고서야 그런 문자들이 어디에 집을 삼고 있겠습니까. 그렇게 하기를 거듭 되풀이한 것이 지난 3년여 동안 아마 서른 번쯤은 됐을 겁니다."

"서른 장의 그림을 찢어버렸다는 말인가?"

도포짜리는 소스라치게 놀라며 비명을 질렀다.

"그럼요. 매번 지난 그림은 틀렸다지 뭡니까. 그런 잘못된 그림을 남겨두는 것은 세상에 죄를 짓는 것이나 다를 것이 없대나 뭐래나. 저것이 맨 마지막에 붙인 그림입니다."

아, 그래서 초막에서 그림을 한 점도 찾아볼 수 없었던 것인가!

어제 그는 고강의 유해를 거둬 장사를 지낸 후 초막 안팎을 이 잡듯 샅샅이 헤집고 살폈다. 그러나 집 안팎 어디에서도 그림 한 점 찾아볼 수 없었다. 방금 주모의 말대로 새로 그림을 그릴 때마다 지난 그림을 찢어버려 한 점도 남아 있지 않았던 것인가.

2

어제, 승종이 경해사 아래 고강의 초막에 당도했을 때 그를 맞이한 것은 고강의 앙상한 인골이었다. 방문을 열자 살이 다 흘러내리고 눈도 코도 입도 없이 온통 휑한 구멍뿐인 해골이 그를 영접했다. 머리 위에 성글게 얹혀 금방 흘러내릴 것 같은 검은 두발이 징그럽고 으스스했다. 가슴과 배는 물론 아랫도리도 다 뼈만 앙상하게 드러나 있겠지만 무명베 저고리와 바지가 가리고 있어 그나마 다행이다 싶었다. 왼쪽 다리를 뻗은 다음 오른쪽 다리를 왼쪽 허벅지 아래에 고이고 몸을 앞으로 숙인 채 죽음을 맞이한 모양이었다. 앉은 자세로 유유히 죽음을 맞이한 듯 좌탈(坐脫)의 형상이었다.

충격을 수습한 후 유해 앞에 펼쳐져 있는 화선지와 붓이 닿아 있는 마른 벼루를 천천히 살펴보았다. 돌멩이로 네 귀를 눌러놓은 화선지에는 무엇인가 형체를 이루기 전의 희미한 그림자 같은 것이 그려져 있었다. 흙먼지 같은 이물질이 그림의 형체를 덮고 있는 것도 같고, 형체 없는 바탕을 발묵(潑墨)으로 처리한 것 같기도 했다. 오른손에 붓이 쥐어져 있고 붓끝이 마른 벼루에 닿아 있었다. 모르긴 해도 아마 그림을 그리던 도중에 죽음을 맞이한 모양이었다.

망연한 가운데, 방 안을 한 바퀴 휘둘러보았다. 듬성듬성 가로 걸쳐져 있는 천장의 서까래며 벽을 살펴나갔다. 옷가지가 걸려 있는 횃대와 화구를 담은 망태기가 왼쪽 벽에 걸려 있고, 윗목에는 붓과 벼루가 각기 놓여 있었다.

벽에 걸려 있는 망태기를 내려 담긴 것을 살펴보았다. 엄지 손가락 굵기의 옥돌이 눈에 띄었다. '고강(古崗)' 두 글자가 새겨진 낙관이었다. 대전(大篆), 소전(小篆), 예서(隸書)로 서체를 달리한 그것이 세 개나 있었다. 행여나 했으나 역시 유골의 주인이 고강임에 틀림없었다. 승종의 안색이 흙빛으로 변했다. 가슴이 미어지는 것 같았다. 울컥 뜨거운 기운이 치밀어올랐다. 그는 거칠게 도리질을 해댔다. 요행을 바라듯 낙관을 확인하기 전까지 자기 예상이 빗나가주기를 간절히 바랐었다. 그런데, 그런데, 그는 유골 앞에 무너지듯 꿇어앉았다.

"이보게, 나 승종일세."

질끈 깨문 입술에 금방 피가 번졌다.

하얀 인골은 젓가락으로 두드리면 경쇠처럼 맑은 소리가 울릴 것 같았다. 살에 묻어 함께 썩었던지 가슴이며 허리 부분의 베옷이 검붉었다. 썩은 살이 흘러내려 고였다가 말랐던지 앉은 자리에는 짙은 고동색 더께가 져 있다. 비통한 표정으로 강하게 도리질을 하던 승종은 안 돼, 이럴 수는 없어, 하고 울부짖었다.

고강은 그림을 그리다 앉은 자세로 숨을 거둔 것이 틀림없었다. 방 안 어디에도 외부에서 누군가 침입한 흔적은 찾아볼 수 없었다. 짐승이 드나든 자취도 없었다. 방문은 닫혀 있었고, 그리다 만 그림은 물론 다른 물건들도 하나 흩어진 데 없이 고스란히 온전했다. 그림의 상하 좌우는 문진으로 눌려 있었고 오른쪽에서 시작해 그려나가던 그림은 미처 형상도 얻지 못하고 중간에 멈추어 있었다. 붓이 벼루에 놓인 채 말라 있는 것으로 보아 붓을 묵지에 담근 채 다음 이어갈 붓 길을 구상하고 있었던 것으로 짐작되었다. 그렇다면 왜 변을 당했을까. 돌연 기가 막히거나 혈이 막힌 것일까. 아니면 자기도 모르게 몸 안에서 자라던 어떤 몹쓸 병이 도져 돌연 그의 목숨을 앗아간 것일까. 그 어느 쪽이라도 그의 죽음은 너무 일렀다. 서른을 넘긴 지 얼마나 지났다고.

고강답게 생을 마감했다는 생각도 없지 않았다. 그러나 그런 자위도 애석함과 슬픔을 조금도 덜어주지는 못했다. 고강이 아니고서야 이런 심산유곡에 홀로 들어와 그림에 매달리지는 않았을 것이다. 그의 앞에는 환로(宦路)가 활짝 열려 있었다. 이조(吏曹)에서는 그의 결곡함이 높은 고임을 받았을 것이고, 예조(禮曹)에서는 그의 전례(典禮)에 관한 해박한 지식이 요긴하게 쓰였을 것이다. 홍문관에서 일을 했다면 그의 문장이 널리 칭송받았을 것이다. 반정(反政)에 성공한 후, 공신들이 요직에 두루 앉아 있었고 그의 공훈이 이미 드러나 있었으므로 그는 많은 사람들로부터 기림을 받았을 것이다.

그는, 과장에서 거벽(巨擘, 대작꾼)으로 하여금 은밀히 대작하게 한 시지(試紙)를 제출하다 발각되어 10년 유배형을 받은 조부를 두었고, 집안의 수치와 불리를 만회하기 위해 무리하게 모반의 패에 끼여 불의를 도모하다 검거되어 원지에 유배당한 부친을 둔 부끄러운 집안 전력 때문에 과거 응시의 길이 막혀 지냈다. 그는 청운의 뜻을 접은 대신 그림에 몰두하며 자신을 달래었다. 그렇듯 은인자중하던 중 세상이 걷잡을 수 없이 혼탁해지자 정당한 혁신이념을 제시해 동배들을 충동하고 자극하며 스스로 반정에 참여했다. 반정에 성공하자 가장 흐뭇해한 것도 바로 그였다. 반정에 참여한 인사들의 공훈록이 작성되고, 공훈에 따라 맞춤한 벼슬이 주어지던 득의의 나날을 보내던 어느 날, 대우(大愚)가 찾아와 승종에게 서찰을 한 통 전했다.

不用裁爲鳴鳳管　잘라서 봉관(樂器)으로 삼지 아니하니
何須截作釣魚竿　어찌 모름지기 끊어 낚싯대로 지을까.
千花萬木凋零後　모든 꽃, 모든 나무 다 떨어진 뒤에
留向紛紛雪裡看　분분히 날리는 눈 속에 서 있을지어다.

칠언절구(七言絶句) 한 수가 달랑 씌어 있고 옆에 낯익은 고강의 서명과 낙관이 찍혀 있었다. 세상에 유용하게 쓰이기를 고집하지 않고, 따로 이루어 남 다 진 뒤에 눈 속에서도 푸르름을 자랑하는 대나무 같은 존재가 되겠다는 결심인즉, 속세를 등지고 숨어 살겠다는 뜻에 다름 아니었다. 승종은 문득 마음이 허방이라도 짚은 듯 휘청했다.

진작 고강을 챙기지 못한 것이 후회막급이었다. 고강에게는 정붙이가 하나도 남아 있지 않았다. 조부모와 부모는 일찍 욕되게 돌아가셨다. 형제들도 액운이 겹치자 실의를 견디지 못하고 하나둘 세상을 떴다. 고강 집안이 치욕적으로 몰락하자 친정의 조처로 부인과는 강제로 헤어졌다. 슬하에 있던 아들 하나도 열병을 앓다 숨졌다. 이번 반정으로 그가 득의의 처지로 올라선 대신 그 부인의 부친과 형제들은 반정의 반대세력으로서 가산이 적몰되고 형장의 이슬로 사라지는 비극을 겪었다. 세상일의 공교로움이 이보다 더한 경우가 없었다.

마음 붙일 데가 없던 고강은 그림에 열중함으로써 세상을 잊고자 했을 것이다. 그러나 그림이 단순히 취미에 그치지만은 않았다. 그림에 관한 그의 안목은 웅숭깊었다. 벼슬길이 막힌 금고(禁錮)의 처지로 전락, 과거 응시를 단념하게 되었을 때, 그는 주저하지 않고 학문의 길을 그림으로 바꾸었다. 그림으로 학문을 대신했다고 하지만 이미 그의 학문은 동접들을 훌쩍 앞서 있었다. 과장에서 거벽 노릇을 했다면 너도나도 불러 몸이 두셋으로도 모자랐을 뛰어난 문장가였다.

'하늘이 사람을 낼 때 다 쓰일 데를 따로 두었을 것이네. 환로에 나가 백성을 위해 헌신하도록 자네를 일찍 급제시켜 그 길로 나아가게 했고, 아름다운 강산을 찾아 그 가치를 발현해 내는 것을 내 소임으로 맡기기 위해 내게는 과거 응시의 기회를 박탈하고 그림을 익히게 했을 것이네. 급제하여 백성을 위해 헌신하는 것에는 미치지 못한다 할지라도 하늘이 낸 것인데 어찌 그림에 종사한다 해 그 소중함이 덜하다 하겠나. 세상은 그림을 아직 미천하게 여기므로, 나처럼 훨훨 자유롭게 떠돌아다녀도 아무 걸릴 게 없는 사람으로 하여금 그림에 종사하게 하는 것이야말로 적절한 처사 아니겠나. ……다 하늘의 조화일세.'

고강이 언젠가 했던 말이 떠올랐다. 처음에는 자조적으로 들려 뜨악했으나 곧 어떤 결의 같은 것이 느껴져 그를 유심히 쳐다보았던 기억이 새롭다.

내가 옆에 있었더라도 그를 붙들어놓지 못했으리라. 그래도 일찍 서둘러 이조(吏曹)에 손을 써 그에게 관복을 입혀놓았더라면, 그를 세상에 붙들어둘 수 있지 않았을까. 그러지 못한 것이 안타깝고 못내 서글펐다.

경해사 주지 지운스님의 도움으로 간략히 장사를 치른 승종은 구종에게 고강의 유품을 수습하라 일렀다. 그리고 자신 또한 집 안 여기저기를 돌아보았다. 살림도구들이야 챙길 이유가 없었다. 그의 혼과 정신이 배어 있을 붓과 벼루 등을 빈틈없이 수습하라고 당부했다. 그리고 혹시나 하여 스스로 집 안팎을 이 잡듯 샅샅이 뒤졌다. 몇 해 이곳에 머무는 동안 그림을 손에서 놓지 않았을 것은 자명한 일이었다. 그런데 이상한 일이지만 그가 그린 그림을 한 점도 찾아볼 수 없었다. 그는 그림을 그리기 위해 홀로 이곳 깊은 산속으로 들어왔었다. 그림에 대한 그의 이상과 자부심은 하늘을 찌르고도 남음이 있을 정도로 드높았다. 그런데 그림 한 점 찾아볼 수 없다니, 그가 지난 다섯 해가 넘도록 그려왔을 그림의 행방에 대한 궁금증이 승종을 견딜 수 없을 만큼 혹독하게 괴롭혔다. 그러나 아무리 집 안팎을 송곳으로 헤집듯 샅샅이 뜯어 살펴도 궁금증을 풀어줄 단서 하나 발견할 수 없었다.

죽음의 길에 동반한 그리다 만 화선지와 말라버린 붓 한 자루와 벼루가 그의 은둔생활을 온전히 다 대변한다고 믿기에는 턱없이 부족하였다. 선반에 있던 화선지 뭉치와 망태기 안의 낙관만으로 어찌 이곳에서 머문 그의 지난 동안의 일을 다 짐작할 수 있다 하겠는가. 승종은 초조하기까지 했다.

구종이 유품을 다 챙겼다고 아뢰고 다음 처분을 기다렸다. 그는 구종의 마음을 모르지 않았다. 지금 출발해도 해 안에 산을 다 내려가기란 힘들 것이었다. 나서려면 서둘러야 마땅했다. 그러나 그는 이대로는 떠날 수 없다는 생각에 계속 방 안을 둘러보며 미적거렸다. 그는 초막을 다시 한 바퀴 둘러보았다. 벽 틈이며 처마 밑도 다시 꼼꼼히 살펴나갔다. 다시 또 방으로 들어간 그는 천장이며 벽을 이 잡듯이 파헤쳤다. 집 안팎을 다시 둘러본 후 승종은 고개를 좌우로 저으며 깊은 생각에 잠겼다. 다섯 해 가까이 머물며 그림을 그린 사람이 그림 한 점 남기지 않았다니 이를 어찌 믿으란 말인가. 그리다 만 그림, 그것 한 점 챙겨서 구종의 바랑에 넣은 것으로 발길을 돌려야 한다니 도무지 몸이 말을 듣지 않았다. 그래서 하룻밤을 묵은 다음 아침에서야 간신히 단념하고 길을 나서 주막에 이른 것이었다.

3

"허허, 참으로 기이한 일이구려!"

도포짜리는 기가 막혔던지 도리질을 하며 비탄에 찬 표정으로 한숨을 길게 내뿜었다.

"그래 혹시 함께 온 사람은 없었던가?"

"언제나 혼자였어요. 술과 국밥을 시켜놓고 혼잣소리를 지껄이기는 했지만 주막에 있던 다른 사람들과도 말을 나누는 것 같지 않았어요."

"혹시 그림에 대한 것은 더 기억나는 것이 없는가?"

"혼잣소리로 늘 비슷한 말을 중얼거리기는 했지만 쇤네가 귀담아 들을 만한 것은 없었어요. 아, 그러고 보니 생각나는데, 정 진사는 그림을 잘 모른다는 것이었어요. 그래서 분식이 잘된 것만을 좋게 여기는 세상 풍정에 매인 고루한 사람이래나 뭐래나, 가끔 그렇게 푸념하고는 했어요."

승종은 귀가 번쩍 뜨였다. 정 진사가 그림을 모르는 고루한 사람이라고 고강이 푸념했다면 필경 정 진사라는 인사와 그림을 두고 설왕설래가 있었을 것으로 짐작되었다. 작은 끄나풀에 지나지 않을는지 아니면 동아줄이라도 되는 것인지 알 수 없지만 암튼 정 진사라는 인사가 고강의 그림에 관한 수수께끼를 푸는 단초가 되지 않을까, 그런 기대에 가슴이 부풀어올랐다.
“정 진사라면, 주모가 아는 사람인가?”
“쇤네가 아는 사람이라고 하기에는 뭐하지만, 짐작은 가는 데가 있습니다.”
주모의 대답에 기쁨을 감추지 못한 승종은 주모의 손을 덥석 잡을 뻔했다.
“그래, 어디 가면 만날 수 있겠나?”
승종은 주모의 입을 뚫어지게 쳐다보았다.
“이 원근에 진사님이라면, 번천의 김 진사, 조현에 이 진사 그리고 능내에 정 진사밖에 없는 걸요. 아마 능내의 정 진사를 두고 그림에 대해 청맹과니라고 투덜거린 것이 아니었나 짐작됩니다.”
능내마을을 찾아가면 정 진사를 만날 수 있겠거니 생각하며 승종은 속으로 쾌재를 불렀다.
“그건 그렇고 벌써 다녀갈 때가 여러 파수 지났는데, 통 소식이 없어 쇤네는 궐자가 부쩍 궁금하네요.”
“다신 못 올 걸세.”
“나리께서 궐자를 아십니까?”
“나와 동문수학한, 소싯적 동무일세. 재주가 각별했는데…….”
그의 장례를 치르고 산을 내려왔다는 도포짜리의 말에, 주모는 아쉽고 허망한 듯 발부리로 시선을 내리깔았다.

4

형편으로 따져 말할 것 같으면 승종은 서둘러 귀경해야 할 처지였다. 집을 나선 지 두세 달, 안동을 거쳐 장호원을 지나온 지도 벌써 열흘이나 지났다. 몸은 지쳐 어디라도 한 번 누우면 한 달 정도는 기신도 하지 못할 것 같았다. 이제 돈도 몇 냥 지닌 것이 없었다. 형편은 그렇듯 급박했지만, 이 일을 뒤로 미루고는 오래 견딜 수 있을 것 같지 않았다. 능내마을의 정 진사를 먼저 찾아보지 않고서는 한양으로 올라가도 내쳐 다시 돌아오게 될 것이 틀림없었다. 정 진사와 고강은 어떤 사이였을까. 그리고 어떤 교류를 한 것일까.

주막을 출발하여 두세 시간쯤 걸음품을 팔았을까. 한 걸음도 더 내디딜 수 없을 지경으로 지쳤을 즈음 승종은 능내에 당도했다. 정 진사의 집을 찾는 일은 그다지 어렵지 않았다. 시골에서 보기 드문 고래 등 같은 기와집이었다.

사랑채로 안내받기는 했으나, 기다림이 생각보다 길어져 막 역증이 일 즈음 정 진사가 굼뜨게 나타났다. 깁옷에 정자관의, 시골 양반으로서는 넘치는 의관 정제였다. 지천명을 넘겼을까, 점잖게 구레나룻을 쓰다듬으며 사랑으로 들어와 아랫목의 방석 위에 앉았다. 꾹 다문 입술로 미루어 기분이 시틋한 모양이었다. 눈을 들어 손님을 뜯어 살피던 주인의 낯빛이 금방 흐려지고 눈에 노기가 서렸다. 찾아온 손이라는 것이 걸객과 다름없이 추레하고 구저분하기 짝이 없었다. 축객의 순간이 멀지 않았음을 짐작케 하는 쌀쌀한 표정이 되었다.

"이조에 봉직하는 김승종, 정 진사께 인사 여쭙니다."

승종은 일부러 목소리를 가다듬고 점잖게 인사를 올린다. 주인은 마지못해 인사를 받으며 예를 표한다. 이조에 봉직한다면 시골 양반으로서는 눈이 먼저 휘둥그레지고도 남을 만한데 아무 표정의 변화가 없다. 하고 있는 행색이 이조에 벼슬 사는 양반이라기에는 너무나 딴판이었다. 말로서야 누가 정승 판서 되지 못할까. 아무리 고관대작이나 저명한 인사라 할지라도 저런 초췌한 행색을 하고 있다면 어디서 대접을 받을 수 있겠는가.

"가친께서 김자 석자 순자이옵고, 조고께서 김자 상자 갑자이옵니다. 이번 안동 원행에 우마를 마다하고 보행을 고집하였더니, 모습이 피폐합니다."

승종이 말을 다 마치기도 전이었다. 가친의 함자를 듣는 순간 정 진사의 안색이 싹 달라졌다. 시골의 한미한 진사의 귀에 담기에는 너무 벅찬 함자였다. 반사적으로 금세 몸을 바로하고 찌푸렸던 미간을 폈다. 볼에 미소를 지었다. 김석순이라면 서인 가운데서도 영수급에 속하는 대유(大儒) 아닌가. 몇 해 전 모해를 입어 원지로 귀양을 가고 가세가 기울었다는 풍문이 자자했었다. 그러기를 수삼 년, 다시 반정에 성공한 서인이 실권을 회복하자 그 중심에서 천하를 호령하고 있는 권세가였다.

정 진사는 태도를 급변하여 앉은자리에서 벌떡 일어나 앞으로 나왔다. 급히 허리를 굽히며 조아렸다. 객의 시선이 정 진사의 정수리에 날아와 박히듯 강렬하였다. 자신만만한 태도와 표정에 그런 집안 배경 없이는 짓기 힘든 오연함이 깃들어 있었다. 언행은 잠시 눈을 속일 수 있을는지 모르나 그 안에 감도는 위엄까지 꾸며내기란 쉽지 않은 것이다.

"이런 누옥에 걸음을 하시다니 광영입니다. 어인 연유로 한빈한 촌로를 찾은 것인지요?"

말 몇 마디에 금방 돌변하여 정중하고 공손해진 정 진사의 비루한 태도에 승종은 속으로 쓴웃음을 지었다.

"혹시 그림 그리던 고강이라는 인사를 아시는지요?"

정 진사의 눈에 얼핏 어두운 그늘이 스쳐 지나간다. 그림 그리던 고강이라는 말에 그 비루먹은 망아지 같던 궐자를 두고 하는 말임을 금방 알아차린 것이다. 속으로 저어되는 바 없지 않아 대답을 지체하였다. 궁량을 해보니 이미 알고 찾아온 듯한데 시치미를 뗄 수도 없는 일, 그래서 얼굴이 어두워진 것이다.

"예, 가끔 발걸음을 하기는 했습니다만?"

"아, 고강을 알고 계시는군요!"

기대 반 우려 반, 정 진사의 입을 지켜보던 승종은 뛸 듯이 기뻤다. 울컥하고 목이 멨다.

"가끔 발걸음을 하기는 했지만 각별하게 지내지는 않았습니다. 그런데?"

"고강과 저는 원경 선생 문하에서 함께 공부한 절친한 동접입니다. 이번 영남지방 원행에서 돌아오는 길에 그의 거처에 들렀더니, 그의 혼백이 이미 이 세상을 뜨고 없더군요. 정 진사와 고강 사이에 내왕이 있었던 것 같다는 풍문을 듣고 그에 관한 무슨 작은 사연이라도 들어 알 수 있지 않을까 해, 이렇게 찾아뵙게 되었습니다."

정 진사의 얼굴빛이 더욱 흐려졌다.

"아, 절친한 동접이라 하셨습니까?"

하잘것없어 보이던 환쟁이가 명문가 자제와 동문수학의 절친한 동접이라니, 그 환쟁이 역시 어느 명문대가 출신 양반이었단 말인가. 머릿속에 전에 있었던 일들이 빠르게 전개되었다. 켕기는 바가 없지 않았다. 그러나 그가 찾아와 만나기는 했으나, 그가 찾아온 연유는 자기와는 관련이 없는 일이었다. 그가 그림을 두고 가겠다고 할 때도 그 연유를 알지 못했고 그냥 두고 가는 걸 어쩔 수 없어 받아두었을 뿐이었다. 그리고 궐자가 이미 이 세상을 뜨고 없다니, 그나마 다행인 것인가.

"예, 그 동무, 문장과 그림에 다 특출했습니다."

문장과 그림에 다 특출한 재사가 깊은 산골에 은신해 지냈다면 필경 무슨 사연이 있었으리라. 그렇지만 다시 그의 얼굴을 되살려 보아도 추레하고 궁기가 흐를 뿐 귀골로는 기억되지 않았다.

"과장에만 들어섰다면 급제는 따놓은 당상이었을 겁니다. 그의 사집(私集, 개인 手稿集)을 빌려 급제한 인사도 있었으니 말해 무엇 합니까. 하지만, 선대의 누를 씻어내고 사죄하는 데 쓰려고 했을 뿐 자기 재주를 자신의 영달을 위해서는 쓰려고 하지 않았습니다."

오로지 선대의 누를 씻어내려는 송구스런 마음을 가졌을 뿐 벼슬길에 발을 들여놓지 않은 고결한 인품이 동무들의 존경을 받았다는 고임의 말이었다. 승종의 말투에 그런 존경의 염이 깊이 스며 있었다.

"벼슬에 뜻을 두지 않고, 부귀영화에도 관심이 없었군요."

"그렇습니다. 반정에 참여하여 공을 세웠으니 훈공이 따르지 않을 수 없었지요. 하지만, 반정 참여의 공훈이 자신의 영달에 쓰이는 것은 한사코 마다하고 조부와 부친의 흠결을 씻어내는 데 쓰이기를 바랐을 뿐이었습니다."

승종의 말에 정 진사는 다시 자리를 고쳐 앉았다. 입안이 바싹바싹 타들어갔다. 반정에 참여한 인사라면 실세들과의 관계가 각별했을 터였다. 그런 귀한 인사를 미처 알아보지 못했다니, 자신이 달고 있는 눈이 원망스러웠다. 모르고 한 짓이지만 천것들 대하듯 함부로 홀대하기를 주저하지 않았으니 허물을 지어도 크게 지은 셈이었다. 더구나 종이나 붓을 구입하는 데 보태라고 몇 냥씩 던져주고는 했지만 사람대접을 제대로 한 적이 없었다. 꼭 그럴 의도는 아니었으나 결국 그를 하대한 것과 다름없었다. 이 허물을 어찌하면 씻을 수 있단 말인가. 마른 입을 다시던 정 진사는 안에다 대고 점잖은 목소리로 차 준비가 아직 되지 않았느냐고 재촉하였다. 그의 분부가 떨어지자 미리 준비를 하였던지 곧 찻상이 나왔다.

사랑에 향긋한 다향이 퍼져 감돌았다. 찻상 가운데 눈처럼 하얗게 쌓인 유과가 눈길을 끈다. 정 진사는 잔을 들어 입안을 축이고 유과를 소리 나게 깨물었다. 승종도 찻잔을 들어 입술을 축였다. 순간 정 진사는 내심 움찔하였다. 손에게 먼저 권하는 예를 차리지 않고 자기의 갈증만을 돌본 자신이 겸연쩍었던 까닭이었다.

"그런 고매한 인품이라면 주위를 감연케 하고도 남음이 있었겠습니다."

"그러했지요. 오로지 그림의 폐단을 바로 잡아보겠다는 포부를 안고 산속에 은거한 것 또한 그다운 행동이었지요."

"그림의 폐단이라니요?"

정 진사의 고개가 갸우뚱 기울어진다. 그림에 무슨 폐단이 있단 말인가, 듣느니 처음이었다. 모양을 흡사하게 그리는 것이 그림의 본령 아니던가.

"그의 주장인즉 우리 그림에 우리 정신이 없다는 것이었지요."

"저로서는 미처 생각지 못했던 사실입니다."

"우리도 그의 깊은 뜻을 다 헤아려 알지는 못했습니다."

"필경 무슨 깊은 뜻이 있는 모양인데……?"

"고강의 주장은, 우리 그림을 한번 잘 살펴보라는 것이었습니다. 산이며 들이며 강이며 사람들의 복색까지도 우리 고유의 것이 없다는 것이었습니다. 대개 중국에서 들여온 서화첩에서 본 것들을 흉내 내 그린 것들뿐이라는 것이었습니다."

"서화첩에서 본 것들뿐이라면?"

그는 올 때마다 가져온 그림을 나름대로 열심히 품평했다.

그 품평은 정 진사의 깜냥으로는 알아들을 수 있는 내용의 것이 아니었다. 게다가 그림이라면 관심 밖의 것이기도 했다. 그러므로 침을 튀기며 열을 올려 말하는 그의 품평을 한 번도 제대로 귀담아 들은 적이 없었다.

"서화첩이 대개 연경에서 들여온 중국 것들 아닙니까. 우리 그림 속의 산이며 들이며 인물들이 다 그런 서화첩 속에 나온 것을 베낀 것이라는 주장이었습니다. 고강의 그런 주장을 듣기 전까지는 우리도 무심코 지나쳤습니다. 그냥 그러려니 하였지요. 그의 주장을 듣고 나서야 우리 그림들이 중국 그림 흉내를 내고 있었다는 사실을 뒤늦게 알았던 것입니다. 고강은 중국 그림 흉내를 떨쳐버리고 우리 산천과 우리 백성들이 사는 모습을 여실히 그려내 우리 고유의 정신을 발양해내야 한다고 주장했습니다. 그런 포부를 이루기 위해 그는 마침내 산으로 홀로 숨어든 것입니다."

정 진사는 알아들을 듯 말 듯했다. 하지만 그런 고결한 뜻을 품고 산속에 숨어들어 스스로 고생을 사서 했다는 걸 미리 알았더라면 그를 좀 더 후대해주었을 걸, 그런 아쉬운 마음이 없지는 않았다.

5

처음 고강이 찾아왔을 때의 일이 떠올랐다. 낯선 객이 방문했다는 기별을 듣고 천천히 사랑채 마루로 나갔다. 사랑채 마루에 앉아 있는 객의 꼴이 베옷에 상투를 지어 칡으로 동여맨 굴왕신 같은 추레한 모습이었다. 오갈 데 없는 걸객의 모습에 정 진사는 노염이 끓어올랐다. 큼, 큼 헛기침을 몇 차례 하고 얼굴을 홱 돌렸다. 되돌아 안으로 들어가려 하는데 걸객이 입을 열어 급히 말했다.

"그동안 보살펴주신 은공에 보답할 길이 없어 보잘것없는 솜씨지만 제가 그린 그림 한 점을 가져왔습니다. 이를 받아주시면 저의 마음이 한결 가벼워지겠습니다."

어느 사이 마루 위에 그림 한 폭을 펼쳐놓고 있었다. 확연히 보이지는 않았으나 산을 옆으로 눕혀 길게 그린 그림이었다. 목소리가 밝고 정중했다. 태도도 예를 다 갖추었다 할 수 있었다. 얼굴을 외로 틀고 홱 바람을 일으키며 안으로 들어가려던 정 진사는 몸을 지그시 굽혀 궐자를 내려다보았다. 웃자란 머리에 상투랍시고 틀어 어설프게 정수리 어름에 칡으로 묶고 있는 것이나, 해지고 구지레한 옷차림이나, 구정물이 흐르는 얼굴이나 눈에 보이는 것마다 정나미가 떨어지지 않는 것이 하나 없었다. 그러나 그런 추레한 행색과는 달리 그가 그렸다는 그림은 어딘가 모르게 눈길을 끌었다. 그동안 보살펴주신 은공에 보답할 길이 없었다니, 그것 또한 알지 못할 궁금한 일이었다. 내키지는 않았으나, 마지못해 다시 앉았다. 안에서 준비했던 차를 내와 두 사람 사이에 놓았다.

책상다리를 하고 앉은 정 진사는 마주 앉아 차를 마시는 궐자를 살피는 데 게으르지 않았다. 코와 입과 눈과 이마를 차례로 뜯어보았다. 코, 턱, 양 광대뼈, 이마 등 오악(五嶽)이 귀조(歸朝)하는 귀골의 상은 아니었다. 그러나 천골이 아닌 것 또한 분명해 보였다. 쏘는 듯 바라보는 눈길도 예사롭지 않았다. 자부하는 바가 없는 사람으로서는 결코 지닐 수 없는 날카로운 눈빛이었다. 무엇인가 이루거나 아니면 이루고 있다는 자부심을 지닌, 살아 있는 눈빛이었다. 모진 비바람이나 어떤 고난도 이겨낼 수 있다는 결의 같은 것도 함께 느껴졌다. 하지만 그런 점을 다 감안한다 하더라도 그의 행색이 너무 추레해 보였다. 손도 씻은 지 오래됐는지, 먹물과 온갖 먼지와 때가 덕적덕적 더께 져 앉아 있었다. 점잖은 말투와 눈빛에서 느껴지는 어떤 교양이나 의지 같은 것은 입성이나 외양 어디에서도 찾아볼 길이 없었다. 아무리 외양을 소홀히 하는 사람이라 할지라도 남의 집을 찾아 방문하려면 입성을 바로 하고 얼굴과 손을 씻고 다듬어 기본 예의는 갖추어야 하지 않겠는가. 정 진사의 얼굴이 다시 흐려졌다.

"지난 몇 달 동안 매달 보름이면 소인의 초막에 소금과 양식이 와 있는 것을 무심히 받아먹기만 했습니다. 하지만 그렇게 앉아서 받아먹기만 해서는 도리가 아니라는 생각에 뒤늦게나마 은인을 찾아 나섰습니다. 그러기를 한 두어 달, 이 고을 원근에 가엾은 이웃에게 자선을 베푸는 이는 정 진사님 외에는 달리 없을 것이라는 사실을 확인하고 이렇게 찾아뵙게 되었습니다. 그동안 베풀어 주신 은혜에 보답하기에는 제 솜씨가 아직 부끄럽습니다. 장차 더 단련하여 반드시 은공에 보답할 수 있는 높은 경지에 이르도록 지극정성을 다 기울이겠습니다."

정 진사로서는 도무지 짐작도 가지 않는 일이었다. 이런 내력 모를 작자에게 자선을 베풀다니, 그런 일은 결코 없었다. 마을 사람에게 어쩌다 자선을 베푸는 일이 있기는 했으되 이런 금시초문의 인사를 위해 소금과 양식을 베풀었다니, 자기 모르게 안에서 한 일인가, 그렇게 생각하며 궐자의 말을 접어두었다.

궐자가 내놓은 그림을 살펴보기는 했으나 정 진사는 사실 그림을 잘 알지는 못했다. 세상에 그림을 즐기는 사람이 있다는 사실은 들어 알고 있었다. 그렇지만 자신은 그림을 가까이 하는 편이 아니었다. 정 진사는 그동안 그림과 관계를 맺어본 적 또한 별로 없었다. 그림 구경이라는 것도 어쩌다 남의 집 벽에 걸려 있는 것을 무심코 흘려 본 것이 전부였다. 정 진사는 지금까지 그림을 소장한 적도 없었고, 그림의 소용에 대해 생각해본 적도 없었다. 집 안 어디에도 산수화 한 점 걸어둔 적이 없었다. 서화에 관심을 가진 사대부들 외에 일반 백성 열에 일여덟이 그렇듯 정 진사도 그림에 무심하였다. 그러나 궐자가 펼쳐놓은 그림은 어딘지 모르게 마음을 끌었다.

승종 자신도 약관 때까지는 서(書)와 화(畵)의 관계에 별로 마음 쓰지 않고 공부했다. 약관을 지나 서체와 인품을 견주어 평가하는 사세에 임박해 비로소 붓을 들 때마다 반드시 의재필선(意在筆先), 붓을 들기 전 뜻을 먼저 하라는 기본 경구를 명념해야 함을 배워 알았다. 글씨와 그림은 다르지 않다는 점을 강조하는 스승을 통해 비로소, 글씨는 인간의 마음을 그려내는 것이고, 그림은 하늘의 뜻을 그려내는 것이라는 사뭇 두려운 격언을 들어 가슴에 아로새긴 바 있었다.

그로부터 가까스로 그림에 관심을 기울여 사혁(謝赫)으로부터 비롯된 회화의 여섯 규범을 외워서 알았고, 수묵화의 정신은 백묵(白墨), 다묵(茶墨), 단채(單彩)로써 구현해낸다는 화론도 접하여 알게 되었다. 그리고 나중에는 화론의 정경(正經)이라 추앙받는 곽희(郭熙)의 『임천고치(林川高致)』를 비롯하여 남종화론의 대표 격인 『개자원화보(芥子園畵譜)』 같은 화론집을 일부러 구해서 감상하고 느낀 바를 가슴속에 여투어두기도 했었다. 그러나 그런 선행하는 학습이 없는 정진사의 눈에는 당연한 일이지만 고강의 그림이 제대로 보였을 리 없었다.

별 생각 없이 그림을 받아두고 궐자가 돌아간 다음 정 진사는 안사람에게 이러이러한 일이 있었느냐고 물었다. 안사람은 그런 일이 전혀 없었노라고 대답하였다.

이야기를 듣고 난 승종은 빙그레 미소 지었다.

"제가 경해사에 부탁하여 매달 보름에 소금과 식량을 보내도록 조처했습니다."

승종은 고강이 초막을 마련한 곳에서 그다지 멀지 않은 경해사 지운스님에게 고강을 돌봐달라고 은밀히 부탁했었다. 지운스님은 보름에 한 번씩 행자를 시켜 소금과 양식을 초막의 사립 앞에 서 있는 키 큰 오리나무 가지에 걸어두고 돌아오게 하였다. 일부러 밤을 도와 한 일이어서 고강에게 한 번도 발각된 일이 없었다고 했다. 그러기를 세 해를 넘긴 어느 날, 오리나무 가지에 걸어둔 소금과 양식 자루가 손도 대지 않고 그대로 있었다. 행자는 들고 간 것과 지난번 걸어두고 갔던 것을 바꿔 들고 돌아가기를 몇 번 계속하다 마침내 다른 곳으로 몸을 옮긴 것으로 짐작하고 식량 나르기를 그만두었다. 경해사 지운스님으로부터 고강이 거처를 옮긴 것 같다는 기별을 받은 것이 해소수쯤 전이었다. 그런데 해소수가 지나도록 고강으로부터는 종내 소식이 없었다. 이조에서의 일이 몸을 놓아주지 않아 혹시나, 혹시나 하고 답답해하며 기다리다 이번 안동 걸음에 나섰다가 귀경하던 중 고강의 초막을 찾은 것이었다.

"그럼, 귀공께서 베푼 은공을 고강이 알지 못했군요."

"그 성격에 그 사실을 알았다면 필경 멀리 다른 데로 피하고 말았을 것입니다."

"고결한 분이었군요. 하, 그러고 보니, 저로서도 이해할 수 없는 일을 당하기는 했습니다."

"이해할 수 없는 일을 당하다니요?"

정 진사는 잠시 눈을 감았다. 지난 일이 돌이켜 생각나는 듯 감회에 젖은 표정이다. 이윽고 눈을 뜬 정 진사는 찻잔을 들어 입을 축였다.

고강이 다녀간 후 정 진사는 한동안 그에 대해 까맣게 잊고 있었다. 자기가 그에게 양식 한 톨 베푼 일이 없었고, 안에서도 모르는 일이라고 했다. 엉뚱한 오해로 인사를 받은 것으로 알고 그만 잊어버렸다. 그림에 대한 애착도 없었으므로 그냥 다락에 올려놓고 다시 찾지 않았다. 그러던 어느 날, 뜻밖에 궐자가 또 찾아왔다. 지난번처럼 고개를 깊이 숙여 베풀어준 은공에 먼저 치사를 올렸다. 정 진사는 자신은 베푼 일도 없고 모르는 사실이었으므로 그의 오해를 풀어주어야 할 것 같았다. 일단 사랑으로 들인 후 다과를 내놓았다.

"그대는 내가 그대를 위해 양식을 베풀었다고 하는데, 나는 그런 사실이 없었습니다. 그리고 또 안에 물어봤으나 안에서도 그런 일이 없었다고 하니, 필경 다른 사람이 베푼 은공을 두고 내가 인사를 가로채 받고 있는 것이 틀림없소. 이처럼 민망스러울 데가 또 어디 있겠소."

정 진사는 눈에 힘을 주고 목소리를 가다듬어 진중하게 말하였다.

"덕망 높은 진사 어른께서 어찌 스스로 그런 자선을 베풀었다고 말씀하실 수 있겠습니까. 아무리 아니라고 하셔도 하늘이 알고 땅이 알고 제가 알고 있는 사실입니다. 오로지 저는 정성을 다해 그림의 진경으로 은혜에 보답드릴 수밖에 없습니다."

정수리에서 끈으로 묶기는 했으나 미처 묶이지 않은 머리털이 늘어져 귀를 덮고 있고 살쩍에서 턱까지 아무렇게나 뒤덮여 있는 수염이며 때 묻은 손, 해진 남루한 옷차림 등 지난번과 조금도 다름없는 추레한 행색이었다. 음성은 맑고 밝았으나 그 행색은 거름 속에서 금방 나온 것 같았다. 정 진사의 엄숙한 표정에 외려 그는 웃음 지으며 손사래를 쳤다.

"내가 겸양해서 그런 게 아니라, 사실이 그렇다는 것이오."

"알겠습니다. 어쨌든……"

정 진사의 말을 듣는 둥 마는 둥 궐자는 태연한 얼굴로 등에서 벗어놓은 봇짐을 당겨 그것을 풀었다. 안에서 잘 접은 화선지를 꺼냈다. 이어 그것을 정 진사가 바로 볼 수 있게 앞에다 펼쳐놓았다.

"지난번 그림 있지 않습니까. 번거로우시겠지만, 그걸 좀 보여주시겠습니까."

정 진사의 말을 귓등으로 흘려듣고 도리어 자기주장을 펼쳐놓으려는 궐자의 수작이 비위에 거슬렸다. 그러나 무엇을 하자는 수작인지 영문이나 알아보자는 속셈으로 다른 토를 더 달지 않았다. 정 진사는 안에다 대고, 벽장에 넣어둔 그림을 내오라고 분부하였다. 용자가 고운 색시가 등 뒤에 땋은 머리를 치렁거리며 접은 종이를 들고 사랑으로 들어왔다. 정 진사의 책상 위에 그것을 가볍게 올려놓고 얼른 걸음을 재촉해 돌아나갔다. 고강이 손을 뻗어 그것을 집어 오늘 가져온 그림 옆에 펼쳐 놓았다.

"이 산은 외양을 보아 모양은 그럴듯합니다. 하지만 눈앞에 펼쳐진 것만을 잡은 것이 흠결입니다. 산을 그리되 눈앞에 전개되어 있는 모양만을 그려서는 진실하게 그렸다 할 수 없습니다. 산의 신기(神氣)를 나타내지 않으면 안 된다는 즉, 흉중(胸中)의 산(山)을 그려야 한다는 화론은 저도 지득하고 있었습니다. 그러나 재주가 미치지 못해 마음속에 있는 산을 그리지 못했습니다. 하지만 오늘 가져온 이것을 보십시오. 아무 말도 없고 움직임도 없고 애써 표정을 지으려 하지 않아도 어딘가 그리움에 젖어 있는 모습 아닙니까. 제가 살피기로는 조금쯤은 진경이 있는 것으로 믿어집니다. 그래서 지난번 것과 바꿔드리기 위해 찾아뵈었습니다."

말을 마치자 궐자는 지난번 그림을 앞으로 당겨 두 손으로 와락 구겨버렸다. 깜짝 놀라, 만류할 겨를도 없었다. 궐자는 그림을 박박 찢어버렸다.

"그럼 또 진경이 보이면 다시 찾아뵙겠습니다."

뜻하지 않았던, 갑작스런 사태에 정 진사는 넋이 나갔다. 정중히 인사를 하고 사랑을 나가는 궐자를 정 진사는 한동안 몽롱한 정신으로 지켜보며 눈으로 배웅하였다. 그 후, 그는 거의 한 달 파수로 정 진사를 찾아왔다. 올 때마다 지난번 그림을 찢어버리게 하고 새로 그려온 그림을 대신 간직하게 하였다.

"매번 그림을 찢어버렸다는 것입니까!"

승종이 비명을 지른 후 외쳐 물었다. 주막에서의 기행이 여기서도 반복되었단 말인가. 기가 막히고 어이가 없었다. 내가 왜 좀 더 일찍 은밀히 손을 쓰지 못했던가. 후회와 분노로 가슴이 미어지는 것 같았다. 입에서는 계속 탄식이 흘러나왔다.

"다시 찾아왔을 때, 제가 재차 양식을 가져다 놓은 적이 없다고 사실을 밝혔으나 그는 곧이듣지 않았습니다. 제가 겸양하는 것으로 오해하며, 저를 더욱 신뢰하는 눈치였습니다. 그는 그림을 가져와 지난번 그림의 잘못된 부분을 자세히 설명하고 새로 그려온 그림의 장점을 누누이 강조해 제게 설명한 후 지난번 두고 간 그림을 내오게 해 찢어버렸습니다. 하지만, 제가 몇 번 겪고 나서 생각을 고쳤습니다. 그림을 찢어 없애는 것은 굳이 스스로 수고할 것이 아니라 아랫것들을 시켜도 무방하니 술이나 한잔 들고 가라고 술상을 차려내고는 했습니다. 그리고 그림을 내주지 않고 붓과 종이를 마련하는 데 소용되지 않겠느냐며 많지는 않았지만 지필묵을 마련할 정도의 돈을 쥐어주기도 했습니다."

"아, 그게 사실입니까? 그럼 혹시 그림을 보관하고 계신단 말씀입니까?"

승종은 정 진사를 향해 덤벼들 듯이 다가앉았다. 꿰뚫을 듯이 쳐다보는 승종의 강렬한 시선에 정 진사는 어안이 벙벙할 지경이었다.

"그렇습니다. 제가 그림에 관심도 없고 그림 보는 눈은 없었지만 그림마다 각고의 정성이 깃들어 있다는 것은 어림짐작할 수 있었습니다. 그래서 찢어 없애는 것은 당치 않은 것 같아 제가 그냥 간직해두었습니다."

"아, 그렇습니까!"

이런 믿기 어려운 행운이 나를 기다리고 있었단 말인가. 반가운 나머지 승종은 몇 번이나 고개를 저었다. 두 주먹을 불끈 쥐고 흔들어 보이기도 했다.

"그렇지 않아도 궁금해 미칠 지경이었습니다. 그림 그리겠다고 산속으로 들어가 다섯 해를 보낸 인사가 그림 한 점 남기지 않았을 턱이 없지 않습니까. 그런데 장례를 치르고 초막 안팎을 샅샅이 살펴봤지만 그림 한 점 찾아볼 수 없었습니다. 필경 남의 손을 탔겠거니 단념하고 아쉬운 마음으로 초막을 나설 수밖에 없었습니다. 그런데 요기를 하기 위해 들른 삼거리 주막 봉놋방에 그의 그림이 붙어 있지 않습니까. 그 주막 주모로부터 그림을 붙여두게 된 내력을 듣게 되었는데 기가 막혔습니다. 많은 그림을 그가 스스로 찢어 없앴다는 것이었습니다. 정 진사께서 그의 유작을 간직하고 계셨다니 이 무슨 기연이란 말입니까."

"주막에서도 그림을 찢어버리게 했다는 말씀이시오?"

"그렇습니다. 정 진사께 했던 것처럼 지난 그림을 다 없애도록 했답니다. 더구나 주막에서는 벽에 붙여둔 그림을 스스로 떼어내 찢어버린 탓에 맨 마지막 것 하나가 유일하게 남아 있었습니다. 그의 그림을 좀 보여줄 수 있겠습니까?"

"그렇게 하다마다지요. 알고 보았더니 그림의 임자가 바로 귀공이셨군요."

아랫것을 불러 시키지 않고 정 진사가 일어나더니 직접 안으로 들어갔다.

잠시 후 정 진사가 다시 사랑으로 나오고 다과상과 술상을 마련해 온 색시가 그 뒤를 따랐다. 그리고 아까의 아리따운 색시가 품에 화선지 한 아름을 안고 사랑으로 들어왔다. 들고 온 화선지 뭉치를 정 진사의 책상 위에 올려놓은 다음 색시는 아까처럼 뒷걸음질로 물러나 사랑을 나갔다.

6

마음이 급한 나머지 승종은 체면도 돌보지 않고 서둘러 정진사의 책상으로 다가가 화선지 뭉치를 내려 펼쳤다. 승종의 입에서 감탄의 소리가 연이어 터져 나왔다. 그림을 보는 눈에 마냥 감개무량한 기운이 감돌았다. 한 점 한 점 다 눈부시지 않은 그림이 없었다. 산수(山水)는 형태로써 도를 이룬다, 는 옛말이 계속 그의 머릿속을 맴돌고 있었다. 문자로써 도저히 나타낼 수 없는 우주의 신비는 산수화로써 이룬다, 는 옛말도 상기되었다. 어느 그림을 봐도 법도에 어긋나지 않아 보였고 아울러 새롭지 않은 것이 없어 보였다. 옛 법도를 지키되 새로운 세계를 창조한, 즉 법고(法故)하되 창신(創新)한 것들임에 틀림없었다.

그림에 넋을 잃고 있던 승종은 정신을 가다듬고 숫자를 헤아려보았다. 무려 서른 점에 가까웠다. 기암괴석이 있는가하면, 다리를 건너가는 아낙네의 모습도 있었다. 고양이와 닭과 개도, 안개가 피어오르는 강도, 논에서 일하는 농부의 모습도 보였다. 주름살이 가득한 늙은 농부의 얼굴이 살아 있는 듯 생생했다. 매화와 국화도 있었고, 대나무와 노송이 화선지를 가득 채운 것도 있었다. 물살을 힘차게 헤쳐 오르는 잉어도 있었다. 특히 산을 다룬 그림이 절반을 넘었다. 여러 형자의 산의 모습이 화폭에 담겨 있었다. 수법(樹法), 석법(石法), 영모법(翎毛法) 등 옛 명인의 화결(畵訣)을 깊이 궁구하여 두루 체득한 바 있었음이 분명했다.

"이 그림은, 인물의 옷을 중국 옷으로 오인할 우려가 있으니 버려야 한다고 했습니다."

정 진사는 그림 한 점을 뽑아 승종이 보기 편하게 펼쳐 보였다. 채마밭에서 괭이질을 하고 있는 농부의 모습을 그린 그림이었다. 낮은 담장 안에 송아지에게 젖을 먹이는 암소가 보이고 그 뒤로 초가의 처마가 그려져 있었다. 옷을 보니 앞자락이 길게 무릎까지 내려와 있었다. 고강의 우려가 온당해 보였다. 그러나 정 진사는 알 수 없다는 듯 미소 짓고 있었다. 옷이야 어떤 것을 입고 있든 무슨 상관이냐는 눈치였다.

"이 그림은, 그림 속 인물이 탄주하고 있는 거문고가 우리 것과 달라 안 된다고 했습니다. 방작(仿作)을 피한다고 애썼는데, 의식 속에 중국 그림이 그림자를 드리우고 있었던지 중국 것을 그려 넣고 말았다고 했습니다. 그러므로 없애버려야 한다는 것이었습니다."

소나무 아래에 앉아 거문고를 켜고 있는 선비의 모습이 한가로웠다.

언젠가 북악 아래 최발의 집 뒤뜰에서 거문고를 켜며 한때를 보냈던 기억이 승종의 머릿속에 그려졌다. 고강의 지적은 틀리지 않았다. 우리 거문고는 폭이 좁고 줄이 적었다. 중국 것은 폭이 넓고 줄이 많았다. 우리 거문고를 그리지 않았으니 마땅히 저어하고 경계할 바였다. 승종은 전에 들었던 일화 몇 토막이 상기되었다.

세상에 천품(天品)으로 칭송받는 그림이 있었다. 낙락장송 아래 한 사람이 고개를 쳐들어 우듬지를 쳐다보는 모습을 그린 것이었는데, 소나무와 사람이 실물을 그대로 방불했다. 이 그림을 본 고명한 화가 안견(安堅)은 '그림이 비록 묘하기는 하지만, 사람이 고개를 꺾고 위를 쳐다보면 목 뒤에 반드시 주름이 잡히는 법인데, 이 그림에는 그 주름이 없으니 그 뜻을 다했다 할 수 없다.'고 결함을 지적했다. 그로부터 그 그림은 천품의 칭송을 잃고 하품 취급을 받기에 이르렀다.

또 옛날 묘품(妙品)으로 칭송받는 그림이 있었다. 늙은이가 손자를 안고 숟가락으로 밥을 떠먹이는 모습을 그린 것인데, 사람이 살아 있는 듯 실감이 났다. 세종임금께서 그 그림을 보고, '이 그림은 비록 형상은 잘 그렸다고 할 수 있으나 무릇 노인이 어린아이에게 밥을 먹일 때는 자신도 모르게 절로 입이 벌어지는 법인데, 입을 다물고 있으니 허물이 아닐 수 없다.'고 지적했다. 형상은 얻었으되 뜻은 얻지 못하였다 하여 그로부터 그 그림은 묘품의 칭송을 잃었다는 것이다.

그림을 품평할 때 가장 으뜸의 것을 천품으로, 그다음을 묘품으로, 그 아래를 능품(能品)으로 쳤다.

"또 매화는 더 춥고 고고하게 그려야 하는데, 너무 화사하게 그려 이치를 감안하지 않은 소홀함을 지적하는 이가 훗날 반드시 나타날 것이므로 없애버려야 한다고 했습니다."

주인은 매화 그림을 승종 앞에 펼쳐 보였다. 고강은 형상만을 고스란히 그린 것은 그림이라 할 수 없다고 말했다 한다. 그 형상 안에 내재해 있는 어떤 보이지 않는 핵(核)을 불러내 그려내야만 그림으로 불릴 가치를 지니는 것이라고 주장했다는 것이다. 그림에 대한 고강의 준열한 뜻을 정 진사는 다 이해하고 수용하고 있는 눈치는 아니었으나 들은 것을 조솔하게나마 기억하고 있는 것이 가상스러웠다.

하기야 그림을 마음의 발현이라 믿는다면, 마음이 항상 같지 않아 그림 또한 항상 같을 수 없다는 점을 알고 쉽게 다름을 인정할 것이다. 그러나 고강은 그 다름을 감안하지 않고 다만 그림의 진경만을 고집스럽게 좇은 모양이었다. 강물이 흐르되 어찌 늘 같은 모습으로만 흐르겠는가. 높은 데서 낮은 데로 흐를 때는 그것이 급할 것이다. 언덕이 막혀 있으면 천천히 그러나 끈질기게 무너뜨려 다음 채울 곳을 향해 흘러가기 마련일 것이다. 굽이를 돌아갈 때면 또한 물살이 거칠어지기도 하는 것이다. 마음 또한 그러하여, 성날 때와 기쁠 때 그 그림이 같을 수 없고, 유족할 때와 핍박받으며 촉박할 때 그림이 같을 수 없을 것이다. 산이 멀리 있어 바라볼 때는 정이 솟아오르고, 눈앞에 우뚝 서 있는 기암괴석은 마음속 기운을 촉발시킬 것이다. 그 두 장면의 그림 또한 다를 수밖에 더 있겠는가. 그런데, 고강은 그림을 마음의 발현이 아니라, 무엇으로 생각한 것일까.

그의 궁극의 이상은 어떤 경지의 것이었을까.

"그림이란 마음 없이 나오는 것을 으뜸으로 삼고, 그다음으로 마음에서 나오는 것을 치며, 그 아래로 붓에서 나오는 것을 놓는다 했습니다. 붓에서 나오는 것 아래로 치는 것이 또 있으니 먹에서 나오는 것을 말한다고 했습니다. 먹에서 나오는 것은 그 농담의 조정으로 밝고 어두운 것을 달리하는 것을 이르고, 붓에서 나오는 것은 붓의 속도를 달리하고 누르는 힘의 강약을 달리하여 얻는 각종 준법을 이르는 것이라 했습니다. 마음에서 나오는 것이란 붓이 마음을 따라 달리고 마침내 그린 이의 바라는 바를 이루는 경지를 말하는 것이고, 마음 없이 나오는 것이란 얻고자 하는 바가 있었으나 대상은 방불함을 잃고 미진하기만 하며 만족스럽지는 않으나 더 보탤 데를 찾을 수 없고 지울 데 또한 찾을 수 없는, '마음 밖의 뜻'을 얻은, 즉 천상묘득(遷想妙得)의 경지를 말하는 것이라 했습니다. 마음 없이 나오는 경지는커녕 마음에서 나오는 것에도 이르지 못한 것을 어찌 남겨둘 수 있겠습니까."

고강은 살을 저미듯 그렇게 길게 탄식하기도 했다 하였다.

"한 자 크기의 대나무로 우주의 세를 감복케 하는 것이 그림입니다. 닮음으로써 떨어지고, 닮지 않은 것으로써 뜻을 이루는 것이 우리가 얻고자 하는 바 이상입니다. 그런데 이 그림은 새와 나무를 너무 자세하게 그려 '붓 밖의 뜻'을 얻지 못하였으니, 흉이 아니고 무엇이겠습니까."

고강은 또 그렇게 탄식했다고 하였다.

'마음 밖의 뜻'을 얻고 '붓 밖의 뜻'을 얻는 경지, 그것이 고강의 궁극의 이상이었던 것인가.

"이 그림은, 골산(骨山)과 토산(土山)을 구분해 그리지 않은 잘못을 저질렀다고 했습니다. 저야 무슨 뜻인지 모를 말이었지만, 토산도 수직선을 내려 긋는 실수를 범했으므로 이 그림도 세상에 남겨둔다면 훗날 부끄러움을 살 수밖에 없으리라 했습니다."

골산인 경우에는 서릿발준법[霜鍔皴法]과 도끼발준법[斧劈皴法]을 아울러 쓰며 선묘(線描)로 이를 표현하고, 수목이 우거진 토산은 이른바 미가운산법(米家雲山法)이라는 묵묘(墨描)로 이를 표현해야 한다는 화론을 염두에 두고 고강이 경계로 삼은 모양이었다.

주인이 앞에 펼쳐 보이는 그림을 유심히 살피던 승종은 숙연한 표정으로 고개를 끄덕였다. 고강이나 대우, 최발 등은 그림이든 시든 노래든 모두 이전의 것과는 다 달라져야만 한다고 한 목소리를 냈다. 그들의 주장에 귀를 기울여주는 사람은 아직 희소했다. 그러나 시작은 미미할지라도 시일이 흘러 세상에 널리 퍼져나가면 자연 호응하는 숫자도 늘어나리라는 희망을 그들은 버리지 않았다.

성리학을 지배적 이념으로 삼은 조선 왕조는 정신의 젖줄을 중국에 대고 있었다. 특히 송나라 초기 문학에 있어 일대 혁신 운동인 고문운동(古文運動)에 거의 경도되어 있었다. 고문운동의 근간은 도문일치론(道文一致論)의 대전제 아래 문통론과 도통론으로 갈렸다. 조선에서는 글에 도를 싣는다는 문이재도론(文以載道論)을 숭상하며 그것이 주조를 이루었다. 문장이나 시부(詩賦) 등 사장(詞章)은 물론이고 그림이나 음악도 마땅히 그래야만 한다고 믿었다. 글과 마찬가지로 그림이나 음률에 있어서도 도를 싣는 것을 으뜸으로 쳤다. 음과 악은 당 · 송의 것을 본으로 삼고, 그림도 당 · 송화를 방불하게 그려야만 비로소 천품이나 묘품, 또는 능품이라 하며 높이 평가했다. 그렇지만 그렇듯 맹목적으로 추종하다니 그처럼 어리석은 일이 어디 있다 하겠는가. 우리가 독자적인 도를 갖지 못해 어쩔 수 없이 그들로부터 기법은 배워와 발전시키는 것이 마땅한 일이라 하겠지만, 산 모양까지 중국의 마이형(馬耳形) 산을 그대로 옮겨 그리다니 통탄스럽다고 탄식했었다. 우리가 늘 보고 정을 느끼는 우리의 산천을 그려야만 정서적 감흥이 발양될 것인데, 화첩 속의 남의 나라 산을 비슷하게 그려놓고 희희낙락하다니 한심한 일 아니냐며 탄식했다. 그래서 현실과 상상이 일치하는 우리 산천을 표현하기에 알맞은 새로운 그림 기법을 창안해야 한다고 고강은 강조했었다. 그림을 보고 있자니, 그의 완강한 주장이 귓가에 쟁쟁 징소리처럼 크게 울리는 듯하였다.

"이 그림에 관해서 언급한 것은 없었습니까?"

굽이굽이 꿈틀거리며 흘러내린 산 모습이 아까부터 승종의 눈길을 끌었다.

"아, 그 그림 말씀입니까? 그렇지 않아도 말씀드릴 참이었습니다. 손님 앞에 놓인 그림과 이 그림이 비슷하지 않습니까."

정 진사는 승종 앞에 비슷한 그림을 펼쳐놓았다.

"그렇군요. 같은 산을 그린 것이로군요."

“헌데, 제가 보기에는 두 그림 사이에 아무런 차이가 없어 보이는데, 이 그림은 없애야 한다고 했습니다. 왜냐하면 산 형세가 ‘소리무늬’를 짓고 있는데, 이 그림 속의 산은 아무 소리도 내지 못하고 벙어리로 앉아 있을 따름이라는 것이었습니다.”

도무지 당치 않은 주장 아니냐는 듯 정 진사는 승종의 동의를 구하는 눈치였다. 그러나 승종은 아무 대꾸 없이 옆의 그림을 주시하고 있었다. 언젠가 고강의 말이 상기되어 새삼스레 귀를 울렸다. ‘만물을 수정처럼 투시하는 맑은 지혜, 즉 고랑청철(高朗淸徹)은 젊음[若]에서 얻는 총명이 아니라네. 초목으로 뒤덮인 산을 내가 왜 골산으로 그리는지 아는가. 눈이 보는 유(有)의 근원을 보이지 않은 무(無)에서 찾으려는 노력일세.’

만물이 나고 죽는 것의 차이 없음과 형체의 근원에 관한 사유는 승종 등 여러 동무들 사이에 자주 입에 오르내리던 화제였다. 예컨대 형체는 움직여 형체를 낳지 아니하고 그림자를 낳고, 소리는 움직여 소리를 낳지 아니하고 울림을 낳는다. 무(無)는 움직여 무를 낳지 아니하고 유(有)를 낳고, 삶이 있는 것은 곧 삶이 없는 것으로 돌아가며, 형체가 있는 것은 곧 형체가 없는 것으로 돌아간다는 도가적 이치였다. 삶이 없는 것은 본시부터 삶이 없던 것은 아니고, 형체가 없는 것도 본시부터 형체가 없었던 것은 아니다. 이렇게 말하는 것은 곧 존재의 배후에 있는 깊은 표현정지의 무를 보라는 것, 형상 뒤에 있는 형상, 유의 배후에 있는 무, 항상 유를 포섭하고 있는 무를 포착하라는 자신을 향한 당부와 각오에 다름 아니었다.

"그런데, 이 그림 속의 산을 좀 유심히 지켜보라는 것이었습니다. 끊임없이 출렁거리며 흐르고 있는 산세를 가만히 보고 있으면 저절로 어깨춤이 일어나지 않느냐는 것이었습니다. 귀공 생각은 어떻습니까?"

승종은 저도 모르게 책상다리를 풀고 그림 앞에 무릎을 꿇고 고쳐 앉았다.

"그렇군요. 아까부터 어디선가, 무슨 여운 같기도 하고 메아리 같기도 한 그런 아련한 음향이 귓전을 맴돌고 있는 것 같아 이상하다 싶었습니다. 그 음향의 출처를 더듬어 몇 번이나 두리번거렸으나 종적을 찾을 수 없었는데 바로 이 그림에서 나는 소리였군요. 그렇습니다. 이 산은 '소리무늬'를 지으며 흐르고 있군요."

승종의 엄숙한 태도와 진지한 표정 앞에 정 진사는 겸연쩍은 듯 턱수염을 쓰다듬었다.

고강은 마침내 한 경계를 뛰어넘어 구극의 경지에 들어섰음에 틀림없었다. 무릇 산수화에는 산의 기운이 화폭에 생생하게 살아 있어야 하고, 그 그림을 보고 있는 사람의 가슴속에 저절로 자연의 신기(神氣)가 북받쳐 올라오게 하는 경지, 그것이 으뜸의 경지라 하였다. 바로 눈앞의 그림이 속삭이고 있는 저 아름다운 음률을 내 가슴이 지금 분명히 듣고 있지 않은가. 산수를 그릴 때에는 뜻이 붓 앞에 있어야 한다 했는데 외형의 산이 아니라 산의 음률로써 우주의 끝을 노닐게 하지 않는가. 더 높은 경지는 또 어떤 것이 있는지 사뭇 헤아릴 길 없지만 고강은 분명 한 경지를 뛰어넘어 더 높은 어떤 궁극의 경지에 다다른 것임에 틀림없어 보였다.

"제 안목이 미치지 못해 잘 모르려니와, 그린 이가 가진 것을 다 바치고 나서야 겨우 얻을 수 있는 궁극적인 경지의 훌륭한 그림 같습니다. 즉 몸에 꽂힌 정신이라는 심지를 고스란히 다 태우고 나서야 가까스로 얻어낸 심원한 경지의 그림이 아닌가 생각됩니다!"

"그렇습니까! 그래서 그때 그가 득의의 표정으로 이 그림의 소리를 들어보라고 제게 재촉했던 것이었군요! 그런데, 이 그림을 마지막으로 모습을 보이지 않아 그렇지 않아도 궁금했는데, 귀공께서 비보를 전해주시어 궁금증은 풀었지만 애석한 일입니다. 앞으로 더 훌륭한 그림을 그릴 수 있는 높은 경지에 이른 인사가 세상을 떴다 하니……."

"이 그림이 마지막 그림이라고 했습니까?"

"예, 귀공의 감식안이 가히 경탄스럽습니다."

붓을 든 채 좌탈의 형상으로 굳어 있던 고강의 유골이 승종의 머릿속에 가득 펼쳐졌다. 어느새 그의 눈에 눈물이 그렁그렁 고였다.

해설

삶의 미학화를 통한 다른 세계의 전망

권오룡
(문학평론가 · 한국교원대 교수)

소설가인 그는 지금 로피아노라는 통영의 한 카페에서 진 선생이라는, 파리 유학까지 다녀온 젊은 여류 화가와 함께 이상의 시 「오감도」에 대해, 고구려 각저총 고분 벽화에 그려져 있는 세 발 까마귀인 '삼족오(三足烏)'의 상징적 의미에 대해, 자신이 쓰고 있는 소설 주인공이 매달리고 있는 옻칠 회화에 대해 논하고 있다. 며칠 전 그는 미술전시회를 관람하기도 했고, 거기서는 미술관의 아트 디렉터를 상대로 전시된 작품들에 대한 비판적 감상을 개진하기도 했다. 지금도 진 선생 앞에서 그 비판적 감상의 연장으로 "세계 미술계가 천지개벽을 할 때가 되었다"(185)든가 "피카소라는 우상을 파괴해야 한다"(187)는 과감하다 못해 과격하기까지 한 주장을 펼치고 있는 중이다. 이 외에도 그는 문학, 고고미술, 서구와 동양 삼국의 현대미술 등 여러 분야에 걸쳐 자신의 예술론을 펼친다.

이상의 이야기는 유익서의 새 소설집 『고래 그림 碑』에 수록된 「붉은 달」이라는 소설의 플롯 일부를 하나의 장면처럼 묘사해본 것이다. 「붉은 달」은 인물, 공간, 예술에 대한 관심 등에 있어 『고래 그림 碑』가 이루는 작품세계의 구심점으로 삼을 수 있다. 많은 경우 작가의 분신이라 이해해도 무방할 인물들, 이럴 경우 현재 작가가 거주하고 있는 통영과 한산도로 한정된 공간, 그리고 거의 대부분의 인물들이 공유하고 있는 예술에 대한 깊은 관심이나 해박한 지식 등으로 미루어 『고래 그림 碑』에 수록된 소설들은 가히 동일성의 체계를 구성하고 있다고 이해할 수 있다. 이 같은 동일성을 기반으로 삼아 생성되는 의미적 세계는 어떤 것인가?

알다시피 발자크는 120여 편에 달하는 그의 방대한 『인간희극(Comédie Humaine)』 총서에서 동일 인물을 여러 편의 소설에 등장시키는 '인물의 순환'이라는 기법을 통해 19세기 전반기 프랑스 사회의 거대한 파노라마를 이루어낸 바 있다. 이에 비해 유익서 소설들의 경우 제한된 일상의 공간만을 무대로 삼는 인물들은 세상의 너른 탐색에는 별 관심을 기울이지 않는다. 「바리데기 꽃등」에 등장하는 인물의 일상생활상으로 미루어 말하면 고작 시사주간지 정도가 이들이 세상을 접하는 통로 역할을 할 뿐이다. 이렇듯 동일성으로 수렴된 공간은 매우 좁고 제한적이다. 많은 인물들의 생활공간은 한결같이 통영과 한산도이고, 이에서 벗어나더라도 공간이 장소로서의 특정성을 지니고 소설의 의미화에 관여하는 경우는 거의 없다. 이처럼 좁고 비특정적인 공간 안에서 인물들은 거의가 하나같이 오로지 예술에 대한 화두만을 주된 관심으로 삼아 이를 심화하고 그 내용을 주제로 삼아 사람들과 소통하려는 모습을 보여준다. 예술에 대한 이들의 관심은 문학은 말할 것도 없고, 서양 음악과 전통 국악, 고고미술, 산수화, 전통공예, 옻칠회화, 서구와 동양의 미술, 춤, 굿 등 실로 다양한 분야에 골고루 넓고 깊게 이르고 있다. 『고래 그림 碑』에 수록된 소설들은 예술에 대한 성찰과 사유와 실천이라는 구심점을 중심으로 삼아 동심원적으로 펼쳐진다. 이처럼 좁혀진 공간과 그 안에서 예술에 대한 관심이 거의 편집증적이라 할 정도의 과잉 양상을 보이는 것으로 특징지어지는 삶의 방식은 '미학화'에 대한 비상한 노력의 집중을 필요로 한다. 이를 '삶의 미학화'라 일컬어보자.

'삶의 미학화'란 무엇인가? 그것은 어떤 실존적 선택에 의해 구성되고 또 어떤 방식으로 수행되는가? 「소리무늬 山」이라는 소설은 이 물음에 많은 단서를 제공해준다. 이 소설은 한국적 산수화의 진경(眞境)을 추구하다 좌탈(坐脫)로 생을 마감한 고강(古崗)이라는 기구한 천재화가에 대한 이야기이다. 조부 때부터의 우여곡절로 수치스러운 삶을 살다 반정(反正)에 참여하여 공신 반열에 오를 수도 있었으나 "속세를 등지고 숨어 살겠다는 뜻"(249)을 담은 칠언절구(七言絶句) 한 수만 달랑 남기고 은둔하여 진경산수에만 정진하다 마침내 유명을 달리한 인물, 그가 바로 고강이다. 자신이 그린 그림마다 흠결을 찾아내 자기 손으로 찢어버리고 다시 '천상묘득(遷想妙得)'이라는 도통의 경지를 추구하는 그의 기벽은 저 『임제록』의 가르침에 따라 선에 임하는 선사의 자세를 방불케 한다. 고강이라는 인물에 대한 이 정도의 간략한 소묘를 통해서도 알 수 있듯 '삶의 미학화'란 정치는 말할 것도 없고 그 밖의 일체 세상 번사에도 추호의 관심을 기울이지 않고 오로지 아름다움만을 추구하여 아름다움 자체와 그에 대한 구도(求道)적 추구의 자세를 초월적 기율로 삼는 삶의 실현 방식을 가리킨다. 일반적인 경우 이것은 세상과 거리를 두고 살아가는 초연함의 기술이 되어주지만 예술가에 의해 수행될 때 그것은 예술의 완성만을 목표로 하는 강퍅한 몰입의 자세로 이어지게 되기도 한다. 깊이의 차원에서 '삶의 미학화'는 어느 순간 광기와도 통하게 됨은 물론이고(김동인의 「광화사」나 「광염소나타」 같은 소설이 그 대표적인 예이다) 삶 자체를 송두리째 내던져야 한다는 무서운 역설의 요구에 직면하게 되기도 한다. 앉은 자세 그대로 미이라로 풍화되어버린 고강은 이 같은 극단을 실천한 인물로 그려져 있다.

이러한 극단적 실천에 의해 예술은 삶과 죽음의 경계를 초월하여 영원히 이어지는 불멸성을 추구하는 작업이 된다. 이럴 때 죽음은 삶을 일회적 사건으로 마감하는 완결이 아니라 '끝날 수 없는 여행'(바슐라르)의 한 결절점으로서의 의미를 획득한다. 예술은 삶과 죽음을 연결하여 하나로 이어지게 만듦으로써 영원불멸의 생명 사상을 수립할 수 있게 해준다는 것이 '삶의 미학화'로 표출되는 유익서의 독특한 예술관이다. 이런 점에서 '삶의 미학화'는 곧 '죽음의 미학화'이기도 하다. 실제로

『세 발 까마귀』라는 유익서의 다른 소설에서 주인공은 모욕당한 삶의 위엄을 회복하기 위해 자살을 결의하고는 자신의 죽음을 거룩한 것으로 만들어줄 수 있는 성스러운 장소를 물색하기 위해 통영 앞바다에 있는 비진도의 선유대를 답사하기까지 한다. 『고래 그림 碑』에 수록된 작품들로만 한정해 말하면, 유익서의 소설 세계에서 '삶의 미학화'가 출발점을 이룬다면 '죽음의 미학화'는 그 도달점, 혹은 지향점의 자리에 놓인다. 이제 출발에서 도달에 이르기까지의 이 지향성의 과정을 탐색해보자.

'미학화'라는 조금은 특이한 삶의 방식이 추구의 대상으로 놓이게 된 배경은 오늘날 삶의 현실에 대한 미학적 반성이다. 단순하게 생각할 때 그것은 오늘날 사람들의 삶에서 가장 결핍되어 있고 왜곡되어 있는 것이 아름다움이라는 미학적 요소라는 현실 인식을 출발점으로 삼는다. 표제작인 「고래 그림 碑」를 보자. 이 소설은 오늘날 고고예술이 처해 있는 안팎으로 척박한 환경으로 인해 주인공이 봉착하게 되는 좌절의 체험담 안에, 가파른 석벽 위에 고래 그림이 그려지게 된 과정에 대한 고고인류학적 상상력을 펼쳐놓는다. 올이라는 인물이 암각화 새기기에 몰두하게 되기까지를 상상적으로 구성한 이 액자 속의 이야기를 통해 작가가 주장하고자 하는 것은 생활과 예술의 동근원성이라고 말할 수 있다. 고래 사냥이나 바위 위에 그림 새기기나 똑같은 삶의 필요에서 근원된 것으로서 그 둘이 반드시 일치하는 것은 아니라 하더라도 하나의 전체 안에 조화롭게 통합되어 있었던 것이라는 생각이 행간에 담긴 작가의 주장일 것이다. 이에 비해 오늘날 생활과 예술은 완전히 분리되어 삶의 전체성 안에서의 조화를 상실하게 되었고 이에 따라 삶 또한 건강성을 잃게 되었다는 것이 작가의 안타까운 현실 진단이다. 생활의 압력에 쫓겨 암각화를 전공 분야로 삼는 고고미술 연구를 계속 이어가려는 의지를 접고 강원랜드로 표상되는 자본주의적 사행과 착취의 최일선에 자진 투신하는 인물의 절망적 선택은 오늘날 예술이 처한 위기의 살벌함을 잔혹하게 증언한다. 풍의 이러한 선택 앞에서 수는 울음을 터뜨리는 것으로 저항하지만 그 울음이야말로 우는 것 외에는 다른 어떠한 저항의 수단도 지니지 못하게 된 외설적 현실의 실상에 대한 역설적 입증일 것이다.

잠시 에둘러 가보도록 하자. 「수선화의 방」에는 주인공인 '그'가, 그를 고성에 초대한 강 선생이라는 인물과 알게 된 경위를 소개하기 위해 '왜 책을 읽어야 하는가'라는 연제로 죽도 마을회관에서 열렸던 강연의 일화를 들려주는 액자 형식의 이야기가 포함되어 있다. 이것이 "케케묵은 연제"이고 "너덜너덜한 낡은 주제"(109)임은 '그'도 역시 잘 알고 있다. 이렇다는 것은 '그'가 강연을 위해 별수 없이 돌아보는 책의 생태계에 대한 성찰의 내용 역시 우리에게 이미 잘 알려져 있는 것들이라는 뜻이다. 인터넷, 게임, 영화, 스마트폰, 트위터 등의 전자매체의 속도와 편의성, 말초적 재미에 현혹되어 점점 책을 멀리

하는 추세에 대한 우려의 소리가 커진 것은 어제오늘의 일이 아니다. 그럼에도 글을 쓰는 사람으로서 글의 전통적 매체인 책을 고사의 운명으로부터 지켜내기 위해서는 이렇게 뻔한 내용들을 다시 한 번 상기시키고, 올바른 삶의 방향을 가리켜주는 책의 기능을 강조하는 것 외의 별다른 뾰족한 도리가 없다. 책을 수호하기 위해서는 전자 미디어들과 비교할 때 책의 본질임과 동시에 가장 큰 약점이라 할 수 있는 지루하고 고리타분한 이야기를 되풀이하는 따분함을 무릅쓰지 않을 수 없다는 사실이 오늘날 책의 운명에 가로놓인 가장 큰 역설이라 해도 틀린 말은 아닐 것이다.

생태적 관점에서 볼 때 오늘날 예술의 위상이나 운명은 책의 그것들과 궤도를 같이한다. 현대 사회에서 예술의 운명과 책의 운명은 제유적 관계에 놓여 있다. 그러므로 다시 한 번 예술의 필요성과 존재가능성을 물어야 한다는 역설적 주장이 하나의 당위로 제기되는 것도 이 대목에서이다. 책을 지키기 위해 책의 취약점을 되짚어야 하는 것과 마찬가지로 현실이 이러하기에 우리는 이런 현실에 저항할 수 있는 수단으로서의 예술의 가능성을 끝까지 탐색해보아야 하는 것이다. 이 같은 당위의 관점에서 본다면 앞서 무력함의 절망감으로 해석했던 수의 울음도 현실에 대한 패배주의적 인정이 아니라 저항의 포기를 애석해 하는 것으로 의미의 뉘앙스를 달리하게 된다. 오늘날 예술이 회피할 수 없는 중차대한 문제는 사회적, 윤리적, 미학적 항체로서의 예술의 본질과 그 존재가능성에 대한 물음이다. 「고래 그림 碑」에 담긴 작가의 전언대로 예술이 삶의 환경에 대한 대응양식으로 성립한 것이라 한다면 시대에 따라 달라지고 나날이 새로워지는 삶의 환경에 대한 양식적 대응력을 스스로 키우고 넓혀가야 하는 것이 예술이 예술로 존재하기 위한 일차적 관건이 아닐 수 없다. 『고래 그림 碑』에 수록된 유익서의 소설들은 모두가 오늘날 우리가 추구해야 할 예술은 어떤 것이며 그것은 어떤 방식으로 존재할 수 있는가라는 화두에 대한 작가의 다각적 성찰을 형상화한 소설들이라고 이해할 수 있다. 이런 의미에서 유익서의 『고래 그림 碑』는 소설의 형식으로 예술의 본질과 현상, 가능성과 가치, 의의를 탐색하는 예술가 소설의 계보에 자리 잡는다.

근, 현대 예술에 대한 작가의 비판적 조망에서 판단 기준이 되는 사항도 삶과 예술 사이의 대응관계다. 유익서의 한 인물에 의하면 한국이나 일본의 회화가 세계무대에서 주목받지 못하는 이유는 서구의 모방에만 그치고 말았기 때문이다. 이에 비해 중국은 "역사와 전통 위에 외국에서 도입한 기법을 이식하여 결실을"(156) 거둔 것으로 평가된다. 그렇다면 근, 현대 미술의 본고장인 서구의 사정은 어떤가. 「1000년 그림」에서 옻칠회화의 매력에 사로잡혀 있는 주인공인 '나'는 다양한 방식으로 그의 예술관을 피력한다. 그 내용 중에는 서구 미술사에 대한 비판적 점검도 포함되어 있다. "예술의 성취로 부족함이 없"(150)는 중세 미술 이후 서구 예술은 아름다움을 분석과 해석과 해체의 대상으로 삼음으로써 "마침내 일상용품이나 아우라를 상실한 복제물을 예술 작품의 자리에 대신 올려놓기에 이르렀다는 것이다."(150) 요컨대 중국을 제외하고는 한국이든 일본이든 서구에서든 예술이 삶과의 대응력을 상실하고 예술의 울타리 안에 갇힘으로써 예술 작업의 의미 또한 모방에 지나지 않는 것으로 전락되고 말았다는 것이 세계 미술에 대한 비판적 검토 내용의 요지다. 심지어는 피카소마저 이 모방의 덫에 걸려 만년에는 "거장들의 작품을 거침없이 표절"(191) 하는 단계에 이르렀다는 사실이 비판적으로 지적된다. 이처럼 도덕적 판단(표절이란 모방에 도덕적 혐의까지 덧씌운 것일 터이므로)에까지 이르는 비판이 "피카소라는 우상을 파괴해야 한다"(187)거나 "세계 미술계가 천지개벽을 할 때가 되었다"(185)는 주장으로 이어지는 것은 당연한 귀결이다. 그러나 이런 과격한 주장은 소설에서 '나'의 대화상대자인 진 선생이라는 인물에 의해서도 금세 저항에 부딪치게 되거니와, 그만한 정도의 과격한 주장을 대화 형식에 용해시켜 공감과 이해를 청하는 방식으로 소설화하고 있는 점에서는 작가의 절제의 미덕이 드러나 보인다.

『고래 그림 碑』에 수록된 작품들이 한데 모여 이루고 있는 동심원적 체계의 원점을 이루는 것은 작가의 예술관이다. 예술과 삶의 동근원성에서 출발하는 유익서의 예술관이 첫 번째로 이루는 원주는 삶의 전체 속에서 예술이 그 자체로 조화의 이상을 실현하는 '칼로카가티아'(191)라는 고대적 이상의 회복에 대한 염원이고 열망이다. 이런 점에서 유익서는 반(反)-근대주의(anti-modernism), 혹은 전(前)-근대주의(pre-modernism)의 진영에 속한다고 말할 수 있다. 유익서의 미학적 근대비판은 근대 예술의 물질주의를 근대 이전의 정신주의에 대조함으로써 획득된 소산이다. 작가는 여러 곳에서 이런 대비에 기초한 비판과 그리고 이를 통해 새롭게 가다듬어지는 예술의 본질에 대한 사유를 행하고 있다. 이런 부분에서의 작가의 화법은 매우 직설적인데, 예를 들면 「1000년 그림」에서 작가는 옻칠회화가 궁극적으로 지향하는 바에 빗대어 미(美)에 대한 자신의 인식을 "궁극의 완미(完美), 그것은 외면에 나타난 형자에 있는 것이 아니라 비가시적인 물상의 본질적 기운에 있는 것"(149)이라고 피력하기도 하고 또 「소리무늬 山」에서는, 고강의 목소리를 빌리는 형식이기는 하지만 "형상만을 고스란히 그린 것은 그림이라 할 수 없"으며, "그 형상 안에 내재해 있는 어떤 보이지 않는 핵(核)을 불러내 그려내야만 그림으로 불릴 가치를 지니는 것"(275)이라고 주장을 펼치기도 한다. 어조의 높낮이를 떠나 이러한 견해들이 한결같이 말하는 바는 요컨대 예술의 본질은 형태〔形〕에 머물지 않고 정신〔精〕에까지 통해야 한다는 것인데, 이러한 대비법을 통해서는 이 외에도 많은 대립쌍들이 만들어질 수 있다. 물질 대 물성, 육신 대 영혼, 그리고 궁극적으로는 삶과 죽음 등. 이러한 구분법은 「레닌의 왼발」에서는 음악에도 비슷하게 적용되어 있다. 음악의 경우

'형'과 '정'의 대립쌍은 악기〔器〕와 소리〔音〕의 관계로 전환되어 악기에 의한 인공적 소리가 아니라 사람이 지닌 자연의 소리, 즉 목소리가 불멸성을 지닌다는 생각으로 이어진다.

그러나 여기서 주의해야 할 사항은 이런 대립쌍들을 이분법적으로 파악해서는 안 된다는 점이다. 가령 「소리무늬 山」의 고강의 경우를 통해 보면, 고강은 마침내 마지막 그림에서 산수의 형자에 대한 묘사에 그치지 않고 소리무늬라는 비물질적이고 비가시적인 어떤 정수(精髓)에 통하는 데까지 이르렀고 이 경지를 담은 그림이 정 진사라는 인물의 어떤 망외의 예감 덕분에 그림으로 남아 승종에게 전달될 수 있었지만, 만의 하나 어떤 이유로든 고강이 그의 기벽대로 이 그림마저 찢어버렸더라면 그림이라는 '형' 없이 소리무늬라는 '정'만 홀로 남아 전해질 수 있었을까? 예술을 통해 형이상적 정신에 이르고자 하는 작가의 끈기 있는 성찰이 초점을 맞추고 있는 대상도 이 문제이다. 유익서 소설의 많은 인물들이 한결같이 깊이 매료되어 있는 옻칠회화에 대한 고민 또한 "천년을 유지하는 물성"을 지닌 옻칠로 "물상의 본질적 기운을 그려내려면 어떻게 해야 한단 말인가"(149)라는 문제의 어지러움에서 비롯된다.

옻칠은 나무든 자개든 그림이든, 어떤 사물 위에 덧씌워지는 또 하나의 '물'일 것이다. 옻칠이 표면을 이룬다면 이에 의해 덧씌워지는 사물은 옻칠의 이면에 닿아 있는 다른 '물'의 층을 이룬다. 궁극의 과제는 이 다른 '물'의 물성, 본질을 드러내는 것이거니와, 그러기 위해서는 우선 옻칠이 매개'물'로서의 스스로의 흔적을 지워야 하고, 이 지워짐과 동시에 표면으로 드러나는 다른 '물'의 심층으로 침투하여 그 물성이 드러나도록 해야 한다. 그러므로 옻칠회화나 공예만을 두고 말할 때 물성의 드러냄이란 표층이 가라앉아 심층이 되고 심층이 떠올라 표층을 이루는 무한 순환을 통해 비로소 가능성을 기대해 볼 수 있게 될 것이다. "천년을 유지하는 물성"(149)을 지니고 있는 옻칠의 비결이 어쩌면 이런 것일 수 있을까?

옻칠의 비결을 밝히는 것이 지금 이 자리에서 우리가 목표하는 바는 아니다. 그럼에도 옻칠의 비의적 구조를 서투르게 더듬어보았던 것은 '형'과 '정', 물질과 물성, 육신과 영혼, 삶과 죽음을 대립으로가 아니라 순환으로 볼 수 있게 해주는 시각의 입지점을 확보해보기 위해서였다. 단지 예술관에 있어서만이 아니라 유익서의 생명관, 세계관 등과 같은 모든 비전의 중심 혹은 기반에는 "무(無)는 움직여 무를 낳지 아니하고 유(有)를 낳고, 삶이 있는 것은 곧 삶이 없는 것으로 돌아가며, 형체가 있는 것은 곧 형체가 없는 것으로 돌아간다는 도가적 이치"(279)가 자리 잡고 있다. 예술의 의미를 "눈이 보는 유(有)의 근원을 보이지 않는 무(無)에서 찾으려는 노력"(279)이라 풀이하는 고강의 지론에서는 물론이고, 산수화라는 양식 외에 옻칠회화에 있어서도 "물상의 중심을 이루고 있는 형질은 비가시적인 기운으로 운동하고 있기 마련"(147)임을 명심하는 것이 옻칠회화의 꽃을 피우게 될 절대적인 전제로 삼아져 있음에서 작가가 도가적 순환론에 기대고 있는 기울기의 정도는 확연히 드러난다.

이제 우리는 유익서의 소설 세계가 지향하는 '삶의 미학화'라는 명제에 순환론이라는 구조를 겹쳐 놓고 보아야 하는 단계에 이르렀다. 이 단계에서 작가의 소설적 탐구는 예술에 있어 '형'과 '정'의 관계라는 틀을 넘어 삶에 있어서의 물질적 측면과 정신적 측면, 즉 육신과 영혼의 관계에 이어지는 방식에 대한 것으로까지 확장된다. 그리고 이를 통해 삶과 예술의 일치로 이루어지는 칼로카가티아의 경지 또한 보다 구체화된다. 우선 「바리데기 꽃등」을 살펴보자. 이 소설은 여러 가지 곁이야기들을 많이 거느리고 있지만 간단히 추리면 이른 아침 걸려온 전화를 통해 만나기로 약속한 명과 오후 3시 반에 만나 명이 죽은 딸의 넋을 불러내 위로하는 초혼과 진혼의 자리에 함께 다녀온다는 이야기가 플롯의 주된 골격을 이룬다. 너무 거칠게 요약한 감이 없지 않지만, 아무튼 이 소설에서 의아하게 여겨질 수 있는 점은 물놀이 중 요트가 전복되는 바람에 익사한 딸의 시신을 건져내는 것을 왜 엄마인 명이 극구 반대했는가 하는 의문이다. 정작 시신은 수습하지도 않은 채로 물에 잠겨 있도록 방치하고 그 넋을 위로한다는 것이 조금 모순되어 보이지 않는가? 그러나 여기에 유익서의 순환론적 예술관을 대입시켜 보면 이 모순의 이유를 납득할 수 있는 실마리가 찾아진다. 그러니까 예술 작품에서 '형'이 드러나지 않게 존재하는 방식으로 '정'이 드러나도록 만드는 것과 마찬가지로 '혼'

의 현전 역시 '몸'의 특별한 존재 방식을 필요로 한다. 즉 사라짐으로써 거기 있는 방식말이다. 죽음으로써 살아 있는 몸으로서의 딸은 사라졌지만, 시신만은 그것을 통해 혼이 돌아올 수 있도록 물밑에 그대로 있어야 하지 않겠는가. 다시 말해 죽음의 물질적 잔여인 시신은 오히려 사라짐으로써, 드러나지 않음으로써 혼백을 매개하는 '물'이 되는 것이다. 시신을 건져내는 일은 오히려 '물'을 드러내 '혼'을 가림으로써 영생(永生, 靈生)을 저해할 뿐이다. 엄마인 명이 굳이 험준한 "바위 사이로 난 고샅길"(91)을 헤치고 외딴 바닷가까지 가서 딸에 대한 넋건지기굿과 오구굿을 행하는 까닭은 바로 그곳에 딸이 보이지 않게 있기 때문이다(명을 따라 함께 간 주인공이 바닷가에 이르렀을 때 스스로 던지는 자문은 "아이를 만나러 왔다고 했는데, 어디에 아이가 있단 말인가"(92)라는 것이다).

「수선화의 방」이라는 소설에서의 의아함도 동일한 관점에서 풀어볼 수 있다. 이 소설 역시 「바리데기 꽃등」과 마찬가지로 곁이야기들을 추려내면, 강 선생의 초대를 받아 인평마을이라는 전통 마을에 들러보기로 한 주인공이 정작 강 선생은 만나지도 못한 채 혼잣걸음으로 인평마을까지 갔다가 거기서 그때껏 오랜 세월을 까맣게 잊고 있었던, 오래전에 사귀었던 여인에 대한 회한 어린 기억을 되살려내게 된다는 이야기를 서사의 기본축으로 삼는다. 이 소설에서도 대뜸 품어지는 궁금함은 왜 사람을 먼데까지 초대해놓고 정작 초대한 사람인 강 선생은 끝내 나타나지 않는가라는 것이다. 이 수수께끼에 다시

'물'과 '혼'의 순환 구조를 대입하면 이 소설에서 나타나지 않는 존재인 강 선생은 인물이라는 소설적 장치가 아님을 알아차릴 수 있게 된다. 강 선생이라는 존재는 인물이 아니라 단지 기호, 즉 '물'에 지나지 않는다. 그 기호가 지시하는 것은 '그'로 하여금 인평마을에 가서 옛 여인의 혼백과 만나도록 하는 명령으로서의 의미이다. 강 선생이라는 존재 역시 자신을 드러내지 않아야 하는 매개'물'인 것이다. 뒤집어 말하면 옛 여인의 혼백이 돌아오는 환혼(還魂)의 절차에는 강 선생이 나타나지 않아야 한다는 숨음과 드러남의 기묘한 숨바꼭질이 필요조건으로 내포되어 있었던 것이다.

「바리데기 꽃등」과 「수선화의 방」, 두 편의 소설을 통해 간략히 살펴본 바와 같이 유익서에게 '삶의 미학화'라는 명제는 샤머니즘의 미학적 수용으로 구체화되면서 예술의 영역에만 한정되지 않고 인생관을 거쳐 생사관에 이르기까지 널리 통한다. 다시 말해 샤머니즘은 아름다움이라는 미적 본질을 규정하는 데에만 그치지 않고 구체적이고 일상적인 삶의 방식의 선택에서도 참조되는 윤리적 원리로까지 삼아져 있다. 다분히 추상적인 이런 논의를 「기억의 고집」이라는 소설을 통해 구체화해보자. 「기억의 고집」은 사실 『고래 그림 碑』에서 가장 이질적으로 보일 수 있는 작품이다. 공간적 배경이 그렇고, 검사라는 인물의 캐릭터도 그렇고 서사의 방식이나 소재에 있어서도 그렇다. 『고래 그림 碑』에서 예술에 관한 이야기를 담고 있지 않은 소설도 「기억의 고집」뿐이다. 이 같은 이질성의 정도가 샤머니즘의 미학적 수용이라는 유익서의 소설적 탐색이 이르러 있는 최외곽까지의 반경을 측량할 수 있게 해주는 지표라는 점은 놓치지 말아야 할 중요한 사항이다. 1960년대의 정치의 이면사와 그 과정에서 희생양이 된 한 개인에 대한 이야기로 읽는다면 이 소설은 밋밋하다. 이제 와서 새삼스레 이런 문제가 주제화되기에는 어떤 뚜렷한 연결선이 쉽사리 찾아지지 않기 때문이다. 그렇다면 이 소설을 생활 차원에 스며들어 있는 샤머니즘의 미학화라는 시각에서 보면 어떠한가? 알다시피 샤머니즘은 우주적 조화의 이상을 상정하는 데에서 출발하는 정신세계의 원형 가운데 하나다. 이 세계에서 조화의 파괴는 그 파괴의 충격을 겪는 사람에게 '원(怨)'과 '한(恨)'으로 응결되며, 이 원한이 풀리지 않는 한 죽은 자의 원혼은 구천을 떠돌게 만들고 살아남은 자에게는 액을 씌우는 재앙의 근원이 된다. 따라서 이 파괴된 조화는 반드시 회복되어야 하고, 이를 위해서는 '해원(解怨)'과 '해한(解恨)'의 의식이 절대적으로 필요하다. 샤머니즘의 세계는 이렇듯 '맺힘'과 '풀음'의 교환으로 영속성을 유지해나간다. 이처럼 샤머니즘의 시각에서 보면 「기억의 고집」에서 정치사의 이면 이야기를 담고 있는 외할머니의 노트 내용은 그 이야기의 주인공인 외할아버지 강 소장의 기구한 반생, 즉 대의에 따라 역사적 거사에 참여했으나 무고한 누명을 쓰고 단죄되어 머나먼 이국에 유배되었다가 불귀의 삶을 마감한 한의 기록에 다름 아니다. 그러므로 할머니의 노트에 담긴 사연은 그 자체로 해한이자 진혼이고 이 노트를 읽는 손자에게 있어 그것은 얼굴 한 번 보지 못한 외할아버지의 혼을 되살려 마음에 여투어두는 초혼이자 이렇게 불려나온 혼의 환생의 의미로 새겨진다. 이럴 때 「기억의 고집」이라는 소설은 그 자체로 한 바탕 굿이고, 소설 속의 다른 이야기인 외할머니의 노트는 넋두리, 푸념에 다름 아니다. 이런 해석 방식을 소급하여 「바리데기 꽃등」이나 「수선화의 방」에도 적용하면, 굿이나 접신(接神)이 이루어지기까지의 전말을 기록하고 있는 이 소설들에서도 텍스트라는 공간은 굿이나 접신(接神) 그 자체는 아니더라도 이것이 이루어질 수 있는 터전, 즉 굿자리로서의 의미를 지닌다고 말할 수 있다. 바로 이 같은 굿으로서의 글쓰기, 굿자리로서의 소설이라는 매우 독특한 의미와 양식의 발견, 이것이 유익서가 추구한 샤머니즘의 미학적 수용이라는 명제가 소설이라는 장르를 통과하면서 이룬 놀라운 변화의 결과물이다.

유익서의 소설들은 많은 작중인물들이 지금 머물러 있는 한산도라는 섬의 지리적 의미를 상징화의 모태로 삼고 있다고 말할 수도 있을 것 같다. 외부세계, 즉 육지와는 바다로 절연된 작은 섬에서 유익서는 이 단절과 협착을 글쓰기 작업의 조건으로 받아들이면서 오로지 삶과 예술의 일치라는 문제만을 천착하여 순수하고 투명하면서도 깊은 경지에 이르는 미학적 탐색의 노력을 끈기 있게 이어나간다. 이 탐색의 과정에서 얻어진 미학적 입장을 자기화하고 소설로 양식화하는 작업을 통해 유익서는 삶과 예술에 대한 이해를 혁신하여 물질과 이념의 과잉 양상을 보이는 현실 세계와 다른 세계, 영적이고 정신적인 확대를 통해 삶과 죽음이 경계를 허물고 하나로 혼융된 세계와 이런 세계관에 입각한 다른 삶, 다른 예술에 대한 비전을 상상해볼 수 있도록 하는 소중한 계기를 마련해준다. 앞으로 '삶의 미학화'와 관련된 작가의 추구가 어떤 방향으로 얼마나 더 뻗어나갈지 지켜보는 것은 매우 흥미롭고도 뜻 깊은 일이 될 것이다.

작가의 말

한산도에 칩거한 지 일곱 해.
오로지 '검은 새를 바라보는 열세 가지 방법'만을 궁구하며
바다와 막막히 맞서왔다.
내가 인류의 연속성에 어떤 작은 구실이나마 할 수 있겠는가.
그냥 먼지처럼 사라져도 그 먼지의 역할로서
인류의 연속성에 기여하게 되기를 바라며
영구미제의 소설방법론을 번민의 중심에 두고 지내왔다.
다만 지혜를 사랑하는 사람들 가운데 한 사람으로서,
여러 가지 의문에 해답을 구하는 사람들 가운데 한 사람으로서,
정신에 촉수 높은 전등을 켜고 꿈길을 걸어왔을 뿐이다.
이번 소설집이 내 마지막 책이 아니기를 바라며,
권오룡 교수와 산지니 여러분에게 깊이 감사드린다.

2016년 봄
유익서

고래 그림 碑

초판 1쇄 발행 2016년 6월 20일

지은이 유익서
펴낸이 강수걸
편집장 권경옥
편집 문호영 정선재 윤은미
디자인 권문경 구혜림
펴낸곳 산지니
등록 2005년 2월 7일 제14-49호
주소 부산광역시 연제구 법원남로15번길 26 위너스빌딩 203호
전화 051-504-7070 | 팩스 051-507-7543
홈페이지 www.sanzinibook.com
전자우편 sanzini@sanzinibook.com
블로그 http://sanzinibook.tistory.com

ISBN 978-89-6545-357-4 03810

* 책값은 뒤표지에 있습니다.
* 이 도서의 국립중앙도서관 출판예정도서목록(CIP)은 서지정보유통지원시스템 홈페이지(http://seoji.nl.go.kr)와 국가자료공동목록시스템(http://www.nl.go.kr/kolisnet)에서 이용하실 수 있습니다.(CIP제어번호: CIP 2016012238)